Weihnachten auf Russisch

W0038740

Das Buch

Wenn es kalt wird in Russland und der Schnee die riesigen Weiten bedeckt, beginnt auch dort die Weihnachtszeit. Das war nicht immer so – 70 Jahre lang fand das christliche Fest nur im Verborgenen statt. Auch, aber nicht nur deshalb sind russische Weihnachtsgeschichten etwas ganz Besonderes.

Olga Kaminer spannt den Bogen von den Klassikern der Weltliteratur, von Gogol, Tschechow und Nabokov bis hin zu drei zeitgenössischen Autoren, deren zweite Heimat Deutschland geworden ist, darunter ihr Mann Wladimir Kaminer. Dabei lässt sie uns Bekanntes wiederfinden und Neues entdecken. Und sie selbst erzählt uns, weshalb man das Fest in ihrer Heimat inzwischen zweimal begeht und warum die Weihnachtserzählung dort erst viel später aufkam als anderswo.

Eine wehmütige, anrührende und heitere Einstimmung auf die besinnlichen Tage des Jahres aus dem Land der eisigen Winter und großen Erzähler.

Die Herausgeberin

Olga Kaminer wurde auf Sachalin geboren und zog mit sechzehn Jahren nach Leningrad, heute St. Petersburg, wo sie Chemie studierte. 1990 wanderte sie nach Deutschland aus. 2005 erschien im Ullstein Verlag ihr erster Erzählungsband *Alle meine Katzen*. Olga Kaminer lebt mit ihrem Mann, dem Schriftsteller Wladimir Kaminer, und ihren beiden Kindern in Berlin.

Weihnachten auf Russisch

Herausgegeben und
mit einem Vorwort versehen
von Olga Kaminer

List Taschenbuch

Besuchen Sie uns im Internet:
www.list-taschenbuch.de

Dieses Taschenbuch wurde auf FSC-zertifiziertem Papier gedruckt.
FSC (Forest Stewardship Council) ist eine nichtstaatliche, gemeinnützige
Organisation, die sich für eine ökologische und sozialverantwortliche
Nutzung der Wälder unserer Erde einsetzt.

Ungekürzte Ausgabe im List Taschenbuch
List ist ein Verlag der Ullstein Buchverlage GmbH, Berlin
1. Auflage November 2008
© Ullstein Buchverlage GmbH, Berlin 2007 / Ullstein Verlag
Umschlaggestaltung und Konzeption: RME Roland Eschlbeck und
Kornelia Rumberg
Titelabbildung: © Stanley Cooke / getty images
Satz: LVD GmbH, Berlin
Gesetzt aus der Bembo
Papier: Munkenprint von Arctic Paper Munkedals AB, Schweden
Druck und Bindearbeiten: CPI – Clausen & Bosse, Leck
Printed in Germany
ISBN 978-3-548-60849-5

Inhalt

Kurze Geschichte
der Weihnachtserzählung auf Russisch

Ein Vorwort von Olga Kaminer

Weihnachten auf Russisch – das ist nicht nur eines, das sind gleich mehrere Feste auf einmal. Und das kam so: Erst im 10. Jahrhundert begann die Christianisierung Russlands und breitete sich nur langsam aus. Man kann auch sagen: Sie zog sich schleppend dahin, denn die abergläubischen Russen hatten kaum Lust, ihre vielen Geister einem einzigen großen Gott zu opfern. Hinzu kam, dass auch nicht alle christlichen Sitten und Riten der russischen Seele entsprachen, weshalb sie kaum Anklang bei den Menschen fanden.

Das Weihnachtsfest kam also erst mal nicht an. Man blieb lieber beim zeitgleich begangenen Sonnenwendfest und feierte überhaupt ausgiebig und gern: Gleich nach dem Sonnenwendfest kamen die *Swjatki*, die zwölf Karnevalstage mit Wahrsagerwettbewerben, Feuerspringen, Tanzen, Singen und Teufelsverfluchung. Die orthodoxe Kirche musste sich also etwas einfallen lassen, um die atavistischen Schäflein für das christliche Fest zu gewinnen. Kurzerhand taufte sie einfach die althergebrachten *Swjatki* in Weihnachten um. Auf diese Weise konnten die Russen ihrer Neigung entsprechend zwölf Heilige Abende hintereinander feiern und ihre Traditionen hegen und pflegen – Weihnachten auf Russisch, das beinhaltete damals auch Hexerei und lustige Kämpfe, bei denen die Bewohner zweier Dörfer mit Holzpfählen aufeinander losgingen. Es gab aber auch allerlei Wunder, das der Geburt Jesu wurde einfach mit aufgenommen.

Im Jahr 1699 beschloss Zar Peter der Große allerdings, Nägel mit Köpfen zu machen. Per Ukas verfügte er zunächst, dass das byzantinische Neujahrsfest, das am 1. September stattfand, fortan nicht mehr gefeiert werde, und erklärte den 1. Januar zum neuen Jahresanfang. Ferner befahl er seinem Volk, pünktlich zu Weihnachten sämtliche Tore, Hausdächer und Lokale mit Tannenbäumen zu schmücken. Die Beamten hatten ihre Amtsstuben, die Ordnungshüter die Kerker und die Armeeoffiziere ihre Kasernen im einheitlichen Weihnachtslook herzurichten. Dabei hatte der Tannenbaum den Russen lange als ethnische Besonderheit der in St. Petersburg lebenden Deutschen gegolten. Doch über die Jahrhunderte hinweg gewöhnten sie sich schließlich an das schmückende Grün, und so fand in der zweiten Hälfte des 19. Jahrhunderts endlich das erste öffentliche Tannenbaumfest statt, das sogenannte Jelka-Fest. Von der Hauptstadt aus breitete es sich über ganz Russland aus und wurde zu einer europäischen Modeerscheinung – die Menschen saßen landauf, landab unterm Tannenbaum, führten Gespräche und tranken warmen Wein.

Trotz dieser Feierlichkeiten empfanden viele Russen das verordnete Weihnachtsfest noch immer als ausgesprochen langweilig – kein Vergleich mit den wilden vorchristlichen Festen der Vergangenheit. Diesmal fiel der hauptstädtischen Zeitung etwas ein: Um Weihnachten für die Menschen spannender zu machen, gab sie ein Extraheft heraus, eine Weihnachtsausgabe, auf die man bald das ganze Jahr über zu warten begann. Ein Feuilleton aus Reiseberichten, Gedichten und Geschichten war entstanden, die alle irgendwie das Thema Weihnachten behandelten. Und so wurden im 19. Jahrhundert die ersten russischen Weihnachtserzählungen für die Zeitung geschrieben, zur Unterhaltung der Menschen während der Feiertage.

Das Hauptmerkmal dieser ersten Weihnachtsgeschichten war das glückliche Ende, am besten herbeigeführt durch ein Wunder: Getrennte Liebende treffen sich wieder (wie durch ein Wunder), Menschen werden (wie durch ein Wunder) vor dem sicheren Tod gerettet, das todkranke Kind wird (wie durch ein Wunder) wieder gesund, aus Feinden werden (wie durch ein Wunder) plötzlich Freunde fürs Leben, und Schurken, o Wunder, verwandeln sich in Helden.

Die Nachfrage nach diesen stets glücklich endenden Erzählungen stieg stetig an und wurde schließlich so groß, dass den Schriftstellern und Journalisten beim ständigen Versüßen der Wirklichkeit irgendwann die Puste ausging und die Tinte versiegte. Sie mussten fremdsprachige Weihnachtsgeschichten importieren, und diejenigen, die Charles Dickens ins Russische übersetzten, waren alsbald die gefragtesten Männer der Branche. Die zweitwichtigsten waren die Übersetzer von E. T. A. Hoffmann.

Dieser Überfluss sorgte allerdings auch für einigen Spott: Die linksliberale Zeitung *Die Rede* druckte im Jahr 1909 eine *Empfehlung für Autoren ohne Talent*, in der es hieß: »Sie haben kein Talent? Dann schreiben Sie eine Weihnachtsgeschichte. Jeder Mensch, der zwei Hände und zwanzig Kopeken für Tinte hat, kann eine solche Geschichte schreiben. Dabei ist Folgendes zu beachten: Es geht nichts ohne Schweinebraten, Gans, Tannenbaum und einen guten Menschen. Wörter wie Stern, Liebe, Kerzen sollen darin nicht weniger als zehnmal, aber auch nicht mehr als 2000-mal verwendet werden. Und das Glockenbimmeln, das Dahinschmelzen, die Beichte, die Tränen der Erleuchtung dürfen auf keinen Fall am Anfang, sondern nur am Ende der Geschichte stehen. Alles andere ist unwichtig.«

Am Ende des 19. Jahrhunderts verwandelte sich die Gattung der Weihnachtsgeschichte schließlich in ihre eigene Parodie und ging allfällig unter. Ein neues Jahrhundert begann und führte die Menschen hinaus aus ihren Träumereien und mitten hinein in blutige Zeiten. 1903 begann der Krieg zwischen Russland und Japan, er endete mit der russischen Niederlage. Es folgte 1905 die erste Russische Revolution, die blutig niedergeschlagen wurde, und 1914 der

Erste Weltkrieg. Die Politik, wie man weiß, beeinflusst stets die Kunst, vor allem die Literatur. Die Antiweihnachtsgeschichte entstand – düstere Hoffnungslosigkeit und schwärzestes Grauen. Das Hauptmotiv war die Hilflosigkeit der Menschen angesichts des Bösen und die daraus resultierende Verzweiflung.

Die große Oktoberrevolution im Jahr 1917 bedeutete schließlich das Ende aller Weihnachtsgeschichten, ob Glück oder Elend verheißend. Die Verlagshäuser wurden von der Sowjetmacht kontrolliert, die Bolschewiki »erlösten« das Volk im Handumdrehen von Weihnachten und allen anderen Festen mit religiösem Hintergrund. Sie verordneten stattdessen sozialistische Feiern – und die christlichen Bräuche verschwanden oder gingen im Neujahrsfest am 1. Januar auf.

Die russische Weihnachtsgeschichte sollte noch ein wenig in der Emigration weiterleben, bevor sie einem Jahrzehnte andauernden Koma überlassen wurde – zu viele Autoren hatten sich eine neue Heimat gesucht. Die letzte ihrer Art erschien 1939 in der Emigrantenzeitung *Letzte Nachrichten* – die bald darauf ankündigte, angesichts der »jüngsten politischen Nachrichten aus Deutschland« keine Weihnachtsgeschichten mehr drucken zu wollen. Die Welt wurde dunkel und versank im Chaos.

Erst mit dem Fall des Kommunismus am Ende des totalitären Jahrhunderts kam der Glaube an das Gute im Menschen allmählich zurück – es gibt wieder ein paar Erzählungen, die das Weihnachtswunder beschwören.

Die vorliegende Auswahl durchstreift zunächst das 19. Jahrhundert, das Jahrhundert der russischen Weihnachtsgeschichte – neben den vielen Zuckerbäckern des Glücks haben sich auch die ganz Großen wie Dostojewski, Tschechow und Gorki um Weihnachten bemüht und die russische Festtagsseele in ihren Geschichten eingefangen. Im 20. Jahrhundert steht vor allem Vladimir Nabokovs Weihnachtserzählung für den Zusammenstoß zweier Welten, das Symbol eine riesige, leuchtende Tanne, die unter dem Blick eines hungernden Arbeiters in »alle Farben des Regenbogens« zerfließt. Und die heutige Zeit, die Welt nach dem Kalten Krieg und der Öffnung der Grenzen, wird vertreten von drei Russen, die jeweils eine Tanne in Deutschland haben, vielleicht sogar mehr als das. Die einen erinnern sich an vergangene Tage, der Jüngste schließlich bringt Russland ganz nach Berlin.

In Russland selbst feiern die Menschen Weihnachten und Neujahr inzwischen sogar zweimal: einmal nach dem neuen und einmal nach dem alten Kalender. 1918 stiegen die Russen nämlich zusammen mit dem Rest der Welt auf einen neuen, fortschrittlichen Kalender um, weil Wissenschaftler herausgefunden hatten, dass das Jahr etwas mehr als 365 Tage hat. Die orthodoxe Kirche weigerte sich jedoch, diesen neuen Kalender anzunehmen. Seitdem gibt es in Russland alle religiösen Feiertage doppelt – was den Russen nur recht ist. Am 25. Dezember wird zum ersten Mal Weihnachten gefeiert, nach dem neuen Kalender. Am 31. Dezember dann Neujahr, auch nach dem neuen Kalender, am 6. Januar zum zweiten Mal Weihnachten, jetzt nach dem alten Kalender, und am 13. Januar noch einmal Neujahr, ebenfalls nach dem alten Kalender. Früher, in den totalitären kommunistischen Zeiten, mussten die Menschen während der kurzen Unterbrechungen zwischen den Feiertagen zur Arbeit gehen. Vor drei Jahren hat das russische Parlament endlich Schluss gemacht mit dieser unmenschlichen Praxis. Ein neues Gesetz über die so genannten »Weihnachtsferien« wurde verabschiedet – danach sind die Bürger während der ersten beiden Januarwochen von der Arbeit freigestellt.

Und auch das Genre der klassischen Weihnachtsgeschichte erlebt im heutigen Russland eine Renaissance. Der Glaube an das Gute im Menschen kehrt langsam zurück, und die Liebenden kommen wieder zusammen, Menschen retten sich vor dem sicheren Tod, das arme kranke Kind wird reich und gesund und sogar die Schurken weinen am Ende.

Die Nacht vor Weihnachten

1

Der letzte Tag vor Weihnachten war zu Ende gegangen. Eine klare Winternacht brach an. Die Sterne blinkten. Der Mond stieg feierlich am Himmel empor, um den guten Menschen auf der ganzen Welt zu leuchten, auf dass sie frohen Mutes nach altem Brauch ihre Weihnachtslieder[1] unter den Fenstern sängen. Der Frost hatte seit dem Morgen stark zugenommen. Dafür war es aber so windstill, dass man das Knirschen des Schnees unter den Stiefelsohlen eine halbe Werst weit hören konnte.

Noch hatte sich keine Singschar auf der Straße gezeigt. Nur der Mond schien verstohlen in die Hüttenfenster, wie um die sich putzenden Mädchen daran zu erinnern, dass es an der Zeit sei, in den knisternden Schnee hinauszulaufen.

Da qualmten dicke Rauchschwaden aus einem der Schornsteine und stiegen als schwarze Wolke empor. Mit

---

1 Diese Lieder, unter den Fenstern am Weihnachtsabend gesungen, heißen Koljadki. Dem Sänger wirft der Hausherr oder die Hausfrau oder wer sonst zu Hause bleibt, immer eine Wurst oder ein Brot oder einen Kupfergroschen in den Sack, was er eben hat. Man sagt, es habe einmal einen Götzen namens Koljada gegeben, den man für einen Gott gehalten habe, und dass angeblich von dem die Koljadki herrühren. Wer weiß es? Nicht uns, den einfachen Leuten, kommt es zu, sich darüber den Kopf zu zerbrechen. Voriges Jahr wollte Vater Osip die Koljadki in den Weilern verbieten, da, wie er sich ausdrückte, das Volk damit dem Satan gefällig sei. Allein um die Wahrheit zu sagen, in den Koljadki kommt kein einziges Wort über den Koljada vor. Sie singen oft von der Geburt Christi und wünschen zum Schluss dem Hausherrn, der Hausfrau, den Kindern und dem ganzen Haus eine gute Gesundheit. (Anmerkung des Autors)

ihnen fuhr aber, auf einem Besenstiel reitend, die Hexe zum Himmel auf.

Wäre in diesem Augenblick der Assessor von Sorotschinzy in einer mit Bürgerpferden bespannten Troika vorbeigefahren, die nach Ulanenart pelzverbrämte Mütze auf dem Kopf, in seinem blauen, mit schwarzem Lammfell gefütterten Mantel und mit seiner teuflisch geflochtenen Peitsche, mit der er den Kutscher anzutreiben liebte – so hätte er die Hexe sicherlich bemerkt, denn es gibt keine Hexe auf der ganzen Welt, die dem scharfen Blick des Assessors von Sorotschinzyi zu entgehen vermag. Er weiß haargenau, wie viele Ferkel die Sau einer jeden Einwohnerin wirft, wie viel Leinwand sie in ihrer Truhe aufbewahrt und welche Kleidungsstücke oder Wirtschaftsgegenstände jeder ordentliche Mann an den Feiertagen in der Schenke zu versetzen pflegt. Doch der Assessor fuhr nicht vorbei und hätte sich um das fremde Dorf auch gar nicht bekümmert – er hatte seinen eigenen Bezirk.

Die Hexe hatte sich inzwischen so hoch erhoben, dass sie nur noch wie ein kleiner schwarzer Fleck am Himmel zu sehen war. Doch überall, wo sich dieser schwarze Fleck zeigte, verschwanden die Sterne am Firmament. Schon hatte die Hexe einen ganzen Armvoll von ihnen eingesammelt, nur noch drei oder vier funkelten durch die Nacht. Da zeigte sich an der entgegengesetzten Seite des Himmels ein anderer schwarzer Fleck, dehnte sich rasch aus und war bald mehr als bloß ein Fleck.

Ein kurzsichtiger Mensch, selbst wenn er sich Brillengläser, so groß wie die Wagenräder der Kommissarskutsche, auf die Nase gesetzt hätte, wäre nicht imstande gewesen, festzustellen, was es mit diesem Fleck für eine Bewandtnis hatte. Von vorn sah er ganz wie ein Deutscher[2] aus: Ein

---

2   Einen Deutschen heißt man bei uns jeden, der aus einem fremden Land stammt, ob es nun ein Franzose, ein Römer oder ein Schwede ist, alle sind Deutsche. (Anmerkung des Autors)

schmales, sich hin und her wendendes und alles, was ihm nur in die Quere kam, beschnüffelndes Schnäuzchen lief, wie bei unseren Schweinen, in ein rundes Fünfkopeken-stück aus. Die Beinchen waren so dünn, dass sie der Dorf-schulze von Jareskowo, wenn sie sein Eigen gewesen wären, schon beim ersten Hopak-Sprung[3] gebrochen hätte. Von hinten dagegen glich er zum Verwechseln dem Gouverne-mentsanwalt in Galatracht; denn er hatte einen so langen und spitzen Schwanz, dass man an die Frackschöße der heutigen Beamtenuniformen erinnert wurde. Nur aus dem Ziegenbärtchen unter seiner Schnauze, aus den Hörnchen auf seinem Kopf und daraus, dass er im Ganzen genommen nicht heller als ein Schornsteinfeger war, hätte man schlie-ßen können, dass es sich weder um einen Ausländer noch um einen Gouvernementsanwalt handelte, sondern schlicht und einfach um den Teufel in höchsteigener Person, dem es nur noch in dieser Nacht vergönnt war, durch die weite Welt zu schweifen und die Leute zu verführen; denn schon morgen musste er bei den ersten Glockenschlägen, die zur Frühmesse riefen, sich eingeklemmten Schwanzes Hals über Kopf in den Höllenschlund stürzen.

Mittlerweile hatte er sich behutsam dem Mond genähert und streckte schon die Hand aus, um ihn zu stehlen, zog sie jedoch im gleichen Augenblick hastig zurück, als wenn er sich verbrannt hätte, lutschte an seinen Fingern und schlen-kerte mit einem Bein. Jetzt rückte er von einer anderen Seite an, prallte von Neuem zurück und zog wieder die Hand weg. Trotz dieser Misserfolge aber konnte der listige Teufel nicht von seinen Schelmenstreichen lassen. In einem plötz-lichen Anlauf packte er den Mond mit beiden Händen zu-gleich, warf ihn, sich krümmend und ihn in einem fort an-blasend, aus einer Hand in die andere wie ein Bauer, der sich mit bloßen Fingern Feuer für seine Pfeife holt, und

---

3   Hopak: ein ukrain. Kosakentanz

steckte ihn zu guter Letzt in seine Tasche. Dann eilte er, als wenn nichts geschehen wäre, weiter.

In Dikanka hatte niemand bemerkt, wie der Teufel das fertiggebracht hatte. Der Gemeindeschreiber freilich, der auf allen vieren aus der Schenke kroch, glaubte gesehen zu haben, wie der Mond auf einmal mir nichts, dir nichts am Himmel hin und her tanzte, und versuchte, unter Anrufung Gottes und aller Heiligen, das ganze Dorf von diesem Wunder zu überzeugen. Doch die Einwohner schüttelten nur ihre Köpfe und lachten ihn aus.

Was hatte den Teufel eigentlich zu einem so gesetzwidrigen Unternehmen bewogen? Der Grund war folgender: Er wusste, dass der reiche Kosak Tschub vom Küster zu dem allweihnachtlichen Honigreisschmaus eingeladen war, an welchem nicht nur der Dorfschulze und ein mit dem Küster verwandter blauberockter Vorsänger des bischöflichen Kirchenchors mit einem unwahrscheinlich tiefen Bass, sondern auch der Kosak Swerbygus und einige andere Gäste teilnehmen würden; während dieses Festmahles nun würde Tschubs Tochter, das schönste Mädchen des Dorfes, allein zu Hause sitzen und sicherlich vom jungen Schmied besucht werden, einem stämmigen Riesen und Kindskopf, der dem Teufel noch widerwärtiger war als die Predigten des Vaters Kondrat. In seinen Mußestunden huldigte der Schmied nämlich der edlen Malkunst und galt als der geschickteste Maler der ganzen Gegend, sodass ihn sogar der Kosakenhauptmann L…ko, der damals noch lebte, eigens nach Poltawa hatte kommen lassen, um den Bretterzaun um sein Besitztum anzustreichen. Alle Schüsseln, aus denen die Kosaken in Dikanka ihren Borschtsch löffelten, waren von ihm bemalt worden. Der Schmied war ein gottesfürchtiger Mann und malte zuweilen auch Heiligenbilder: Heute noch kann man seinen Evangelisten Lukas in der Kirche zu T. bewundern. Der Triumph seiner Kunst aber war ein Bild, das er auf die rechte Seitenwand der Kirchenvorhalle ge-

malt hatte und das Petrus darstellte, wie er, die Schlüssel in
der Hand, am Jüngsten Tag den Bösen aus der Hölle ver-
treibt: Der aufgescheuchte Teufel rennt, seinen Untergang
ahnend, nach allen Seiten hin und her und wird von den
Sündern, die einst von ihm in die Hölle gesperrt worden waren, mit Peitschen, Holzscheiten und allem, was ihnen in die
Hände geraten ist, verprügelt. Als der Schmied dieses Bild
schuf und es auf eine große hölzerne Tafel malte, hatte der
Teufel ihn auf jede Weise zu stören versucht; er hatte ihn un-
sichtbar am Arm gestoßen und das Gemälde mehrfach mit
Asche aus der Schmiedeesse bestreut. Trotzdem wurde das
Werk vollendet. Die Tafel wurde in die Kirche getragen und
in die Wand der Vorhalle eingelassen. Damals nun hatte der
Teufel sich vorgenommen, am Schmied Rache zu nehmen.

Eine Nacht nur noch war ihm im alten Jahr übrig geblieben, durch die weite Welt zu schweifen. In dieser Nacht
musste er etwas finden, um seine Wut am Schmied auslas-
sen zu können, und war darauf verfallen, den Mond zu
stehlen; denn er verließ sich darauf, dass der alte Tschub faul
und nur schwer auf die Beine zu bringen war. Der Weg
zum Küster aber war ziemlich weit, er führte hinter dem
Dorf an den Mühlen, am Friedhof und einem steilen Ab-
hang vorbei; bei Mondschein würde die Aussicht auf den
Honigreis, den Weihnachtskuchen und den Safranschnaps
den Alten freilich verlockt haben, in einer lichtlosen Nacht
dagegen hätte das kaum jemand über ihn vermocht, dass er
sich von seiner Ofenecke getrennt und ins Freie hinausge-
traut hätte; der Schmied wiederum, der schon seit langem
nicht mehr in gutem Einvernehmen mit Tschub lebte, würde
es, trotz seiner Bärenkräfte, nicht wagen, die Tochter zu besuchen, solange ihr Vater zu Hause war.

Und so geschah es denn, dass es auf der ganzen Welt, kaum
hatte der Teufel den Mond in die Tasche gesteckt, so finster
wurde, dass man nicht einmal den Weg in die Schenke, ge-
schweige denn zum Küsterhaus gefunden hätte.

Die Hexe stieß, als das Dunkel sie so plötzlich umringte, einen schrillen Schrei aus. Doch der Teufel hatte sich dicht an sie herangemacht, fasste sie am Arm und flüsterte ihr dasselbe ins Ohr, was man überall dem weiblichen Geschlecht ins Ohr zu flüstern pflegt.

Wunderlich ist's eingerichtet auf unserer Welt: Alles, was lebt, beschäftigt sich zumeist damit, andern etwas abzugucken und es nachzuäffen. Es gab zum Beispiel einmal eine Zeit, da gingen in Mirgorod zur Winterszeit nur der Richter und allenfalls noch das Stadtoberhaupt in mit Tuch überzogenen Pelzen einher, die niedere Beamtenschaft trug das Fell nach außen. Heute dagegen hat sich nicht nur der Assessor, sondern auch der Unterrentmeister seinen Lammfellpelz mit Tuch überziehen lassen. Vor zwei Jahren kauften sich der Kanzlist und der Gemeindeschreiber bestes blaues Tuch zu sechs Kopeken die Elle. Und der Kirchendiener ließ sich zum Sommer Pluderhosen aus Nanking und eine Weste aus gestreiftem Kammgarn machen. Mit einem Wort: Alles will hoch hinaus. Wann werden die Menschen endlich einmal nicht mehr ihrer Eitelkeit nachlaufen? Wetten wir: Vielen dürfte es sonderbar vorkommen, dass der Teufel in die gleiche Kerbe schlägt und dass er, was am ärgerlichsten ist, sich für eine Schönheit hält, während man ihn doch in Wirklichkeit kaum anzuschauen vermag; solch eine Fresse hat er, würde Foma Grigorjewitsch sagen, dass er sich schämen sollte. Trotzdem geht auch er auf Liebesabenteuer aus.

Doch am Himmel und unter dem Himmel war es inzwischen so dunkel geworden, dass man nichts mehr davon sehen konnte, was er und die Hexe miteinander trieben.

2

»Du bist also noch nicht im neuen Küsterhaus gewesen, Gevatter?«, fragte der Kosak Tschub einen hochgewachsenen mageren Bauern in kurzem Pelzrock, dessen Bartstoppeln davon zeugten, dass das abgebrochene Sensenstück, mit dem unsere Bauern sich, in Ermangelung eines Rasiermessers, ihren Bart zu schaben pflegen, sein Gesicht schon fast zwei Wochen lang nicht mehr berührt hatte. »Es wird dort ein beträchtliches Gelage geben«, fuhr Tschub, über das ganze Gesicht schmunzelnd, fort, »dass wir nur nicht zu spät kommen!«

Mit diesen Worten rückte er den Gürtel zurecht, der seinen Pelz umspannte, drückte seine Mütze tiefer ins Gesicht und nahm seine Peitsche – den Schrecken aller zudringlichen Hunde – fester in die Hand. »Teufel auch!«, stieß er plötzlich hervor. »Schau, Panas, schau nur!«

»Was?«, fragte der Gevatter und blickte ebenfalls nach oben.

»Wieso, was? Der Mond ist fort!«

»Verflucht noch einmal, er ist wirklich fort.«

»Das ist es ja eben, dass er fort ist!«, rief Tschub, ein wenig ärgerlich über den unveränderlichen Gleichmut des Gevatters. »Dir scheint es einerlei zu sein.«

»Ja, was soll ich denn machen?«

»Hat es da so ein Teufel nötig gehabt«, nahm Tschub wieder das Wort, »hat es wirklich nötig gehabt – möge der Hundsfott die ganze Nacht hindurch keinen Schnaps mehr bekommen! –, sich einzumischen? … Als ob er uns verhöhnen wollte! Eben noch schaute ich in der Stube vorsorglich zum Fenster hinaus: ein Wunder von einer Nacht! Klar! Der Schnee glitzerte im Mondlicht! Alles ist wie am helllichten Tag zu erkennen. Und nun – kaum trete ich aus der Tür – ist nichts mehr zu sehen, als wären mir die Augen ausgestochen worden. Dass er sich alle Zähne an einem vertrockneten Buchweizenbrot ausbeißen möge!«

Tschub murrte und schimpfte noch lange vor sich hin, fragte sich aber währenddessen im Stillen, wozu er sich entschließen sollte. Gar zu gern hätte er beim Küster über alles nur Mögliche geklönt. Sicher saßen dort schon der Dorfschulze und der zugereiste Basssänger zusammen, vor allem aber der Teersieder Mikita, der alle zwei Wochen nach Poltawa fuhr und solche Späße zu treiben liebte, dass sich alle den Bauch vor Lachen halten mussten. In Gedanken sog Tschub schon den Geruch des würzigen Weihnachtspunsches ein. All das war gewiss verführerisch. Doch die Dunkelheit weckte in ihm auch den allen Kosaken angeborenen Hang zur Faulheit. Wie schön wär' es jetzt, mit untergeschlagenen Beinen auf der Ofenbank zu hocken, ruhig seine Pfeife zu rauchen und angenehm dösend den Weihnachtsliedern der lustigen Burschen und Mädchen zu lauschen, die sich bald in Scharen unter den Fenstern tummeln würden! Wäre er allein gewesen, wäre er ohne Zweifel wieder umgekehrt; doch zu zweit war es nicht mehr so langweilig und gruselig, durch die finstere Nacht zu wandern; auch wollte er vor den anderen nicht faul und furchtsam erscheinen. Er hörte daher zu schimpfen auf und wandte sich von Neuem an den Gevatter. »Es gibt also kein Mondlicht, Gevatter?«

»Nein.«

»Wirklich merkwürdig! Gib mir mal eine Prise. Dein Tabak ist ausgezeichnet. Wo hast du ihn her?«

»Den Teufel ist er ausgezeichnet!«, antwortete der Gevatter und klappte seine birkenrindene, mit Stichmustern verzierte Dose wieder zu. »Nicht einmal ein altes Huhn kann mit ihm zum Niesen gebracht werden.«

»Ich erinnere mich«, fuhr Tschub im gleichen Ton fort, »dass der verstorbene Schankwirt Susulja einmal einen ähnlichen Tabak aus Neschin mitgebracht hatte. Ach, war das ein Tabak! Ein guter Tabak war das …! Nun, Gevatter, was machen wir? Hier draußen ist's dunkel.«

»Wir können ja auch zu Hause bleiben«, meinte der Gevatter und griff schon nach der Türklinke.

Hätte er das nicht gesagt, so würde Tschub sich gewiss entschlossen haben, zu seiner Ofenbank zurückzukehren. Jetzt aber reizte es ihn, das Entgegengesetzte zu tun. »Nein, Gevatter«, erwiderte er, »das ist ausgeschlossen, wir müssen gehn.«

Er hatte diese Worte kaum ausgesprochen, als sie ihm schon leidtaten. Es war ihm äußerst unangenehm, durch solch eine Nacht zu stapfen. Doch ihn tröstete, dass er selbst es so gewollt und dass er immerhin nicht das tat, was man ihm geraten hatte.

Auf dem Gesicht des Gevatters war nicht die leiseste Regung von Ärger zu erkennen. Er war ein Mann, dem es vollkommen einerlei war, ob er zu Hause saß oder sich draußen herumtrieb. Er sah sich um, kratzte sich mit dem Peitschenstiel die Achseln – und machte sich mit Tschub auf den Weg.

3

Nun wollen wir zusehen, was die zurückgebliebene schöne Tochter treibt.

Oxana war kaum siebzehn Jahre alt, als man schon beinahe überall auf der Welt, diesseits und jenseits von Dikanka, von nichts anderem als von ihr sprach. Die Burschen versicherten alle einstimmig, dass es ein schöneres Mädchen im Dorf weder gegeben habe noch jemals geben werde.

Oxana wusste und hörte alles, was über sie gesprochen wurde, und war so launenhaft, wie es sich für eine anerkannte Schönheit gehört. Hätte sie nicht ein Kopftuch und eine Bauernjacke, sondern ein vornehmes Kleid getragen, so würde sie alle ihre Dienstmädchen immer wieder entlassen und immer wieder neue angestellt haben. Die Burschen waren scharenweise hinter ihr her, verloren aber schließlich die Geduld, ließen einer nach dem andern von der eigensinnigen Schönen ab und wandten sich anderen, weniger verwöhnten Mädchen zu. Einzig der Schmied Wakula war hartnäckig und hörte nicht auf, um sie zu buhlen, obgleich sie ihn durchaus nicht besser behandelte als die anderen.

Als ihr Vater das Haus verlassen hatte, putzte und schmückte Oxana sich noch lange vor dem kleinen Spiegel im Zinnrahmen und konnte es nicht satt bekommen, sich selber zu bewundern. »Was fällt den Leuten eigentlich ein, meine Schönheit auszuschreien?«, rief sie mit gespielter Nachlässigkeit, nur um über irgendetwas mit sich selber zu schwätzen; »sie lügen, die Leute. Ich bin gar nicht schön.«

»Sind denn meine schwarzen Augen und Brauen«, fuhr sie fort, ohne den Spiegel aus der Hand zu legen, »wirklich so schön, dass es ihresgleichen auf der ganzen Welt nicht gibt? Was ist denn Schönes an dieser Stupsnase, an diesen Wangen und Lippen? Als ob meine schwarzen Locken schön wären! Hu! Abends kann man vor ihnen erschrecken. Sie sind lange Schlangen, die sich rings um meinen Kopf geschlungen haben. Jetzt sehe ich, dass ich gar nicht schön bin.«

Sie hielt den Spiegel weiter von sich weg und rief aus: »Nein, ich bin doch schön! Ach, wie bin ich schön! Ein wahres Wunder! Welche Freude werde ich dem machen, dessen Frau ich einmal sein werde! Wie wird mein Mann von mir entzückt sein! Ganz außer sich vor Freude wird er sein! Er wird mich totküssen!«

»Ein wunderbares Mädchen!«, sagte sich der unbemerkt eingetretene Schmied. »Aber eitel bis dahinaus. Eine ganze Stunde lang steht sie vor dem Spiegel, kann gar nicht genug bekommen von ihrem Anblick und rühmt sich dessen noch laut.«

»Ja, ihr Burschen«, fuhr die anmutige Kokette fort, »bin ich denn euresgleichen? Seht mich doch an! Seht, wie schwebend ich schreite. Mein Hemd ist mit roter Seide bestickt. Und was für Bänder trag ich im Haar! Zeitlebens werdet ihr keine so reichen Goldborten sehen. Die hat mein Vater mir alle gekauft, damit mich der schönste Bursche der Welt einmal zur Frau nähme.«

Auflachend wandte sie sich um und erblickte den Schmied. Sie stieß einen Schrei aus und blieb mit abweisender Miene vor ihm stehen.

Der Schmied ließ die Hände sinken.

Schwer zu sagen, was das bräunliche Gesicht des wundersamen Mädchens ausdrückte. Strenge war in ihm und durch die Strenge hindurch so etwas wie Spott über diesen verlegen gewordenen Schmied; auch eine kaum merkliche Röte von Verdruss färbte ihre Wangen. Alles das vermengte sich miteinander und war so unsagbar reizend, dass man nichts Besseres hätte tun können, als sie millionenmal abzuküssen.

»Warum bist du gekommen?«, fuhr Oxana ihn an. »Juckt's dich etwa danach, dass ich dich mit der Ofenschaufel hinausjage? Ihr versteht es alle meisterhaft, im Nu zu erwittern, wenn die Väter aus dem Haus sind. Oh, ich kenne euch! Nun? Wie steht's? Ist meine Truhe fertiggeworden?«

»Sie ist bald fertig, mein Herzchen. Gleich nach den Feiertagen wird sie fertig. Wenn du wüsstest, wie ich mich mit ihr abgeplagt habe! Zwei Nächte lang habe ich die Schmiede nicht verlassen. Dafür wird aber auch keine Popenfrau solch eine Truhe haben. Sie hat Eisenbeschläge, wie ich sie nicht einmal für den Wagen des Kosakenhauptmanns verwendet habe, als ich noch in Poltawa arbeitete. Und wie sie bemalt ist! Wenn du die ganze Gegend mit deinen weißen Füßchen abläufst, du wirst keine schönere Truhe finden. Über den ganzen Grund werden rote und blaue Blumen verstreut sein, die wie Feuer leuchten … Zürne mir doch nicht! Gestatte mir wenigstens, mit dir zu sprechen und dich anzuschaun.«

»Wer verbietet dir das? Sprich und schaue!«

Damit setzte sie sich auf die Bank, blickte wieder in den Spiegel und ordnete ihre Zöpfe. Sie betrachtete ihren Hals, ihr neues seidengesticktes Hemd, und auf ihre Lippen und Wangen trat ein Ausdruck von Selbstverliebtheit und spiegelte sich in ihren Augen.

»Erlaube, dass ich mich neben dich setze«, sagte der Schmied.

»Setz dich nur«, sagte Oxana, ohne den selbstverliebten Ausdruck auf den Lippen und in den Augen zu verlieren.

»Wunderbare, allerschönste Oxana!«, rief der Schmied ermutigt aus und drückte sie an sich, in der Hoffnung, einen Kuss erhaschen zu können. Doch Oxana wandte ihre Wange ab, die sich schon in nächster Nähe von den Lippen des Schmieds befunden hatte, und stieß ihn von sich. »Was nicht sonst noch alles?«, sagte sie. »Wenn er Honig hat, will er auch noch einen Löffel dazu. Geh, deine Hände sind härter als Eisen, und du riechst nach Rauch. Ich glaube fast, du hast mich mit Ruß beschmutzt.«

Sie zog den Spiegel heran und begann sich von Neuem zu putzen.

»Sie liebt mich nicht«, dachte der Schmied und ließ den Kopf hängen. »Für sie ist alles nur ein Spiel. Und ich stehe wie ein Narr vor ihr und kann meine Augen nicht von ihr wenden. Eine ganze Ewigkeit könnte ich dastehen und sie immer nur anschaun. Ein wunderbares Mädchen! Was gäb ich nicht drum zu wissen, was in ihrem Herzen vor sich geht und wen sie liebt. Doch nein. Ihr ist es um niemand zu tun. Sie ist nur von sich selbst entzückt. Sie quält mich Armen – und ich gräme mich so, dass die ganze Welt mir trübe vorkommt. Ich liebe sie so sehr, wie noch kein Mensch auf der Welt je geliebt hat oder lieben wird.«

»Ist es wahr, dass deine Mutter eine Hexe ist?«, fragte Oxana plötzlich und lachte.

Da spürte der Schmied, wie auch in ihm alles zu lachen begann. Ihr Gelächter hallte in seinem Herzen und seinen leicht erschauernden Adern wider. Doch gleich darauf überfiel ihn wieder der Ärger, dass es nicht in seiner Macht stand, dieses so süß lachende Gesicht abzuküssen. »Was hab ich mit meiner Mutter zu schaffen? Du bist mir Mutter und Vater und alles, was es in dieser Welt an Teurem für mich gibt. Wenn der Zar mich riefe und mir sagte: ›Schmied Wakula, du kannst mich um alles bitten, was mein Reich an Kostbarkeiten birgt. Alles soll dein sein. Ich befehle, dass man dir eine goldene Schmiede bauen soll, in der du mit silbernen Hämmern schmieden kannst‹ – so würde ich dem Zaren antworten: ›Ich will weder Edelsteine noch eine goldene Schmiede, noch dein ganzes Reich – gib mir lieber meine Oxana!‹«

»Also so einer bist du! Doch mein Vater ist auch nicht von gestern. Pass auf – er wird deine Mutter noch heiraten!«, sagte Oxana mit einem hinterhältigen Lächeln. »Aber warum kommen die Mädchen nicht? Was hat das zu bedeuten? Es ist höchste Zeit, zum Singen zu gehn. Ich fange mich schon zu langweilen an.«

»Der Kuckuck soll sie holen, meine Schönste!«

»Warum denn? Mit ihnen kommen die Burschen. Das wird einen Tanz geben. Ich stelle mir schon vor, was für tolle Dinge sie schwatzen werden.«

»Dir ist's also froh mit ihnen?«

»Froher jedenfalls als mit dir … Doch da hat's geklopft. Sicher sind's die Mädchen und Burschen.«

»Worauf wart ich noch länger?«, sagte sich der Schmied. »Sie verhöhnt mich ja nur. Ich bin ihr ebenso wenig wert wie ein verrostetes Hufeisen. Wenn's aber so ist, so soll mich wenigstens kein anderer auslachen. Sobald ich merke, dass ihr ein anderer Bursche mehr gefällt als ich, soll er von mir eine Lehre erhalten, dass …«

Hier wurden seine Gedanken durch ein erneutes Klopfen an der Tür und den scharf durch die Frostluft hallenden Ruf »Mach auf!« unterbrochen.

»Wart nur, ich öffne selbst!«, rief er und begab sich in den Flur hinaus, in der Absicht, dem Ersten, der ihm in den Weg kam, vor Ärger alle Rippen zu brechen.

4

Der Frost war noch stärker geworden, und oben am Himmel herrschte solch eine Kälte, dass der Teufel von einem Pferdehuf auf den andern hüpfte und sich in seine Fäuste blies, um die erstarrten Finger ein wenig zu wärmen. Kein Wunder, dass es ihn so fror, da er sich Tag für Tag in der Hölle aufzuhalten gewohnt war, wo es bekanntlich nicht so kalt ist wie bei uns im Winter und wo er, eine weiße Mütze auf dem Kopf gleich einem Küchenchef, die armen Sünder mit demselben Genuss brät wie ein altes Weib ihre Weihnachtswurst.

Selbst die Hexe fröstelte es, trotzdem sie warm angezogen war. Hocherhobener Arme und ein Bein vorstreckend, nahm sie daher die Haltung einer Schlittschuhläuferin an, sauste mit unbewegten Gliedern durch die Luft wie über einen steilen Eishang abwärts und fuhr in ihren Schornstein ein.

Der Teufel folgte ihr in der gleichen Weise unmittelbar nach. Und da dieses Vieh behänder ist als jeder seidenbestrumpfte Geck, so ist's nicht weiter erstaunlich, dass er seiner Liebsten schon beim Einflug in den Schornstein auf dem Nacken saß und sie beide zugleich im geräumigen Ofenloch zwischen allerhand Töpfen anlangten.

Die heimgekehrte Reiterin öffnete vorsichtig die Ofentür, um sich zu vergewissern, dass ihr Sohn Wakula keine Gäste eingeladen hatte. Als sie sah, dass niemand da war und dass nur einige Säcke in der Stube herumlagen, schlüpfte sie aus dem Ofen, warf ihren warmen Pelzmantel ab und ordnete ihre Kleider. Niemand hätte ihr ansehen können, dass sie noch einen Augenblick vorher auf dem Besen geritten war.

Die Mutter des Schmiedes Wakula zählte nicht mehr als vierzig Jahre. Weder schön noch hässlich (es ist schwer, in diesem Alter noch schön zu sein), hatte sie es indessen verstanden, einige der gesetzteren Kosaken, die im Übrigen der Schönheit ebenfalls nicht mehr allzu bedürftig waren, so zu bezaubern, dass, außer dem Dorfschulzen, auch der Küster Ossip Nikiforowitsch (natürlich nur, wenn die Küsterin nicht zu Hause war), der Kosak Korni Tschub und der Kosak Kasjan Swerbygus sie häufig zu besuchen pflegten.

Zu ihrer Ehre sei es gesagt, dass sie äußerst geschickt mit ihnen umzugehen verstand: Kein Einziger von ihnen kam auf den Gedanken, irgendwelche Nebenbuhler zu haben. Ging so ein frommer Bauer oder »Edelmann« (wie die Kosaken sich gerne selber nannten) in seinem Kapuzenmantel sonntags in die Kirche – oder, wenn das Wetter schlecht war, in die Schenke –, warum sollte er nicht bei der Solocha vorsprechen, um ein paar fette Quarkkuchen mit Schlagsahne zu verzehren und sich in der warmen Küche mit der gesprächigen und gefälligen Hausfrau zu unterhalten? Der betreffende Edelmann machte zu diesem Zwecke oft einen beträchtlichen Umweg, ehe er die Schenke erreichte, und nannte das »unterwegs ein wenig einkehren«. Und wenn Solocha zuweilen an einem Feiertag in ihrem grellen Kopftuch, ihrer Nankingjacke und ihrem mit goldenen Bändern benähten Überrock in der Kirche erschien und sich dicht neben dem rechten Chor aufstellte, begann der Küster leise zu hüsteln und mit zwinkernden Augen nach jener Seite zu schauen; der Dorfschulze aber strich sich über den Schnurrbart, wickelte sich die Kosakenlocke ums Ohr und sagte zu seinem Nachbarn: »Ach, ist das ein Weib! Ein Teufelsweib ist das!« Solocha grüßte sie alle – und jeder glaubte, sie grüße ihn allein.

Wer es jedoch liebte, seine Nase in fremde Angelegenheiten zu stecken, hätte bald herausgefunden, dass Solocha zum Kosaken Tschub am liebenswürdigsten war. Tschub war Witwer. Vor seiner Hütte standen acht Getreideschober. Zwei kräftige Ochsen streckten immer ihre Köpfe aus dem Flechtwerk des Stalles auf die Straße hinaus und muhten laut, wenn sie eine Gevatterin Kuh oder einen Gevatter Stier vorbeitrotten sahen. Ein bärtiger Ziegenbock kletterte hin und wieder aufs Dach und meckerte von dort aus so schrill wie der Stadthauptmann, um die sich auf dem Hofe herumtrollenden Truthühner zu ärgern, oder drehte seinen Feinden, den Dorfbuben, die ihn wegen seines Bartes hänselten, den Hintern zu. In den Truhen Tschubs lagen viele Leinwandstücke, kostbare Pelze und altertümliche, mit Goldborten verzierte Röcke, denn seine verstorbene Frau hatte sich sehr zu putzen geliebt. In seinem Gemüsegarten wuchsen nicht nur Mohn, Kohl und Sonnenblumen, es wurden auch alljährlich zwei große Beete mit Tabakstauden bepflanzt. Solocha hielt es durchaus nicht für abwegig, dies alles mit ihrer eigenen Wirtschaft zu vereinigen, und stellte schon im Voraus Betrachtungen darüber an, welche Ordnung dort herrschen würde, wenn es in ihre Hände geriete. Sie verdoppelte daher ihr Wohlwollen für den alten Tschub. Damit aber ihr Sohn Wakula sich nicht auf irgendeine Weise an dessen Tochter heranmachte, alles für sich einheimste und sie, die Solocha, daran hinderte, sich in irgendetwas einzumischen, nahm sie ihre Zuflucht zum üblichen Mittel aller vierzigjährigen Frauenzimmer: Sie versuchte, den alten Tschub nach Möglichkeit mit dem Schmied zu entzweien.

Vielleicht trugen gerade diese Listen und Machenschaften dazu bei, dass die alten Dorfweiber bei fröhlichen Zusammenkünften, wenn man ein wenig über den Durst getrunken hatte, einander zutuschelten, Solocha sei in der Tat eine Hexe; der junge Kosak Kisjakolupenko habe bei ihr hinten einen Schwanz von der Größe einer Weiberspindel festgestellt; erst am vorigen Donnerstag sei sie als schwarze Katze über die Straße gelaufen; auch sei sie einmal als Sau bei der Popenfrau eingedrungen, habe dort wie ein Hahn gekräht, sich die Mütze Vater Kondrats aufgesetzt und sich dann wieder auf und davon gemacht.

Es fügte sich so, dass, gerade als die alten Weiber wieder einmal von alledem schwatzten, der Kuhhirt Tymisch Korostjawyi hinzukam und es nicht unterlassen konnte, zu erzählen, dass er einmal im Sommer, kurz vor Peter und Paul, sich mit einem Heubündel unter dem Kopf im Stall zum Schlafen niedergelegt und mit eigenen Augen gesehen habe, wie die Hexe mit aufgelösten Haaren und im bloßen Hemde die Kühe molk; er sei so gelähmt gewesen, dass er sich nicht habe rühren können. Überdies habe sie ihm die Lippen mit einer so widerwärtigen Flüssigkeit bestrichen, dass er den ganzen Tag fortwährend habe ausspucken müssen.

Das alles schien indessen nicht ganz glaubwürdig, da ja nur der Assessor von Sorotschinzyi eine Hexe untrüglich zu erkennen vermochte. Die angeseheneren Kosaken machten daher, wenn ihnen diese Gerüchte zu Ohren kamen, nur eine wegwerfende Handbewegung. »Sie schwindeln, diese Hundeweiber!«, hieß es bei ihnen.

Als sie aus dem Ofenloch gekrochen war und ihre Kleider in Ordnung gebracht hatte, machte sich Solocha als gute Hausfrau gleich daran, die Stube aufzuräumen. Nur die Säcke rührte sie nicht an: »Die hat Wakula gebracht, mag er sie selber fortschaffen!«

Der Teufel aber hatte beim Einflug in den Schornstein sich unwillkürlich ein wenig umgeblickt und wahrgenommen, wie Tschub, Arm in Arm mit seinem Gevatter, sich schon weit von seiner Hütte entfernt hatte. Augenblicklich flog er aus dem Ofenloch ins Freie hinaus, überholte das Paar und begann von allen Seiten den gefrorenen Schnee aufzuwühlen, sodass die Flocken in einem Wirbelsturm dahintrieben und die ganze Luft mit ihrem weißen Gestöber erfüllten. Wie ein Netz flatterten sie hin und her und drohten den Fußgängern Augen, Mund und Ohren zu verkleben.

Darauf fuhr der Teufel wieder in den Schornstein Solochas ein, fest davon überzeugt, Tschub werde jetzt mit seinem Gevatter umkehren, den Schmied in seinem Haus antreffen und ihn so traktieren, dass dieser lange nicht mehr imstande sein werde, einen Pinsel in die Hand zu nehmen und beleidigende Karikaturen zu malen.

5

Und in der Tat – kaum dass das Schneegestöber sich erhoben und der Wind angefangen hatte, ihm gerade ins Gesicht zu schlagen, als Tschub schon Reue äußerte. Er zog seine Kapuze tiefer über den Kopf und bedachte sich selber, den Gevatter und den Teufel mit argen Schimpfworten. Nichtsdestoweniger war dieser Ärger nur geheuchelt, denn eigentlich freute er sich über das Gestöber. Bis zum Küsterhaus war es noch achtmal so weit, wie sie schon gegangen waren. Die Wanderer machten also kehrt. Der Wind blies ihnen jetzt in den Nacken. Doch im Flockenwirbel war nichts mehr zu erkennen.

»Halt, Gevatter! Mir scheint's, wir sind vom Weg abgekommen«, sagte Tschub nach einigen Schritten. »Keine einzige Hütte ist zu sehen. Ach, ist das ein Schneesturm! Such doch etwas seitwärts nach dem Weg. Ich will inzwischen hier suchen. Musste uns auch der Leibhaftige bei solchem Wetter aus dem Haus treiben! Vergiss nicht zu rufen, wenn du den Weg gefunden hast. Pfui Teufel, was für Schneemassen der Satan einem in die Augen geworfen hat!«

Doch von einem Wege war nichts zu sehen. Der Gevatter, der seitwärts gestampft war, irrte in seinen langen Stiefeln ratlos hin und her und stieß schließlich mit der Nase

30

auf die Schenke. Diese Entdeckung versetzte ihn in solch ein Entzücken, dass er alles vergaß, den Schnee von sich abschüttelte und in der Schenke verschwand, ohne sich um den auf der Straße zurückgebliebenen Tschub zu kümmern.

Dieser wiederum glaubte den Weg gefunden zu haben, machte halt und schrie aus voller Kehle. Doch da der Gevatter sich gar nicht zeigen wollte, beschloss er, allein weiterzugehen. Bald darauf erblickte er seine Hütte. Vor der Tür und auf dem Dach türmten sich ganze Berge von Schnee. Er klatschte in die verfrorenen Hände, pochte an die Tür und befahl der Tochter, dass sie ihm öffnen solle.

Da trat der Schmied aus der Tür und fuhr ihn rau an: »Was hast du hier zu suchen?«

Tschub erkannte die Stimme des Schmiedes und wich ein wenig zurück.

»Nein, das ist nicht meine Hütte«, dachte er, »der Schmied würde es nicht gewagt haben, sie zu betreten. Doch wenn ich genauer hinschaue, so ist's auch nicht die seine. Wessen Hütte es nur sein mag? Halt, ich hab's! Dass ich sie auch nicht gleich erkannte! Sie gehört ja dem Kosaken Lewtschenko, der sich kürzlich ein junges Weib zugelegt hat. Die einzige Hütte im Dorf, die meiner ungefähr ähnlich sieht. Mir kam's ja gleich ein wenig sonderbar vor, schon so rasch zu Hause angelangt zu sein … Aber Lewtschenko hockt heute Abend beim Küster, das weiß ich ganz genau. Was hat der Schmied hier zu tun? Hehehe! Er hat die junge Frau besucht … Da haben wir's! Ausgezeichnet! … Jetzt verstehe ich alles …«

»Wer bist du? Und warum treibst du dich vor fremden Türen herum?«, fragte der Schmied noch rauer als vorher und trat ganz dicht an ihn heran.

»Nein«, dachte Tschub, »ich sag's ihm nicht, wer ich bin. Sonst kriegt er es noch fertig und verprügelt mich, dieser Satanssprössling!«

Er antwortete also mit verstellter Stimme: »Ich bin's, guter Mann. Ich bin gekommen, Euch vor dem Fenster mit einigen Weihnachtsliedern zu erfreuen.«

»Scher dich zum Teufel mit deinen Weihnachtsliedern!«, schrie Wakula voller Wut. »Was stehst du noch da? Kannst du nicht hören? Du sollst dich schleunigst davonmachen!«

Tschub hatte schon selber diese Absicht gehegt. Es ärgerte ihn aber, dass er den Befehlen des Schmiedes gehorchen sollte. Als wenn ihn ein böser Geist zum Widerspruch triebe, rief er immer noch mit verstellter Stimme: »Was schreist du so? Ich will nun aber einmal meine Weihnachtslieder singen. Und damit Schluss!«

»Aha! Man muss dir also anders als mit bloßen Worten kommen!«

Im selben Augenblick fühlte Tschub einen schmerzhaften Schlag auf der Schulter. »So? Prügeln willst du also auch noch?«, stieß er, einige Schritte zurückweichend, hervor.

»Mach dich fort! Pack dich!«, schrie der Schmied und versetzte Tschub einen neuen Schlag.

»Was fällt dir ein?«, rief Tschub mit einer Stimme, in der sich Schmerz, Ärger und Furcht mischten. »Du haust wirklich nicht nur zum Spaß. Es tut ja ordentlich weh.«

»Pack dich!«, brüllte der Schmied, ging in die Hütte zurück und schlug die Tür hinter sich zu.

»Schau einer an, wie der sich aufspielt!«, rief ihm der auf der Straße allein zurückgebliebene Tschub nach. »Versuch's nur und komm heran! Du bist mir einer! Blähst dich auf, wie ich weiß nicht was. Du glaubst wohl, es gibt keine Gerichte für dich? Nein, mein Täubchen. Augenblicklich gehe ich zum Kommissar. Du wirst mich schon kennenlernen! Was schert's mich, dass du Schmied und Maler bist? ... Ich sollte meinen Rücken und meine Schultern untersuchen, sicher werden blaue Flecke zu finden sein. Tüchtig hat er zugehauen, dieser Teufelssohn. Schade nur, dass es so kalt ist und ich meinen Pelz nicht ausziehen mag. Warte nur, Höllenschmied! Der Satan soll dich und deine Schmiede zusammenschlagen! Ich werde dir noch das Tanzen beibringen. So ein verfluchter Tausendsassa! Doch jetzt ist er ja nicht zu Hause ... Solocha wird allein sein ... Hm ... Es ist nicht mehr weit bis zu ihr ... Die Hiebe des verdammten Schmiedes tun wirklich weh ...«

Tschub kratzte sich am Rücken und schlug eine andere Richtung ein. Die Annehmlichkeiten, die ihn beim Wiedersehen mit Solocha erwarteten, dämpften ein wenig seine Schmerzen und machten ihn sogar gegen den Frost unempfindlich, der auf allen Straßen knirschte und nicht einmal vom Heulen des Windes übertönt werden konnte. Über sein Gesicht, dessen Wangen und Schnurrbart vom Schneesturm rascher eingeseift wurden als von irgendeinem Barbier, der sein Opfer tyrannisch an der Nase packt, glitt von Zeit zu Zeit ein sauersüßer Ausdruck. Wenn einem nicht der Schnee so wild vor den Augen getanzt hätte, dass man nichts unterscheiden konnte, so hätte man noch lange sehen können, wie Tschub hin und wieder stehenblieb, sich den Rücken rieb und dabei laut ächzte: »Der hat mich aber gehörig versohlt, dieser verdammte Schmied!« – und sich dann weitertrollte.

6

Als der geschwänzte, bocksbärtige Galan wieder in den Schornstein Solochas einfuhr, verhakte sich seine an einem Riemen hängende Tasche, in die er den gestohlenen Mond gesteckt hatte, unversehens an einem Mauervorsprung und ging auf. Der Mond benutzte diese Gelegenheit, schlüpfte aus dem Schornstein ins Freie und schwebte leicht zum Himmel empor. Alles wurde auf einmal hell. Und der Schneesturm war wie nicht gewesen. Draußen funkelte alles wie ein weites, mit kristallenen Sternen besätes Feld. Auch der Frost schien nachgelassen zu haben.

Scharen jungen Volks zogen mit Säcken durch die Straßen. Lieder erschallten, und es gab kaum ein Fenster, unter dem sich nicht die Weihnachtssinger drängten.

Wundersam glänzt der Mond. Es ist schwer zu beschreiben, wie schön es ist, sich unter die lachenden und singenden Mädchen und Burschen zu mischen, die zu allen Späßen und Streichen bereit sind, wie die helle und heitere Nacht sie ihnen eingibt. Unter den dicken Pelzen ist es warm; die Wangen glühen noch lebhafter vom Frost – und der Gottseibeiuns selbst scheint die Übermütigen zu immer größeren Tollheiten anzutreiben.

Ein ganzer Haufe von Mädchen mit ihren Säcken war in die Hütte Tschubs eingefallen und umringte Oxana. Ihr Geschrei, Gelächter und Geschwätz betäubten den Schmied. Alle redeten ohne Unterlass auf die Schöne ein, erzählten Neuigkeiten, kramten ihre Säcke aus und rühmten sich all der Kuchen, Würste und Krapfen, die sie schon für ihre Lieder erhalten hatten. Oxana schien überaus vergnügt und froh zu sein, plauderte bald mit dieser, bald mit jener und lachte unaufhörlich.

Mit welchem Ärger, welchem Neid sah der Schmied diesem lustigen Treiben zu und verfluchte insgeheim alle diese Weihnachtslieder, von denen er doch selbst immer so entzückt gewesen war.

»Ach, Odarka«, wandte sich Oxana an eins der Mädchen, »du hast ja neue Schuhe an. Oh, wie sind die schön! Mit Gold bestickt. Wie gut bist du daran, dass du jemand hast, der dir so etwas kauft. Ich habe niemand, der mir so prächtige Schuhe schenken würde.«

»Gräm dich nicht, schönste Oxana«, fiel da der Schmied ein, »du sollst von mir Schuhe bekommen, wie kein Fräulein sie trägt.«

»Du?!«, erwiderte Oxana mit einem raschen, hochmütigen Seitenblick. »Das wollen wir doch erst sehen, ob du mir Schuhe verschaffen kannst, die ich anziehen mag! Es sei denn, du brächtest mir Schuhe, wie die Zarin selber sie trägt.«

»Da hört ihr's, worauf sie hinauswill!«, rief lachend der Mädchenschwarm.

»Jawohl«, fuhr die Schöne stolz fort, »ihr alle sollt Zeugen sein! Wenn mir der Schmied Wakula die Schuhe der Zarin bringt, so verpfände ich mein Wort, dass ich ihn zur selben Stunde heiraten werde.«

Die Mädchen umringten die launische Gespielin und zogen sie mit sich fort.

»Lach nur! Lach nur!«, sagte sich der Schmied, der hinter ihnen die Hütte verließ. »Ich lache ja selbst über mich. Ich grüble und grüble, wo ich nur meinen Verstand gelassen habe. Sie liebt mich nicht. Nun gut – Gott mit ihr! Als ob es auf der ganzen Welt nur diese eine Oxana gäbe! Es gibt, Gott sei Dank!, auch ohne sie noch viele schöne Mädchen im Dorf. Was soll ich mit Oxana? Aus ihr wird nie eine gute Frau werden. Nur aufs Putzen versteht sie sich und auf nichts anderes. Nein – genug! Ich lasse mich nicht länger zum Narren halten!«

Doch gerade als der Schmied diesen Entschluss fassen wollte, zauberte ihm irgendein böser Geist ihr lächelndes Antlitz vor die Augen, und er hörte im Herzen ihre spöttische Stimme: »Schaffe mir die Schuhe der Zarin herbei, Schmied – und ich heirate dich.« Alles wallte in ihm empor, und er dachte wieder an nichts als an Oxana.

Scharen von Weihnachtssingern, Burschen und Mädchen in getrennten Gruppen, eilten von einer Straße in die andere. Doch der Schmied stolperte vor sich hin, sah nichts und hörte nichts und nahm nicht teil am fröhlichen Treiben, das er früher über alles geliebt hatte.

7

Der Teufel war unterdessen bei Solocha allen Ernstes zärtlich geworden. Er küsste ihr mit ebensolchen Grimassen die Hand wie der Assessor die der Popentochter, griff sich ans Herz, seufzte tief auf und erklärte ihr feurig, dass er, wenn sie seine Leidenschaft nicht stillen und ihn nicht, wie es sich gehöre, belohnen wolle, zu allem fähig wäre: Er würde sich ins Wasser stürzen und seine Seele gradenwegs in die Hölle schicken.

Solocha war durchaus nicht grausam. Sie steckte mit dem Teufel ja sowieso unter einer Decke, da sie es liebte, wenn ihr ein ganzer Schwarm von Verehrern nachlief, sodass sie selten ohne Gesellschaft war. Den heutigen Abend allerdings hätte sie allein verbringen müssen; denn sie wusste, dass alle angeseheneren Leute beim Küster zum Honigreisessen eingeladen waren.

Doch alles kam ganz anders. Eben erst hatte der Teufel seinen Antrag vorgebracht, als es plötzlich an der Haustür klopfte und man die Stimme des wohlbeleibten Dorfschulzen vernahm. Solocha beeilte sich, ihm aufzumachen; der flinke Teufel aber schlüpfte rasch in einen der Säcke.

Der Dorfschulze schüttelte sich den Schnee von der Kapuze, trank ein Gläschen Schnaps, das er aus Solochas Händen entgegengenommen hatte, aus und erzählte, dass er wegen des plötzlichen Schneesturms nicht zum Küster gegangen sei. Da habe er Licht in ihrem Fenster gesehen und sei bei ihr eingekehrt, in der Hoffnung, den Abend mit ihr verbringen zu dürfen.

Er hatte noch nicht zu Ende gesprochen, da pochte es von Neuem an die Haustür, und man hörte die Stimme des Küsters rufen.

»Versteck mich irgendwo«, flüsterte der Dorfschulze ihr zu, »ich möchte hier nicht mit dem Küster zusammentreffen.«

Solocha dachte lange darüber nach, wo sie einen so umfangreichen Gast verbergen könne. Endlich verfiel sie auf den größten Sack, der mit Kohlen gefüllt war, schüttelte die Kohlen in eine Kiste und ließ den dicken Dorfschulzen mit Kopf, Kapuze und Schnurrbart in den Sack kriechen.

Der Küster kam ächzend herein, rieb sich die Hände und erzählte, dass niemand zu ihm gekommen sei. Er für seine Person scheue nicht das Unwetter wie die andern und danke dem Zufall für die Möglichkeit, sich bei Solocha ein wenig zu verlustieren. Damit trat er auf sie zu, betastete mit seinen langen Fingern ihren runden, entblößten Arm und fragte mit einem zugleich schlauen und selbstgefälligen Blick: »Ja, was habt Ihr denn da, meine prächtige Solocha?«

Dabei hüpfte er ein paar Schritte zurück.

»Was ich da habe?«, antwortete Solocha. »Das ist mein Arm, Ossip Nikiforowitsch.«

»Hm … Euer Arm also …«, meinte der Küster, herzlich zufrieden mit diesem Anfang, und ging einige Male im Zimmer auf und ab.

»Und das?«, fragte er, mit dem gleichen Blick an sie herantretend und leicht ihren Nacken tätschelnd. »Was ist denn das da, meine teuerste Solocha?«

Wieder hüpfte er ein paar Schritte zurück.

»Als ob Ihr das nicht wüsstet, Ossip Nikiforowitsch!«, antwortete Solocha. »Das ist mein Hals und um den Hals eine Halskette.«

»Hm … Ein Hals und eine Halskette … Hehehe«, kicherte der Küster und nahm von Neuem seinen Rundgang durch die Stube auf.

»Und das? Was ist das, meine unvergleichliche Solocha?«

Niemand weiß, wonach der lüsterne Küster jetzt mit seinen langen Fingern gegriffen hätte; denn es wurde plötzlich an die Haustür geklopft, und man vernahm die Stimme des Kosaken Tschub.

»O Gott! Ein Fremder!«, rief der Küster erschrocken aus.

»Was wird das geben, wenn man eine Person meines Standes hier entdeckt …? Es könnte Vater Kondrat zu Ohren kommen.«

Die wirklichen Befürchtungen des Küsters waren ganz andere: Er zitterte davor, dass seine Ehehälfte es erfahren könnte, deren schreckliche Hand auch ohnedies seinen einst stattlichen geistlichen Schopf gelichtet hatte. »Um Gottes willen, tugendsame Solocha«, flehte er mit schlotternden Gliedern, »Eure Güte, so steht's schon im Lukasevangelium, Kapitel drei … dreizehn …[4] Es klopft wieder. Bei Gott, es klopft … O versteck mich, versteck mich, wo es auch sei!«

Solocha leerte einen anderen Sack in die Kohlenkiste, und der nicht sehr große Küster kroch hinein und kauerte sich ganz am Boden nieder, sodass man noch eine tüchtige Portion Kohlen über ihn hätte schütten können.

»Guten Abend, Solocha«, sagte Tschub beim Eintreten, »du hast mich wohl nicht erwartet, wie? Störe ich vielleicht?«, fuhr Tschub fort und setzte eine scherzhaft-bedeutsame Miene auf, die schon im Voraus erkennen ließ, dass sein nicht sehr erfinderischer Kopf sich abmühte, irgendeine scharfsinnige und treffende Bemerkung loszulassen. »Vielleicht hast du dich gerade mit irgendjemand vergnügt und ihn am Ende irgendwo versteckt, wie?«

Entzückt über diesen Witz, lachte Tschub laut auf und triumphierte innerlich, da er sich für den Einzigen hielt, der sich der Gunst Solochas erfreute. »Nun, Solocha, gib mir erst mal einen Schnaps. Meine Kehle ist wie zugefroren von dieser verfluchten Kälte draußen. Musste uns Gott auch gerade zu Weihnachten solch ein Unwetter schicken …! Als der Schneesturm losbrach … Hörst du, Solocha, als der Schneesturm losbrach … Ach, mir sind die Finger ganz steif geworden, ich kann mir nicht einmal mehr den Pelz aufknöpfen … Als der Schneesturm losbrach …«

---

4 Lukas 3,13: »Fordert nicht mehr denn gesetzt ist.«

»Mach auf!«, ertönte draußen eine von einem Schlag gegen die Tür begleitete Stimme.

»Da klopft jemand«, sagte Tschub und hielt inne.

»Mach auf!«, rief es noch lauter.

»Der Schmied!«, stieß Tschub hervor und griff nach seiner Pelzkappe. »Höre, Solocha, versteck mich, wo du nur willst! Für nichts auf der Welt möchte ich es haben, dass diese verfluchte Missgeburt mich hier sieht. Dass diesem Teufelssohn Blasen unter den Augen anlaufen mögen, groß wie Heuschober!«

Solocha war selber erschrocken, rannte wie gestochen hin und her und machte, fast von Sinnen, Tschub ein Zeichen, er möge in denselben Sack kriechen, in dem schon der Küster steckte. Der arme Küster wagte weder durch ein Hüsteln noch ein Ächzen seinen Schmerz kundzutun, als sich der schwere Kosak ihm beinah auf den Kopf setzte und ihm mit seinen hartgefrorenen Stiefeln die Schläfen zusammenpresste.

Der Schmied trat wortlos, ohne die Mütze abzunehmen, ein und ließ sich gleich auf eine Bank niederfallen. Er schien in schlechtester Laune zu sein.

Solocha hatte eben erst die Tür geschlossen, als schon wieder angeklopft wurde. Es war der Kosak Swerbygus. Doch den hätte man auf keine Weise mehr in einem Sack verstecken können, da es einen so großen Sack überhaupt nicht gab: Er war noch viel dicker als der Dorfschulze und hochwüchsiger als Tschubs Gevatter. Solocha führte ihn daher in den Gemüsegarten, um zu hören, was er ihr mitzuteilen hätte.

Der Schmied blickte zerstreut in alle Stubenwinkel und horchte hin und wieder auf die fern vom Dorf herüberhallenden Lieder der Weihnachtssinger. Schließlich blieben seine Augen auf den Säcken haften. »Warum stehn hier diese Säcke? Man hätte sie schon lange forträumen müssen. Diese blöde Liebe hat mich ganz dumm gemacht. Morgen ist

Feiertag – und in der Stube liegt noch solch ein Plunder herum. Ich will sie in die Werkstatt tragen.«

Er bückte sich zu den Säcken nieder, band sie fest zu und wollte sie sich auf die Schultern laden. Doch seine Gedanken irrten ersichtlich Gott weiß wo herum, sonst hätte er hören müssen, wie Tschub aufstöhnte, als ihm die Haare in den Knoten des Strickes hineingerieten, mit dem der Sack zugebunden wurde, und wie der feiste Dorfschulze deutlich vernehmbar Schluckauf bekam.

»Kann ich denn diese nichtsnutzige Oxana wirklich nicht aus meinem Kopf bringen?«, murmelte der Schmied vor sich hin. »Ich will nicht an sie denken – und denke trotzdem an sie und an nichts anderes als sie. Wie kommt es nur, dass solch ein Gedanke sich gegen meinen Willen in meinen Kopf einschleichen kann? ... Teufel auch! Die Säcke scheinen schwerer als früher geworden zu sein. Da hat man sicher noch irgendetwas anderes zu den Kohlen hinzugetan ... Tropf, der ich bin! Ich vergaß ganz, dass mir jetzt alles schwerer vorkommt. Früher konnte ich mit der Hand ein kupfernes Fünfkopekenstück oder ein Hufeisen zusammendrücken und wieder auseinanderbiegen. Und jetzt kann ich nicht einmal mehr einen Sack mit Kohlen aufheben ... Nein!«, schrie er nach einem kurzen Schweigen auf und fasste wieder Mut. »Bin ich denn ein altes Weib? Niemand soll über mich lachen dürfen! Und wenn es zehn solcher Säcke wären – ich hebe sie alle auf!«

Grimmig lud er sich die Säcke, die sonst kaum zwei starke Männer fortzutragen vermocht hätten, auf seine Schultern. »Auch den da nehm ich noch mit«, knurrte er und ergriff den kleineren Sack, in dem der zusammengekrümmte Teufel steckte. So bepackt verließ er die Hütte und pfiff dazu das Lied: »Lass die Finger von den Weibern!«

8

Lauter und lauter schallten Gesang, Gelächter und Geschrei durch die Straßen. Das Gedränge vermehrte sich noch durch den Zuzug von Gästen aus den Nachbardörfern. Die Burschen tobten und tollten nach Herzenslust. In die Weihnachtshymnen mischten sich häufig ausgelassene Stegreiflieder, die dieser oder jener der jungen Kosaken im Augenblick erfunden hatte. Und auf einmal ließ jemand aus der Menge statt eines Weihnachtsliedes ein altes Silvesterlied ertönen und sang aus vollem Halse:

>>Jahrende, Jahrwende!
Tut auf Eure Hände!
Schenkt Kuchen und Wurst
und Schnaps für den Durst!«

Dröhnendes Lachen belohnte den Spaßmacher. Kleine Fenster wurden hochgeschoben, und die mageren Hände von alten Weibern (die allein mit den würdigen Vätern zu Hause geblieben waren) warfen Würste und Kuchenstücke hinaus. Die Burschen und Mädchen hielten abwechselnd ihre Säcke unter und fingen die Beute auf.

An einer Straßenecke umringten von allen Seiten herbeieilende Burschen einen Schwarm Mädchen. Man schrie und lärmte. Einer warf einen Schneeball unter die Johlenden. Ein anderer riss einen mit Leckerbissen gefüllten Sack an sich. An einer anderen Straßenecke erging es einem Burschen schlecht: Die Mädchen hatten ihm ein Bein gestellt – und er flog mit seinem Sack kopfüber in den Schnee.

Es sah aus, als wenn die Jugend die ganze Nacht durchjubeln wollte. Und die Nacht war wie mit Absicht licht und warm geworden. Der Mondglanz leuchtete im Widerschein des Schneegeglitzers immer weißer. Der schwer mit seinen Säcken bepackte Schmied blieb plötzlich stehen. Ihm war, er habe in einer Mädchenschar die Stimme und das helle Lachen Oxanas vernommen. Es zuckte in all seinen Adern. Er ließ die Säcke zu Boden fallen, dass der eingeschnürte Küster ächzte und der Dorfschulze aufheulte, und mischte sich, nur noch den kleineren Sack mit dem Teufel auf den Schultern, unter einige Burschen, die jener Mädchenschar nachliefen, in deren Mitte er die Stimme Oxanas erkannt zu haben glaubte. »Ja, sie ist es! Wie eine Zarin steht sie da und lässt ihre schwarzen Augen funkeln. Der lange Bursche dort scheint ihr etwas zu erzählen. Wahrscheinlich etwas Lustiges, denn sie lacht. Aber sie lacht ja immer.«

Wie gegen seinen Willen hatte der Schmied sich durch die Schar gedrängt und stand jetzt dicht vor ihr.

»Ah, Wakula! Bist du auch da? Willkommen!«, rief ihm die Schöne mit demselben spöttischen Lächeln zu, mit dem sie ihn stets um seinen Verstand brachte. »Nun, hast du dir viel zusammengesungen? Ach, was für ein kleiner Sack! Wo sind die Schuhe der Zarin? Bring sie mir – und ich heirate dich.«

Sie lachte und lief mit den Mädchen davon.

Wie angewurzelt blieb der Schmied auf demselben Fleck stehen. »Nein, ich kann nicht mehr. Alle Kraft hat mich verlassen«, grollte er in sich hinein. »O Gott, warum ist sie nur so teuflisch schön? Ihre Blicke und Worte und überhaupt alles an ihr macht mich brennen und flammen … Nein, ich kann's nicht länger ertragen. Es ist Zeit, mit allem Schluss zu machen. Mag meine Seele zugrunde gehen! Ich ertränk mich im Eisloch – und niemand soll mich mehr bei meinem Namen rufen können!«

Entschlossenen Schrittes lief er vorwärts, holte die Mädchen ein, fand Oxana und sagte ihr mit fester Stimme: »Leb wohl, Oxana! Fang dir einen anderen Mann und lass ihn am Narrenseil herunter. Mich wirst du auf dieser Welt nicht mehr wiedersehen!«

Die Schöne schien erstaunt und wollte ihm etwas antworten. Doch er winkte ihr mit der Hand ab und lief rasch davon.

»Wohin, Wakula?«, schrien die Burschen, als sie ihn so dahinstürmen sahen.

»Lebt wohl, ihr Brüder!«, rief er ihnen zu. »Vielleicht sehen wir uns in jener Welt wieder. In dieser werden wir nicht mehr miteinander tollen. Lebt wohl! Denkt nicht im Bösen an mich. Sagt dem Vater Kondrat, er soll eine Messe für meine sündige Seele lesen. Die Kerzen vor den Bildern des heiligen Wundertäters und der Mutter Gottes hab ich Sünder, in weltliche Dinge verstrickt, nicht mehr bemalen können. Das Hab und Gut in meiner Truhe soll der Kirche gehören. Lebt wohl!«

Mit diesen Worten lief der Schmied, den Sack auf dem Rücken, weiter.

»Er ist verrückt geworden«, sagten jetzt die Burschen.

»Eine verlorene Seele«, murmelte fromm ein altes Weibchen, das gerade vorüberging, »ich muss rasch allen erzählen, dass der Schmied sich erhängt hat.«

9

Als Wakula einige Straßen durchlaufen hatte, hielt er inne und schöpfte Atem. »Wohin lauf ich denn?«, dachte er. »Als wenn schon alles verloren wäre! Noch gibt's ein Mittel, das ich nicht versucht habe. Es gibt ja den Saporoger Schmerbauch Patzjuk. Man sagt, er kenne alle Teufel und vermöge alles zu erreichen, was er nur wolle. Ich will mich zu ihm begeben; meine Seele geht ja sowieso zugrunde!«

Der Teufel, der lange reglos im Sack gelegen hatte, hüpfte bei diesen Worten vor Freude. Doch der Schmied glaubte, dass er sich irgendwie verhakt und selber die Bewegung verursacht hätte. Er gab dem Sack, um ihn zurechtzurücken, mit seiner harten Faust einen Stoß, schüttelte ihn mit einer

Schulterbewegung durch und machte sich auf den Weg zum Schmerbauch Patzjuk.

Patzjuk war einst ein wirklicher Saporoger gewesen. Ob seine Kameraden ihn aus der Saporoger Kosakenniederlassung vertrieben hatten oder ob er selber fortgelaufen war, das wusste niemand mehr. Er wohnte schon zehn oder fünfzehn Jahre lang in Dikanka. Anfangs hatte er sich wie ein echter Saporoger gegeben, das heißt, er hatte nichts gearbeitet, drei Viertel des Tages verschlafen, wie sechs Scheunendrescher gegessen und fast einen ganzen Eimer Schnaps auf einen Zug geleert. Er hatte genug Platz dazu in seinem Leibe; trotz seines niederen Wuchses war er stark in die Breite gegangen, und die Hosen, die er trug, waren so umfangreich, dass man seine Beine, wie weit er auch ausschreiten mochte, nie zu Gesicht bekam: Man hätte denken können, eine Branntweintonne wälze sich durch die Straßen. Das war wohl auch der Grund gewesen, dass man ihm den Spitznamen »Schmerbauch« verliehen hatte. Noch waren nur wenige Wochen seit seiner Niederlassung im Dorf vergangen gewesen, als ihn schon alle als Schwarzkünstler erkannt hatten. Erkrankte jemand, so wurde sofort nach ihm geschickt, denn er brauchte nur wenige Worte zu murmeln – und die Krankheit war wie mit der Hand weggewischt. Wenn einem allzu gefräßigen Edelmann eine Fischgräte im Halse stecken geblieben war, so verstand Patzjuk ihm so kunstvoll mit der Faust auf den Rücken zu klopfen, dass die Gräte den ihr vorbestimmten Weg nahm, ohne die adelige Gurgel im Geringsten zu schädigen. In der letzten Zeit war er nur selten zu sehen gewesen. Vielleicht lag das an seiner Trägheit, vielleicht aber auch daran, dass es ihm von Jahr zu Jahr schwerer fiel, sich durch seine Haustür hindurchzuzwängen. Die Einwohner mussten sich schon selbst zu ihm bemühen, wenn sie in Nöten waren.

Nicht ohne Scheu öffnete der Schmied die Tür zu Patzjuks Hütte und sah ihn mit auf türkische Weise gekreuzten

Beinen vor einem Branntweinfass am Boden hocken, auf dem eine Schüssel mit Klößen stand. Diese Schüssel war mit Absicht so aufgestellt, dass sie sich in ungefähr gleicher Höhe mit seinem Mund befand. Ohne einen Finger zu rühren, schlürfte er mit leicht geneigtem Kopf die Brühe ein und fasste von Zeit zu Zeit einen Kloß mit den Zähnen.

»Nein, dieser da«, dachte Wakula, »ist noch fauler als Tschub: Der isst wenigstens mit dem Löffel, doch dieser mag nicht einmal die Hände heben.«

Patzjuk war so sehr mit seinen Klößen beschäftigt, dass er das Eintreten Wakulas, der sich gleich beim Überschreiten der Schwelle tief vor ihm verneigte, gar nicht bemerkt zu haben schien.

»Ich komme mit einem besonderen Anliegen zu Deiner Gnaden, Patzjuk«, sagte Wakula und verneigte sich noch einmal.

Der feiste Patzjuk hob den Kopf, begann aber gleich wieder seine Klöße zu verschlingen.

»Die Leute erzählen sich untereinander … Du darfst es aber nicht krummnehmen«, stotterte der Schmied und fasste all seinen Mut zusammen, »ich sage das nicht etwa, um dich irgendwie zu kränken … Die Leute erzählen sich also, du seist gewissermaßen so ein ganz klein wenig mit dem Teufel verwandt …«

Als er diese Worte hervorgebracht hatte, schrak Wakula zusammen, in der Befürchtung, allzu deutlich geworden zu sein und seine offenherzige Rede nicht genügend gemildert zu haben. Er erwartete schon, Patzjuk werde das Fass mitsamt der Schüssel ergreifen und ihm an den Kopf schleudern, wich daher etwas zur Seite und schützte sich mit seinem Ärmel, damit ihm die heiße Kloßbrühe nicht ins Gesicht spritze.

Doch Patzjuk schaute nur auf und fiel wieder über seine Klöße her.

So ermutigt, fuhr der Schmied entschlossen fort: »Ich bin

also zu dir gekommen, Patzjuk. Gott schenke dir alles Gute im Überfluss und Brot in entsprechenden Proportionen!« (Der Schmied verstand es, hin und wieder ein neumodisches Wort einfließen zu lassen, das er seinerzeit in Poltawa aufgeschnappt hatte, als er den Zaun des Kosakenhauptmanns anpinselte.) »Ich armer Sünder muss vor die Hunde gehen. Niemand auf der ganzen Welt kann mir helfen. Komme, was kommen mag! Jetzt heißt es, den Teufel selbst um Beistand zu bitten … Was meinst du, Patzjuk«, fügte der Schmied, da der andere beharrlich schwieg, zaghaft hinzu, »was ist da zu machen?«

»Brauchst du den Teufel, so scher dich zum Teufel!«, antwortete Patzjuk, ohne die Augen zu heben, und schlang weiter.

»Deswegen bin ich ja zu dir gekommen«, erwiderte der Schmied mit einer neuen Verbeugung, »denn ich glaube, dass mir außer dir niemand auf der Welt den Weg zu ihm zeigen kann.«

Patzjuk sprach kein Wort und vertilgte den letzten Rest seiner Klöße.

»Erbarme dich, guter Mann, und schlag es mir nicht ab«, beharrte der Schmied. »Um Schweinefleisch, Wurst, Buchweizengrütze und Hirse soll es mir nicht leid sein. Auch nicht um Leinwand, wenn du welche brauchst … wie das unter guten Menschen Sitte ist … Alles sollst du von mir haben, wenn du mir nur verraten wolltest, wie ich sozusagen den Weg zum Teufel finde.«

»Der braucht nicht weit zu wandern, der den Teufel auf seinem eigenen Buckel trägt«, gab Patzjuk gleichmütig Bescheid, ohne seine Stellung zu ändern.

Wakula starrte ihn an, als stünde die Erklärung für diese rätselhaften Worte auf Patzjuks Stirn geschrieben. »Was hat er da gesagt?«, schien seine Miene stumm zu fragen, und sein halbgeöffneter Mund war bereit, die geringste Andeutung wie einen Kloß zu verschlingen.

Doch Patzjuk schwieg.

Da bemerkte Wakula, dass weder das Fass noch die Schüssel mit den Klößen mehr zu sehen war. Anstatt ihrer standen zwei Holzschalen auf dem Fußboden, die eine mit Quarkkuchen, die andere mit Schlagsahne gefüllt. Seine Gedanken und seine Augen richteten sich unwillkürlich auf dieses Gericht. »Wir wollen doch sehen«, sagte er zu sich selbst, »wie Patzjuk die Quarkkuchen verspeist. Sich bis zur Erde niederzubeugen und sie wie die Klöße aufzuschlürfen, wird er sicherlich keine Lust haben. Es geht ja auch gar nicht an, denn die Quarkkuchen müssen zuvor in den Rahm getunkt werden.«

Er hatte das noch kaum zu Ende gedacht, als Patzjuk seine Lippen öffnete, die Quarkkuchen anschaute und den Mund noch weiter aufriss. In diesem Augenblick erhob sich ein Quarkkuchen von selbst aus der Schüssel, tauchte in den Rahm ein, drehte sich in ihm herum, hüpfte wieder empor und flog geradenwegs in den aufgesperrten Mund. Patzjuk verschluckte ihn, öffnete wieder die Lippen – und ein neuer Kuchen fand den Weg in seinen Mund. Er selber hatte nur die Mühe des Kauens und Schluckens auf sich zu nehmen.

»Donnerwetter, ist das ein Wunder!«, dachte der Schmied und riss erstaunt seinen Mund auf. Im selben Moment sah er, wie auch ihm ein Quarkkuchen in den Mund fliegen wollte und seine Lippen schon mit Rahm benetzt hatte. Den Kuchen von sich stoßend und die Lippen abwischend, versank der Schmied in Nachdenken darüber, welche Wunderdinge die unsaubere Kraft zu wirken und welche Kunststücke sie den Menschen beizubringen vermag. Das überzeugte ihn von Neuem, dass einzig Patzjuk ihm helfen könne. »Ich will mich noch einmal vor ihm verneigen, damit er mir alles richtig auseinandersetze«, sagte er sich. »Doch pfui! Morgen ist Weihnachten – und er isst Quarkkuchen mit Schlagsahne. Das ist doch kein Fastenessen. Ich bin ja ein Tropf: Ich stehe da und nehme diese Sünde auf mich … Fort von hier!«

Und der fromme Schmied floh spornstreichs aus der Hütte.

Der Teufel indessen, der im Sack saß und sich schon im Voraus auf diese prächtige Beute gefreut hatte, mochte sie sich nicht entgehen lassen. Als der Schmied den Sack für einen Augenblick abwarf, sodass der Strick, mit dem dieser zugebunden war, sich lockerte, schlüpfte der Pferdefüßige hurtig ins Freie und schwang sich rittlings auf Wakulas Nacken.

Ein Frostschauer überlief die Haut des Schmiedes. Er wurde kreideweiß vor Schreck und wusste nicht, was er machen sollte. Schon wollte er sich bekreuzigen. Da beugte der Teufel seine Hundeschnauze zu ihm nieder und flüsterte ihm ins rechte Ohr: »Ich bin's, dein Freund! Ich tue alles für einen Freund und Kameraden.« Und ins linke Ohr flüsterte er ihm: »Geld sollst du haben, so viel du nur willst. Heute noch wird Oxana unser sein.«

Er machte gerade eine Bewegung, um die Schnauze wieder dem rechten Ohr Wakulas zu nähern, als dieser, der grübelnd stehen geblieben war, ihm zurief: »Es ist gut. Um diesen Preis will ich dein sein!«

Der Teufel klatschte in die Hände und fing vor Freude auf dem Nacken Wakulas beinahe zu galoppieren an. »Jetzt bist du mir auf den Leim gegangen, Schmied!«, dachte er. »Jetzt werde ich mich an dir wegen all deiner Malereien und Lügenmärchen, die du den Teufeln angehängt hast, rächen. Was werden meine Kameraden in der Hölle sagen, wenn sie erfahren, dass der frömmste Mann des Dorfes in meinen Händen ist!«

Er lachte vergnügt auf, als er sich vorstellte, wie er sich in der Hölle vor der ganzen Horde der Geschwänzten aufspielen und den hinkenden Oberteufel, der sich immer für den Allerschlausten hielt, ärgern würde. »Nun, Wakula«, piepste er, noch immer auf dem Nacken des Schmiedes hockend, als befürchte er, dieser könne ihm vielleicht doch noch entwischen, »du weißt ja, dass ohne Vertrag nichts in der Welt ausgerichtet werden kann.«

»Ich bin bereit«, erwiderte der Schmied. »Wie ich gehört habe, unterzeichnet man bei euch mit Blut. Warte, ich will einen Nagel aus meiner Tasche holen.«

Mit diesen Worten langte er mit der Hand nach hinten und packte den Teufel – heidi! – am Schwanze.

»Lass das, du Schäker!«, schrie da der Teufel kichernd. »Genug der Späße!«

»Halt, mein Täubchen!«, rief der Schmied. »Wie gefällt dir das da?«

Und schon schlug er ein Kreuz. Da wurde der Teufel sanft wie ein Lämmchen.

»Warte nur!«, fuhr Wakula fort und zog ihn am Schwanz auf die Erde herunter. »Ich werde dich lehren, anständige Menschen und ehrliche Christen zur Sünde zu verführen!«

Und in einem Hui sprang er selber auf den Rücken des Teufels und erhob wieder die Hand, um ein Kreuz zu schlagen.

»Erbarm dich, Wakula«, stöhnte der Teufel kläglich, »ich werde alles tun, was du nur willst. Nur verschone mich und zeichne mich nicht mit diesem schrecklichen Kreuz!«

»Aha, du singst schon ganz anders, verfluchter Ausländer! Jetzt weiß ich, wie ich mit dir umzugehen habe. Augenblicklich trägst du mich auf deinem Rücken davon, hörst du? Rasch wie ein Vogel!«

»Wohin?«, ächzte der betrübte Teufel.

»Nach Petersburg! Schnurstracks zur Zarin!«

Und der Schmied wurde fast ohnmächtig vor Angst, als er fühlte, wie sich der Teufel mit ihm flugs in die Lüfte erhob.

10

Lange stand Oxana da und dachte über die seltsamen Worte des Schmiedes nach. Schon regte sich etwas in ihrem Inneren und tuschelte ihr zu, dass sie mit ihm zu grausam verfahren sei. »Wie, wenn er sich nun wirklich zu etwas Schrecklichem entschlossen hätte? Das kann doch der Fall sein. Und wenn nicht, so könnte es doch geschehen, dass er sich am Ende vor Gram in eine andere verliebt und sie, um mich zu kränken, als die Schönste im ganzen Dorfe preist. Doch nein, er liebt mich ja. Ich bin doch so schön. Er wird nie um einer anderen willen von mir lassen. Er spaßt und tut nur so. Kaum zehn Minuten werden vergehn – und er ist wieder da, um nach mir zu sehen … Wirklich, ich bin zu streng mit ihm. Ich muss ihm, scheinbar wider Willen, gestatten, dass er mir einen Kuss raubt. Wie er sich darüber freuen wird!«

Und schon scherzte die leichtfertige Schöne wieder mit ihren Freundinnen.

»Passt auf!«, rief eine von ihnen. »Der Schmied hat hier seine Säcke liegenlassen. Schaut nur, wie seltsam die aussehen! Er hat sich etwas ganz anderes zusammengesungen als wir. Man hat ihm mindestens einen halben Hammel gespendet. Und die Würste und Brote sind wahrscheinlich gar nicht zu zählen. Prachtvoll! Da kann man sich während der ganzen Feiertage daran überessen!«

»Sind das die Säcke des Schmieds?«, stimmte Oxana ein. »Dann wollen wir sie rasch zu mir in die Hütte tragen und nachschaun, was er sich alles erbeutet hat.«

Alle nahmen lachend den Vorschlag an.

»Wir können sie aber nicht aufheben!«, riefen einige von ihnen, die sich vergebens abgemüht hatten, die Säcke von der Stelle zu rücken.

»Wartet«, rief Oxana, »wir wollen einen Schlitten holen und sie so heimschaffen!«

Und die Schar lief auf der Suche nach einem Schlitten auseinander.

Die Gefangenen waren es überdrüssig geworden, in den Säcken zu hocken, ungeachtet dessen, dass der Küster in dem seinen ein gehöriges Loch mit dem Finger ausgebohrt hatte. Wenn sich nicht so viel Volk auf der Straße herumgetrieben hätte, so würde er vielleicht doch noch ein Mittel gefunden haben, sich zu befreien und hinauszukriechen. Doch sein Erscheinen hätte ihn dem allgemeinen Gelächter ausgesetzt. Das hielt ihn zurück, und er beschloss, unter den unhöflichen Stiefeln Tschubs aufstöhnend, alles Weitere abzuwarten.

Tschub selbst trachtete nicht weniger nach seiner Freiheit. Er fühlte, dass sich unter ihm etwas befand, auf dem es äußerst unbequem zu sitzen war. Doch als er den Beschluss seiner Tochter vernommen hatte, beruhigte er sich und gab alle Befreiungsgedanken auf, denn er sagte sich, dass es bis zu seiner Hütte mindestens hundert, wenn nicht zweihundert Schritte sein mochten; wenn er jetzt schon hinauskröche, müsste er seine Kleider ordnen, den Pelz zuknöpfen und den Gürtel festschnallen. Wie viel Arbeit! Außerdem war seine Pelzkappe bei Solocha geblieben. Mochten ihn doch die Mädchen auf dem Schlitten heimfahren!

Es kam jedoch ganz anders, als er erwartet hatte. Gerade als die Mädchen auseinandergelaufen waren, einen Schlitten zu holen, verließ der hagere Gevatter Tschubs verstimmt und missgelaunt die Schenke. Die Schankwirtin war durchaus nicht geneigt gewesen, ihm etwas auf Kredit zu geben. Anfangs hatte er abwarten wollen, ob sich nicht irgendein frommer Edelmann in die Schenke verirren und ihn freihalten würde. Doch alle Edelleute waren wie zum Trotz zu Hause geblieben und verspeisten als ehrsame Christen ihre Weihnachtskuchen im Kreise ihrer Familien.

Als nun der Gevatter so durch die Straßen stapfte und in seinem Herzen Betrachtungen über die Sittenverderbnis im

Allgemeinen und über das steinerne Herz der den Schnaps verwaltenden Jüdin im Besonderen anstellte, stieß er auf die Säcke und blieb betroffen stehen. »Ei, ei, was für Säcke da jemand auf der Straße liegenlassen hat!«, sagte er, sich nach allen Seiten umsehend. »Sicher ist auch Schweinefleisch dabei. Da hat aber einer einmal Glück gehabt, sich so viel zu ersingen. Was für gewaltige Säcke das sind! Nehmen wir einmal an, es wären nur Buchweizenkuchen und Brezeln darin – auch das ist nicht übel. Ja, selbst gewöhnliche Brote wären mir willkommen. Denn die Jüdin würde mir für jedes Brot ein Achtelchen Schnaps geben. Ich will sie rasch fortschleppen, ehe jemand anders sie findet.«

Er versuchte, sich den Sack mit dem Küster und Tschub auf den Rücken zu laden, fühlte aber gleich, dass die Last zu schwer für ihn war. »Nein, ich allein schaff es nicht«, sagte er sich. »Doch da kommt ja gerade, wie vom Himmel geschickt, der Weber Schupowalenko des Weges. Guten Abend, Ostap!«

»Guten Abend!«, sagte der Weber und blieb stehn.

»Wohin des Wegs?«

»Ach, nur so. Wohin mich die Füße tragen.«

»Hilf mir, guter Mann, diese Säcke hier fortzuschleppen. Jemand hat sich da etwas zusammengesungen und dann alles auf der Straße liegenlassen. Teilen wir – halb und halb!«

»Diese Säcke da? Was ist drin? Kuchen oder nur Brot?«

»Mir scheint, von allem etwas.«

Sie brachen Latten aus einem fremden Bretterzaun, legten einen Sack darauf und trugen ihn auf den Schultern von dannen.

»Wohin mit ihm? In die Schenke?«, fragte der Weber unterwegs.

»Daran hatte ich auch schon gedacht, ihn in die Schenke zu bringen. Doch das verfluchte Judenweib wird uns nicht glauben. Sie wird denken, dass wir ihn irgendwo gestohlen haben. Außerdem komme ich eben aus der Schenke. Nein, wir wollen ihn in meine Hütte tragen. Dort wird uns niemand stören. Meine Alte ist nicht zu Hause.«

»Ist sie auch wirklich nicht zu Hause?«, fragte der vorsichtige Weber.

»Gott sei Dank! Ich bin ja nicht auf den Kopf gefallen«, sagte der Gevatter; »kein Teufel brächte mich dorthin, wo sie jetzt ist. Sie treibt sich mit andern Weibern bis zum Morgengrauen herum.«

»Wer da?«, schrie die Ehefrau des Gevatters, als sie den Lärm im Hausflur vernahm, den die Ankunft der beiden Freunde mit dem Sack verursachte, und riss die Tür auf.

Der Gevatter erstarrte zur Säule.

»Da haben wir's!«, stieß der Weber hervor und ließ die Hände sinken.

Die Frau des Gevatters war ein Juwel, wie nicht wenige auf dieser Welt zu finden sind. Gleich ihrem Mann saß sie fast niemals zu Hause, kroch ganze Tage lang vor allerhand Basen und wohlhabenden alten Weibern auf dem Bauch, schmeichelte ihnen, speiste mit großem Appetit an ihrem Tisch und prügelte sich nur morgens mit ihrem Mann herum, da sie ihn einzig um diese Zeit zuweilen zu Gesicht bekam. Ihre Hütte war zweimal älter als die Pluderhosen des Gemeindeschreibers. Das Dach hatte an vielen Stellen kein Stroh mehr. Vom Zaun waren nur traurige Reste vorhanden, denn niemand nahm mehr einen Stock zur Abwehr der Dorfhunde mit, sondern rechnete damit, dass er im Vorübergehen eine Latte aus dem Zaun des Gevatters ausreißen könne. Der Ofen wurde oft zwei, drei Tage lang nicht geheizt. Alles, was sich die zärtliche Ehefrau des Gevatters bei ihren Gönnerinnen zusammenzubetteln verstand, versteckte sie möglichst entfernt von ihrem Gebieter und nahm ihm überdies häufig auch noch das wenige ab, das er für sich selbst ergattert hatte, sofern es ihm nicht gelungen war, es rechtzeitig in der Schenke in Schnaps umzusetzen. Der Gevatter liebte es, trotz seiner gleichmütigen

Art, durchaus nicht, ihr nachzugeben, und verließ das Haus daher fast immer mit blauen Flecken unter den Augen, während seine bessere Hälfte sich ächzend zu ihren alten Weibern trollte, um über die Liederlichkeit ihres Gatten zu klatschen und sich wegen der Hiebe, die sie von ihm erhalten zu haben vorgab, auszujammern.

Man kann sich also vorstellen, wie sehr der Gevatter und der Weber von ihrer unerwarteten Anwesenheit betroffen waren. Sie ließen den Sack rasch zu Boden gleiten, stellten sich vor ihn hin und versuchten, ihn mit ihren Mänteln zu verdecken. Doch es war zu spät.

Obwohl die Gevattersfrau mit ihren altersschwachen Augen nicht mehr gut sah – den Sack hatte sie bereits erblickt. »Das ist aber schön«, sagte sie mit einem Blick, in dem die Beutegier eines Habichts aufglitzerte, »das ist schön, dass ihr euch so viel zusammengesungen habt, wie es alle anständigen Menschen tun. Ich fürchte nur, ihr habt den Sack da einfach mit euch gehen heißen. Zeigt mir sofort, was drin ist! Hört ihr? Sofort!«

»Der kahlköpfige Teufel wird's dir zeigen, aber nicht wir«, widersprach der Gevatter und richtete sich wichtigtuerisch auf.

»Was schert das dich?«, stand ihm der Weber bei. »*Wir* haben uns etwas zusammengesungen und nicht *du*!«

»Nein! Du wirst es mir zeigen, nichtsnutziger Säufer!«, keifte die Alte, versetzte dem langen Gevatter einen Schlag unter das Kinn und versuchte, sich an den Sack heranzudrängen.

Doch der Weber und der Gevatter standen tapfer für ihre Beute ein und nötigten die Angreiferin zum Rückzug. Sie hatten indessen kaum ein wenig Atem geschöpft, als die Frau, einen Schürhaken in der Hand, wieder herbeistürzte. Sie schlug blitzschnell zu, bearbeitete die Hand ihres Mannes und den Rücken des Webers – und stand bereits neben dem Sack.

»Wie konnten wir sie nur heranlassen?«, fragte, wie aus einem Traume erwachend, der Weber.

»Was heißt denn hier ›wir‹?«, erwiderte darauf kaltblütig der Gevatter. »Du bist's, der sie herangelassen hat!«

»Ihr habt da augenscheinlich einen eisernen Schürhaken«, sagte der Weber nach einem kurzen Schweigen und rieb sich den Rücken. »Meine Frau hat sich auf dem vorjährigen Jahrmarkt für ein Geringes einen hölzernen Schürhaken gekauft. Der ist nicht so hart und tut nicht so weh …«

Unterdessen hatte die triumphierende Gattin den Schürhaken beiseitegetan, schnürte den Sack auf und schaute hinein.

Doch ihre alten Augen, die den Sack so rasch erspäht hatten, täuschten sie diesmal. »Aber da liegt ja ein ganzer Eber drin!«, schrie sie auf und schlug die Hände vor Freude zusammen.

»Ein Eber! Hörst du's? Ein ganzer Eber!«, rief der Weber und stieß den Gevatter in die Seite. »*Du* bist an allem schuld!«

»Was ist da zu machen?«, antwortete achselzuckend der Gevatter.

»Wieso? Was stehn wir noch länger herum? Der Sack muss ihr wieder abgenommen werden. Los!«, eiferte sich der Weber und näherte sich streitbar der Alten. »Hände weg! Das ist *unser* Eber!«

»Fort mit dir, Satansweib! Das ist nicht *dein* Eigentum!«, legte sich nun auch der Gevatter ins Zeug und rückte ihr ebenfalls auf den Leib.

Schon griff sie von Neuem nach dem Schürhaken. Doch mittlerweile war Tschub aus dem Sack gekrochen: Er stand mitten im Flur und reckte sich, wie aus einem tiefen Schlaf erwacht.

Die Gevatterin schrie laut auf, schlug sich mit den Händen auf die Hüften, und allen blieben die Mäuler offen stehen.

»Was schwatzte die Närrin da von einem Eber?«, sagte der Gevatter und machte Stielaugen. »Das ist ja gar kein Eber!«

»Da schau einer an, wen man in den Sack gesteckt hat!«, rief der Weber aus und wich vor Schreck einige Schritte zurück. »Sagt, was ihr wollt, aber ich will auf der Stelle platzen, wenn hier nicht der Böse seine Hand im Spiel hat. Der dort kann ja nicht einmal durch ein Fenster kriechen – und nun gar in einen Sack!«

»Aber das ist ja Tschub!«, schrie der Gevatter, als er genauer hinzuschauen wagte.

»Wer denn sonst, dachtet ihr?«, sagte Tschub mit einem pfiffigen Lachen. »Hab ich euch nicht einen schönen Streich gespielt? Und ihr wolltet mich schon als Schweinebraten auffressen! Wartet aber! Im Sack befindet sich noch etwas: wenn nicht ein Eber, so doch ein Ferkel oder sonst etwas Lebendiges. Unter mir hat sich unausgesetzt etwas bewegt.«

Der Weber und der Gevatter stürzten sich auf den Sack, die Hausherrin zerrte an der anderen Seite, und die Prügelei hätte von Neuem angefangen, wenn nicht der Küster endlich eingesehen hätte, dass er sich nicht länger versteckt halten konnte, und hervorgekrochen wäre.

Die Gevattersfrau wurde zu Stein und gab das Bein, an dem sie das vermeintliche Ferkel aus dem Sack ziehen wollte, frei.

»Noch einer!«, rief der Weber voller Entsetzen. »Der Teufel weiß, wie es heute auf der Welt zugeht! … Mir dreht sich alles im Kopf … Man stopft nicht mehr Würste und Kuchen, sondern Menschen in die Säcke.«

»Der Küster!«, sagte der mehr als alle andern erstaunte Tschub und dachte bei sich selbst: »Da haben wir es. Ei, ei, Solocha. Versteckst deine Liebhaber in Säcken … Und da wunderte ich mich noch, dass die ganze Stube voller Säcke stand … Jetzt versteh ich alles: In jedem Sacke steckten zwei Menschen … Und ich dachte, der Einzige zu sein. Da haben wir sie, diese Solocha!«

11

Als die Mädchen mit dem Schlitten, den sie sich geholt hatten, zu den beiden Säcken zurückkehrten, waren sie ein wenig verwundert, nur noch einen Sack vorzufinden.

»Nichts zu machen«, sagte Oxana, »wir müssen uns mit dem einen begnügen.«

Alle griffen zu und wälzten den Sack auf den Schlitten.

Der Dorfschulze beschloss, den Mund zu halten; denn er hatte es sich gerade überlegt, dass die dummen Mädchen, wenn er ihnen jetzt zuschrie, dass sie den Sack öffnen und ihn freilassen sollten, alle auseinanderlaufen würden, da sie sicher angenommen hätten, der Teufel säße im Sack – sodass er, allein auf der Straße liegen geblieben, vielleicht noch bis zum Morgen auf seine Befreiung zu warten gehabt hätte.

Die Mädchen fassten sich unterdessen an den Händen und flogen, den Schlitten nach sich ziehend, rasch wie der Wind über den knirschenden Schnee. Manche von ihnen setzten sich zum Spaß abwechselnd auf den Schlitten. Einige nahmen sogar auf dem Sack selbst Platz. Der Dorfschulze musste alles *ertragen*.

Endlich waren sie am Hause Oxanas angelangt, rissen die Tür zum Flur und zum Wohnzimmer auf und schleiften den Sack mit hellem Gelächter in die Hütte. »Jetzt schaun wir aber nach, was drin ist!«, riefen alle und machten sich ans Aufknoten.

Der Schluckauf, der den Dorfschulzen während der ganzen Zeit seiner Gefangenschaft geplagt hatte, war inzwischen so schlimm geworden, dass er laut schlucken und husten musste.

»Da sitzt ja jemand drin!«, schrien die Mädchen auf und wollten vor Angst sogleich zur Tür hinausfliehen.

Doch in diesem Augenblick wurde die Tür von außen aufgetan – und Tschub trat ein. »Warum wollt ihr denn alle davonlaufen?«, fragte er sie lachend.

»Ach, Vater, dort im Sack steckt jemand«, sagte Oxana.

»In jenem Sack? Wo habt ihr ihn denn her?«

»Der Schmied hat ihn auf der Straße liegen lassen«, riefen alle auf einmal.

»Aha«, sagte sich Tschub, »hab ich's mir doch gedacht.«

Laut äußerte er: »Wovor habt ihr denn Angst? Wir wollen die Sache einmal untersuchen. – Nun, Menschenskind«, wandte er sich an den im Sack Versteckten, »entschuldige, dass wir dich nicht bei deinem Vor- und Vatersnamen nennen können! Heraus mit dir aus dem Sack!«

Der Dorfschulze kroch heraus.

»Ah!«, riefen die Mädchen.

»Auch der Schulze steckte also in solch einem Sack«, dachte Tschub betroffen und maß ihn vom Kopf bis zum Fuß. »Ei, ei, schau mal einer an … Hehehe …« Mehr vermochte er nicht hervorzubringen.

Der Schulze war nicht weniger verlegen und wusste nicht, was er beginnen sollte. Er trat an Tschub heran und fragte: »Draußen ist's wohl kalt? Oder nicht?«

»Ja, ein ganz tüchtiger Frost«, erwiderte Tschub. »Doch gestatte, womit schmierst du dir eigentlich deine Stiefel ein? Mit Schmalz oder mit Teer?«

Er hatte ihn eigentlich fragen wollen: »Wie bist du denn in den Sack gekommen?« – und begriff selbst nicht, warum er etwas ganz anderes gefragt hatte.

»Teer ist besser«, antwortete der Schulze. »Na, gute Nacht, Tschub!«

Damit drückte er sich seine Pelzmütze tiefer in die Stirn und entfernte sich.

»Warum hab ich ihn nur so dumm gefragt, womit er sich seine Stiefel einschmiert?«, fragte sich Tschub und schaute auf die Tür, durch die der Schulze hinausgegangen war. »Ei, ei, Solocha … So einen Wanst in den Sack zu stopfen … Bei Gott, ein Teufelsweib! Ich aber bin ein Esel … Wo steckt er denn nur, dieser verfluchte Sack?«

»Ich habe ihn in die Ecke geworfen, es ist nichts mehr drin«, sagte Oxana.

»Ich kenne diese Späße! Nichts mehr drin? Gebt ihn mir mal her. Sicher steckt noch einer drin. Schüttelt ihn richtig aus! … Was? Niemand mehr? … Das ist ein Frauenzimmer! Verflucht noch einmal! Sieht wie eine Heilige aus und spielt sich auf, als äße sie nur Fastenspeisen … Nein, so etwas!«

Doch lassen wir Tschub seinen Ärger in aller Ruhe auskosten und kehren wir zum Schmied zurück, denn draußen geht es sicher schon auf neun Uhr.

12

Anfangs kam es Wakula recht unheimlich vor, so hoch durch die Luft davongetragen zu werden und unten auf der Erde nichts mehr unterscheiden zu können: Wie eine Fliege flog er so dicht unter dem Mond vorbei, dass seine Mütze ihn fast gestreift hätte; er konnte sich gerade noch rechtzeitig bücken. Doch nach einigen Augenblicken fasste er wieder Mut, ja er begann sogar mit dem Teufel Schindluder zu treiben. Es war äußerst belustigend, wie dieser jedes Mal niesen und husten musste, wenn Wakula sein Kreuz aus Zypressenholz vom Hals nahm und es ihm vor der Nase baumeln ließ. Absichtlich hob dieser zuweilen die Hand, sodass der böse Feind, in der Befürchtung, der Reiter, der ihm im Nacken saß, könne ihn am Ende bekreuzigen, noch rascher dahinstob.

In der Höhe war es hell. Die von einem leichten Silbernebel erfüllte Luft schien durchsichtig zu sein. Man konnte alles deutlich sehen und sogar erkennen, wie ein Hexenmeister, in einem Zaubertiegel hockend, einem Wirbelsturm gleich an ihnen vorbeibrauste; wie die Sterne im Reigentanz Blindekuh miteinander spielten; wie ein wenig abseits ganze Geisterhorden wolkenartig dahintrudelten; wie ein im Mondschein tanzendes Teufelchen beim Anblick des reitenden Schmiedes die Mütze vor ihm abnahm; und wie ein Besen, auf dem augenscheinlich eine Hexe zu einem Treffen mit ihren Genossen geritten war, allein heimsauste …

Noch manches andere Gesindel begegnete ihnen auf ihrer Fahrt. Und alle hielten sie, sobald sie des Schmiedes ansichtig wurden, für einen Augenblick inne und musterten ihn erstaunt, um sich dann wieder ihren eigenen Angelegenheiten zuzuwenden und weiterzutoben.

Der Schmied flog und flog nur so dahin. Und auf einmal blitzte Sankt Petersburg vor ihnen auf und schien ganz in Flammen zu stehen, da dort, des Festes wegen, gerade eine Illumination stattfand. Der Teufel überflog den Schlagbaum und verwandelte sich in ein Pferd, sodass sich der Schmied plötzlich auf einem feurigen Renner durch die Straßen jagen sah.

Mein Gott, war das ein Lärm, ein Gedröhn, ein Lichterglanz! Zu beiden Seiten türmten sich vierstöckige Mauern. Das Aufschlagen der Pferdehufe auf das Pflaster, das Rollen der Equipagen hallte donnernd von allen vier Himmelsrichtungen wider. Bei jedem Schritt schienen Häuser aus dem Boden zu sprießen und himmelwärts zu wachsen. Brücken zitterten, Wagen stoben, Fuhrleute und Vorreiter schrien und fluchten. Der Schnee knirschte unter Tausenden von Schlitten. Die Fußgänger drängten sich unter den mit zahllosen Öllämpchen illuminierten Häusern zusammen, und ihre gewaltigen Schatten glitten über die Mauern und erreichten mit den Köpfen die Dächer und Schornsteine.

Voller Verwunderung sah sich der Schmied nach allen Seiten um. Ihm war, als blickten alle diese Häuser ihn mit ihren Feueraugen an. Er begegnete so vielen vornehmen Herren mit tuchüberzogenen Pelzen, dass er gar nicht mehr wusste, vor wem alles er die Mütze abziehen sollte. »Mein

Gott, wie viele Herrschaften!«, dachte er. »Jeder in so einem Pelz sieht nach einem Assessor aus. Assessoren über Assessoren! Und jene dort, die in glänzenden Kutschen mit Glasscheiben vorübersausen, müssen, wo nicht Bürgermeister, so doch mindestens Kommissare sein, vielleicht sogar noch etwas Höheres …«

Doch hier wurde sein Gedankengang unterbrochen, denn der Teufel fragte ihn: »Wohin jetzt? Gleich zur Zarin?«

»Nein, ich habe Angst«, antwortete der Schmied nach einigem Besinnen; »hier müssen doch irgendwo jene Saporoger abgestiegen sein, die im vergangenen Herbst durch Dikanka reisten. Sie kamen aus ihrem Lager am Dnjepr, um der Zarin irgendwelche Papiere zu überbringen. Ich sollte sie immerhin um Rat fragen … He, Satan, kriech mir in die Tasche und führ mich sogleich zu den Saporogern!«

Und der Teufel war in einem Augenblick dünn wie ein Faden, sodass er ohne Schwierigkeit in Wakulas Tasche kriechen konnte. Der aber hatte sich kaum umgesehen, als er sich schon vor einem großen Haus befand. Ohne selbst zu wissen wie, stieg er die Treppe empor, öffnete eine Tür und prallte vor dem Glanz zurück, mit dem das Zimmer eingerichtet war. Doch als er dieselben Saporoger erblickte, die er auf ihrer Durchreise durch Dikanka kennengelernt hatte und die jetzt mit untergeschlagenen geteerten Stiefeln auf seidenen Diwanen saßen und den stärksten Tabak der Welt, das sogenannte Wurzelkraut, rauchten, fasste er wieder Mut, trat näher, verbeugte sich vor ihnen bis zur Erde und sagte: »Guten Abend, meine Herrschaften! Gott hat es so gefügt, dass wir uns hier wiedersehen.«

»Was ist das für ein Mensch?«, fragte einer, der dem Schmied zunächst saß, einen anderen, der sich etwas entfernter herumrekelte.

»Erkennt ihr mich denn nicht?«, fragte der Schmied. »Ich bin der Schmied Wakula. Als ihr im Herbst durch Dikanka kamt, wart ihr – Gott schenke euch Gesundheit und ein langes Leben! – zwei Tage lang meine Gäste. Ich beschlug euch damals das Vorderrad eures Reisewagens mit einer Eisenschiene.«

»Ah«, sagte derselbe Saporoger, »du bist jener Schmied, der so schöne Bilder malt? Guten Abend, Landsmann! Wie hat Gott dich hierher gebracht?«

»Nur so … Ich wollte mich hier ein wenig umschaun … Man sagt …«

»Nun, Landsmann«, meinte der Saporoger gewichtig, wie um zu zeigen, dass er nicht nur Ukrainisch, sondern auch Russisch zu sprechen verstand, »eine mächtige Stadt, nicht wahr?«

Der Schmied wollte ihm nicht nachstehen und als Neuling erscheinen. Überdies war er sowieso der Schriftsprache kundig. Er antwortete also gleichmütig und in bestem Russisch: »Eine ansehnliche Residenzstadt. Da ist nichts dagegen zu sagen. Gewaltig große Häuser mit respektablen Gemälden an den Wänden. Viele Mauern sind bemerkenswert gut mit Lettern aus Blattgold ausgelegt. Die Proportionen sind durchaus anerkennenswert.«

Als die Saporoger hörten, wie gewandt und frei der Schmied sich ausdrückte, zogen sie für ihn sehr schmeichelhafte Schlussfolgerungen daraus.

»Darüber wollen wir uns später unterhalten, Landsmann. Denn jetzt müssen wir gleich zur Zarin fahren.«

»Zur Zarin? Ach, seid so lieb, ihr Herren, und nehmt mich mit!«

»Dich mitnehmen?«, sagte der Saporoger im Ton eines Kinderwärters, den ein vierjähriger Zögling gebeten hat, ihn auf ein richtiges, ausgewachsenes Pferd zu setzen. »Was hast du dort zu suchen? Nein, das geht nicht.«

Sein Gesicht nahm eine bedeutsame, abweisende Miene an.

»Nehmt mich mit!«, beharrte der Schmied.

»Flehe sie an!«, flüsterte ihm der Teufel in der Tasche zu und versetzte ihm einen Stoß in die Seite.

Doch er hatte das kaum gesagt, als ein anderer Kosak dazwischenrief: »Warum denn nicht? Nehmen wir ihn doch einfach mit, Brüder!«

»Uns soll's recht sein, er kann meinetwegen mit uns kommen«, meinten einige andere.

»Dann musst du dich aber so anziehen wie wir.«

Der Schmied beeilte sich, in einen ihm dargebotenen grünen Kosakenüberrock zu schlüpfen. Da ging auch schon die Tür auf, und ein reich galonierter Diener mahnte, dass es an der Zeit sei aufzubrechen.

Dem Schmied wurde wieder wunderlich zumute, als er in einer großen, auf Sprungfedern schaukelnden Kalesche durch die Straßen fuhr: Die vierstöckigen Häuser zu beiden Seiten schienen ihm nach rückwärts zu laufen und das Pflaster wie von selbst unter den Pferdehufen dahinzurollen. »Mein Gott, wie viel Licht!«, dachte er. »Bei uns ist's nicht einmal am Tag so hell.«

Die Wagen hielten vor einem Palast. Die Kosaken sprangen ab, begaben sich in einen üppigen Hausflur und stiegen eine glänzend erleuchtete Treppe empor.

»Was für eine Treppe das ist!«, flüsterte der Schmied vor sich hin. »Es ist schade, sie mit seinen Füßen zu betreten. Welche Verzierungen! Da hat man immer gesagt, das seien nur ausgedachte Lügenmärchen. Zum Teufel noch einmal, das sind gar keine Märchen. Herrgott, was für ein Geländer! Welch kunstvolle Arbeit! Das Gusseisen allein muss mehr als fünfhundert Rubel kosten.«

Oben angelangt, durchschritten die Saporoger den ersten Saal. Scheu folgte ihnen der Schmied, voller Furcht, bei jedem Schritt auf dem glatten Parkett auszugleiten. Sie gingen noch durch drei weitere Säle, und der Schmied kam aus dem Staunen nicht mehr heraus. Im vierten Saal trat er unwillkürlich auf ein an der Wand hängendes Bild zu, das die Allerheiligste Jungfrau mit dem göttlichen Kinde darstellte. »Was für ein Bild! Was für eine herrliche Malerei!«, dachte er. »Sie scheint ja zu reden. Sie scheint lebendig zu sein. Und erst das Gotteskind! Wie es die Händchen faltet und lächelt, das Arme! Und die Farben! Herrgott, was für Farben! Nicht für eine Kopeke Ocker, sondern Karmin und Florentinerlack. Der Malgrund ist sicher mit teuerstem Bleiweiß angelegt … Wie wunderbar diese Malerei aber auch ist – dieser kupferne Türgriff hier« (er betastete ihn im Hindurchschreiten) »ist noch staunenswerter. Welch saubere Arbeit! Das ist gewiss alles von deutschen Schmieden für eine Unsumme von Geld hergestellt worden …!«

Der Schmied würde wahrscheinlich noch lange seine Betrachtungen fortgesetzt haben, wenn ihn nicht ein galonierter Lakai am Ärmel gezupft und daran gemahnt hätte, nicht hinter den anderen zurückzubleiben. Die Saporoger gingen noch durch zwei Säle und machten dann halt. Im Saale standen mehrere Generäle in goldbestickten Uniformen herum. Die Saporoger verneigten sich nach allen Seiten und stellten sich in einer Gruppe auf.

Eine Minute später betrat, von einer ganzen Suite begleitet, ein breitschultriger Mann von majestätischem Wuchs, in Hetmansuniform[5], gelbe Stulpenstiefel an den Beinen, das Gemach. Seine Haare sahen etwas zerzaust aus. Eines seiner Augen schielte leicht. Auf seinem Gesicht spielte etwas wie hochmütige Überlegenheit. Alle seine Gebärden sprachen von der Gewohnheit zu befehlen. Die Generäle, die sich vorher in ihren goldbestickten Uniformen so großartig getan hatten, gerieten in Unruhe und versuchten unter tiefen Verbeugungen, jedes seiner Worte, jeden seiner Winke aufzufangen, um sofort loszustürzen und seinen Wünschen zuvorzukommen. Doch jener beachtete sie nicht einmal, gönnte ihnen kaum ein flüchtiges Nicken und schritt gleich auf die Saporoger zu, die sich alle bis zur Erde vor ihm verneigten.

---

5   Hetman: hoher militärischer Rang

»Nun, seid ihr alle da?«, fragte er gedehnt und wie durch die Nase sprechend.

»Jawohl, alle, Väterchen«, antworteten die Saporoger und verbeugten sich von Neuem.

»Vergesst nicht, so zu sprechen, wie ich es euch gesagt habe.«

»Wir werden daran denken.«

»Ist das der Zar?«, fragte der Schmied leise einen Saporoger.

»Der Zar? Wo denkst du hin?«, gab jener ebenso leise zurück. »Das ist Potemkin[6] selbst.«

Im Nachbarraum wurden Stimmen laut; und der Schmied wusste nicht mehr, wo er seine Augen lassen sollte, eine solche Menge von Damen in Atlaskleidern rauschte herein, gefolgt von bezopften Höflingen in goldgewirkter Galatracht. Er sah nur noch Glitzern und Glanz – und nichts weiter.

Da fielen die Saporoger auf die Knie und riefen wie aus einem Munde: »Gnade, Mutter, Gnade!«

Der Schmied, dem sich alles im Kopf drehte, tat es ihnen eifrig nach.

»Steht auf!«, ertönte eine befehlende und zugleich angenehme Stimme über ihren Köpfen. Einige Höflinge gerieten in Bewegung und stießen die Saporoger an.

»Nein, wir stehen nicht auf, Mutter«, riefen diese, »wir sterben lieber, als aufzustehn!«

Potemkin biss sich auf die Lippen; endlich näherte er sich ihnen selber, flüsterte einem von ihnen gebieterisch etwas zu – und die Saporoger erhoben sich.

Jetzt wagte auch der Schmied seinen Kopf wieder zu heben und sah eine blauäugige, hochgewachsene, ein wenig

---

6 Grigori Alexandrowitsch Potemkin (1739–1791) wurde 1762 von Katharina II. zum Kammerjunker, später zum Minister und Befehlshaber der Armee ernannt. Er stürzte die Zarin in immer neue Kriege.

beleibte Frau vor sich stehen. Ihr gepudertes Gesicht zeigte jene majestätisch lächelnde Miene, mit der sie sich alles zu unterwerfen verstand und die nur einer geborenen Herrscherin eigen ist.

»Seine Durchlaucht hat mir versprochen, mich mit einem meiner Völker bekannt zu machen, das ich bis jetzt noch nicht gesehen hatte«, sagte die Dame mit den blauen Augen und musterte neugierig die Saporoger. »Seid ihr hier gut untergebracht?«, fuhr sie fort und trat näher.

»Danke, Mutter. Die Verpflegung ist gut, obwohl die Hammel hier lange nicht das sind, was bei uns zu Hause … Warum sollten wir nicht überall leben können?«

Potemkin runzelte die Stirn, als er merkte, dass die Saporoger durchaus nicht so sprachen, wie er es ihnen einstudiert hatte.

Einer der Saporoger nahm Haltung an und trat vor. »Erbarmen, Mutter! Womit hat dich dein treues Volk erzürnt? Haben wir es denn mit den heidnischen Tataren gehalten? Haben wir uns auf irgendwelche Vereinbarungen mit den Türken eingelassen? Haben wir dich mit irgendeinem Vorhaben, irgendeiner Tat verraten? Womit haben wir deine Ungnade verdient? Zuerst hörten wir, du ließest allenthalben Festungen gegen uns bauen. Dann hieß es, du wolltest uns in bloße Karabinerschützen verwandeln. Jetzt sagt man uns, dass uns neues Unheil droht. Welcher Schuld bezichtigt man denn das Saporoger Heer? Etwa der, dass wir deine Armee über den Perekop geführt und deinen Generälen bei der Unterwerfung der Krimtataren geholfen haben?«

Potemkin schwieg und putzte mit einem kleinen Bürstchen die Brillanten, mit denen seine Hände übersät waren.

»Was wünscht ihr also?«, fragte Katharina mit zuvorkommender Freundlichkeit.

Die Saporoger sahen einander vielsagend an.

»Jetzt ist's Zeit! Die Zarin fragte nach unseren Wünschen«, dachte der Schmied und warf sich der Kaiserin zu

Füßen. »Kaiserliche Majestät! Geruhe mich nicht zu strafen, gewähre mir deine Gnade! Zürne mir nicht, wenn ich dich frage: Woraus sind die Schuhe gemacht, in denen deine kaiserlichen Füßchen stecken? Mich dünkt, kein Schuster in keinem Reich der Welt vermag solche Schuhe zu nähen. Mein Gott, wenn ich meinem Weibchen solche Schuhe anziehen könnte!«

Die Kaiserin lachte hell auf. Selbst Potemkin lächelte, trotz seiner gerunzelten Stirn. Die Saporoger stießen den Schmied in die Seite, denn sie dachten, er sei verrückt geworden.

»Steh auf!«, sagte die Kaiserin sehr gnädig. »Wenn es dich so sehr nach solchen Schuhen verlangt, so ist diese Bitte leicht zu erfüllen. Man bringe ihm auf der Stelle meine kostbarsten goldbestickten Schuhe. Mir gefällt diese Einfalt. – Da habt Ihr«, fuhr sie fort, indem sie ihre Augen auf einen etwas abseits stehenden Herrn mit einem vollen, doch ein wenig bleichen Gesicht richtete, dessen schlichter Rock mit den großen Perlmutterknöpfen verriet, dass er nicht zu den Höflingen gehörte, »da habt Ihr einen würdigen Vorwurf für Eure geistreiche Feder!«

»Eure Kaiserliche Majestät sind zu gnädig, dazu bedarf es eines La Fontaine[7]«, erwiderte der Mann mit den Perlmutterknöpfen und verneigte sich.

»Auf Ehre, ich muss Euch sagen, dass ich von Eurem Lustspiel ›Der Brigadier‹[8] noch immer ganz entzückt bin. Und wie schön Ihr vorzulesen versteht! ... Doch ich habe gehört«, wandte die Kaiserin sich wieder den Saporogern zu, »dass ihr euch in eurem Kosakenlager am Dnjepr nie verheiratet.«

---

7   Jean de La Fontaine (1621–1695), frz. Dichter
8   Satirische Gesellschaftskomödie von Denis Iwanowitsch Fonwisin (1745–1792), die 1768 in St. Petersburg aufgeführt wurde

»Wie kannst du so etwas sagen, Mutter? Du weißt doch selbst, dass kein Mann es ohne Weibchen aushält«, antwortete derselbe Saporoger, der sich vorhin mit dem Schmied unterhalten hatte. Und der Schmied wunderte sich darüber, dass derselbe Mann, der die Schriftsprache so gut beherrschte, jetzt mit der Zarin in der gröbsten bäuerlichen Mundart sprach. »Ein Schlaufuchs«, dachte er, »das tut er sicher nicht ohne Absicht.«

»Wir sind keine Kuttenträger«, fuhr der Saporoger fort, »sondern sündiges Mannsvolk. Wie alle Männer in der Christenheit haben wir unsere Lust am Fleisch. Die meisten von uns haben Weiber. Doch im Lager leben wir nicht mit ihnen zusammen. Einige haben ihre Frauen in Polen sitzen, andere in der Ukraine und wieder andere sogar in der Türkei.«

In diesem Augenblick überreichte man dem Schmied die Schuhe der Zarin.

»Herrgott, welch ein Juwel!«, schrie er freudig auf. »Eure Kaiserliche Majestät, wenn Ihr in solchen Schuhen einhergeht und am Ende gar mit ihnen auf dem Eise Schlittschuh lauft – wie müssen dann erst die Füßchen selbst beschaffen sein, die in diesen Schuhen stecken? Die müssen zum Mindesten aus lauter Zucker sein!«

Die Kaiserin, die in der Tat die wohlgebildetsten und reizvollsten kleinen Füße hatte, musste unwillkürlich lächeln, als sie dieses Kompliment aus dem Munde des einfachen Schmiedes vernahm, der in seiner Saporoger Gewandung, trotz seines sonnenverbrannten Gesichtes, für einen schönen Mann gelten konnte.

Beglückt von der gnädigen Aufmerksamkeit der Zarin, wollte der Schmied sie noch über alles Mögliche ausfragen, ob es, zum Beispiel, wahr wäre, dass die Zaren nichts als Honig und Schinkenspeck äßen, und viele ähnliche Dinge. Doch da er fühlte, wie die Saporoger ihn anstießen, beschloss er, lieber den Mund zu halten. Und als die Zarin sich gleich darauf den älteren Saporogern zuwandte und sich nach ihrem Lagerleben, ihren Sitten und Gepflogenheiten erkundigte, zog er sich zurück, beugte sich über seine Tasche, flüsterte leise: »Bring mich rasch von hier fort!« – und befand sich im nächsten Augenblick jenseits des Petersburger Schlagbaums auf der freien Landstraße.

13

»Ertränkt hat er sich, ertränkt! Ich will hier auf dem Fleck anwachsen, wenn er sich nicht ertränkt hat!«, ereiferte sich die dicke Webersfrau mitten in einem Haufen von Weibern, die auf der Dorfstraße von Dikanka miteinander tuschelten.

»Wieso ertränkt? Bin ich etwa eine Schwindlerin? Habe ich je eine Kuh gestohlen? Habe ich jemand mit einem bösen Blick behext, dass man mir keinen Glauben schenken will?«, keifte ein anderes Weib in einem Kosakenkittel mit violett angelaufener Nase und fuchtelte mit den Armen in der Luft herum. »Ich will nie wieder Wasser trinken, wenn die alte Perepetschicha nicht mit eigenen Augen gesehen hat, wie der Schmied sich erhängte!«

»Der Schmied hat sich erhängt! Jetzt haben wir den Salat!«, dachte der Dorfschulze, der eben Tschubs Haus verlassen und sich dem aufgeregten Weiberhaufen zugesellt hatte.

»Sag lieber, dass du nie wieder Schnaps trinken willst!«, schrie die Weberin die andere an. »Da muss man schon seinen letzten Verstand versoffen haben wie du, um zu behaupten, dass er sich erhängt hat. Ertränkt hat er sich, im Eisloch ertränkt. Das weiß ich so gewiss, wie dass du gerade aus der Schenke kommst!«

»Schamlose Dreckschleuder! Mir willst du etwas vorwerfen?«, erboste sich die Violettnasige. »Hättest du nur geschwiegen, du Nichtsnutz! Ich weiß doch, dass der Küster jeden Abend zu dir schleicht.«

Die Webersfrau fuhr auf. »Was ist mit dem Küster? Zu wem geht der Küster? Was lügst du da?«

»Der Küster?«, krähte die Küsterin, die sich in ihrem mit blauem Nanking überzogenen Hasenpelz an die Streitenden herandrängte. »Ich will dich lehren, so vom Küster zu reden! Wer hat da etwas über den Küster gesagt?«

»Diese da ist es, die der Küster besucht!«, rief die Violettnasige und wies mit dem Finger auf die Webersfrau.

»Du bist es also, du Hündin!«, winselte die Küsterin und fiel über die Webersfrau her. »Du bist's also, du Hexe, die ihn mit Teufelskraut so benebelt hat, dass er zu dir kommt?«

»Lass mich los, Satan!«, kreischte die Webersfrau und wich zurück.

»Was, du verfluchte Teufelsköchin? – Dass du deine Kinder niemals wiedersehen mögest! Du Schlange! Pfui!« Und die Küsterin spuckte der Webersfrau in die Augen.

Die Webersfrau wollte ihr mit der gleichen Ladung erwidern, traf jedoch den unrasierten Schädel des Dorfschulzen, der sich, um besser hören zu können, dicht an die Streitenden herangemacht hatte.

»Ah, du schmutziges Weibermaul!«, brüllte der Dorfschulze sie an, rieb sich den Speichel mit dem linken Ärmel ab und griff zu seiner Peitsche.

Diese Bewegung veranlasste die Weiber, nach allen Seiten schimpfend auseinanderzulaufen.

»Schweinerei!«, knurrte der Dorfschulze und hörte nicht auf, sich abzuwischen. – »Der Schmied hat sich also ertränkt. O du meine Güte! Und was für ein kunstreicher Maler er war! Was für prächtige Messer, Sensen und Pflüge er zu schmieden verstand! Und wie kräftig er war! Ja«, fuhr er nachdenklich fort, »solche Leute wie ihn gibt's wenige in unserem Dorf. Ich hab's ja schon, als ich in dem verfluchten Sack saß, gespürt, dass es dem Ärmsten übel zumute war. Ja, ja, so ist es nun mit dem Schmied. Er ist gewesen – und ist nun nicht mehr. Dabei wollte ich gerade meine scheckige Stute zum Beschlagen zu ihm bringen …«

Ganz angefüllt von solchen christlichen Gedanken, trottete er langsam heim.

Oxana war tief bestürzt, als alle diese Gerüchte sie erreichten. Den Augen der Perepetschicha und dem Geschwätz der anderen Weiber traute sie zwar nicht allzu sehr; sie wusste, dass der Schmied zu fromm war, um sein Seelenheil aufs Spiel zu setzen. Wie aber, wenn er in der Tat das Dorf verlassen hatte und fortgewandert war? Einen so tüchtigen Schmied konnte man überall brauchen. Und er hatte sie so sehr geliebt. Länger als alle andern hatte er ihre Launen ertragen … Die Schöne drehte sich die ganze Nacht hindurch von einer Seite auf die andere und konnte nicht einschlafen. Bald warf sie alle Decken ab, lag in bezaubernder Nacktheit da, die sie im Dunkel nicht einmal selbst wahrnehmen konnte; bald versuchte sie sich zu beruhigen und an gar nichts mehr zu denken, dachte aber in Wirklichkeit unausgesetzt nur an ihn, brannte wie Feuer – und war gegen Morgen bis über die Ohren in ihn verliebt.

Tschub äußerte weder Trauer noch Freude über das Schicksal Wakulas. Seine Gedanken kreisten immer wieder nur um das Gleiche: Er vermochte nicht über den Treubruch Solochas hinwegzukommen und bedachte sie bis in den Schlaf hinein mit Schimpfworten.

Endlich wurde es Morgen. Schon vor der ersten Dämmerung drängte sich das Volk in der Kirche. Die älteren Frauen in weißen Kopftüchern und weißen Tuchkitteln bekreuzigten sich fromm an den Kirchentüren. Vor ihnen standen die »Edelfrauen« in gelben und grünen Jacken, einige sogar in blauen, hinten mit goldenen Troddeln verzierten Überröcken. Die Mädchen, deren Haare mit ganzen Kaufläden von Bändern durchflochten waren und an deren Hälsen lange Schnüre mit Perlen, Kreuzen und Schaudukaten hingen, versuchten, so nahe wie möglich bis zur Heiligenbilderwand vorzudringen. Ganz vorn aber standen die Edelleute und die einfachen Bauern mit ihren Schnurrbärten, Kosakenschöpfen, dicken Hälsen und sauber rasierten Kinnen, fast alle in Pelzen, unter denen weiße oder auch blaue Tuchkittel hervorlugten.

Alle Gesichter, wohin man auch blicken mochte, zeigten einen feiertäglichen Ausdruck. Der Dorfschulze leckte sich beim Gedanken an die Weihnachtswurst schon jetzt die Lippen. Die Mädchen träumten davon, wie sie mit den Burschen Schlittschuh laufen würden. Die alten Weiber murmelten dafür umso eifriger ihre Gebete. Durch die ganze Kirche war zu hören, wie Kosak Swerbygus immer wieder von Neuem in die Knie sank.

Nur Oxana stand geistesabwesend da. Sie betete – und betete doch nicht. In ihrem Herzen kreuzten sich so verschiedenartige Gefühle, eines immer ärgerlicher und trauriger als das andere, dass ihr die Tränen in die Augen traten und auf ihrem Gesicht nichts als eine starke Verwirrung zu erkennen war. Die andern Mädchen wussten sich ihr Aussehen nicht zu erklären und ahnten nicht, dass der Schmied daran schuld war. Indessen dachte nicht nur Oxana an den Schmied. Alle Einwohner fühlten, dass der Feiertag kein richtiger Feiertag war, dass ihm irgendetwas fehlte.

Unglücklicherweise war auch noch der Küster, infolge seiner nächtlichen Reise im Sack, vollkommen heiser geworden, sodass seine zitternde Stimme kaum zu hören war. Der zugereiste Sänger ließ zwar seinen wunderbaren Bass erdröhnen; es wäre aber noch viel schöner gewesen, wenn der Schmied mitgemacht hätte, der sonst, sooft man das »Vaterunser« oder »Und die Cherubim« sang, die Empore betreten und die Melodie so angestimmt hatte, wie man es nur noch in Poltawa zu hören bekam. Auch war er der Einzige, der das Amt des Kirchenvorstehers versah. Schon war die Frühmesse zu Ende und bald darauf auch das Hochamt … Wo mochte nur der Schmied verlorengegangen sein?

14

Den Schmied im Nacken, legte der Teufel die Rückreise während des Restes der Nacht noch schneller zurück als die Hinreise. In einem Hui befand sich der Schmied in der Nähe seiner Hütte. In diesem Augenblick krähte ein Hahn.

»Wohin?«, schrie der Schmied und hielt den Teufel, der sich schon aus dem Staube machen wollte, am Schwanze fest. »Warte, Freundchen, das ist noch nicht alles! Du musst erst deinen Lohn von mir erhalten.«

Mit diesen Worten ergriff er einen knorrigen Stecken und versetzte ihm drei Hiebe. Der arme Teufel raste nur so davon wie ein eben erst vom Assessor verprügelter Bauer. So kam es, dass der Feind des Menschengeschlechts, anstatt andere zu betrügen, zu verführen und zu foppen, einmal selber gefoppt worden war.

Wakula aber begab sich in die Scheune seines Hauses, wühlte sich ins Heu und schlief bis zum helllichten Mittag. Als er erwachte, erschrak er darüber, dass die Sonne schon so hoch am Himmel stand. »O weh! Ich habe Frühmesse und Hochamt verschlafen!«

Der fromme Schmied versank in zerknirschte Grübeleien und kam zu dem Schluss, Gott habe ihm den schweren Schlaf, der ihn der Freude beraubt hatte, am Weihnachtsmorgen in der Kirche zu singen, als Strafe dafür geschickt, dass er die sündige Absicht gehegt hatte, seinem Leben ein Ende zu machen. Doch dann beruhigte er sich damit, dass er in der nächsten Woche gar alles dem Popen beichten werde und dass er, vom heutigen Tage an, ein ganzes Jahr lang täglich fünfzig Kniefälle zu machen gelobte.

Er schaute in die Stube hinein. Doch niemand war da. Solocha war wohl noch nicht heimgekehrt.

Behutsam holte er die Schuhe aus seinem Brustlatz hervor, staunte von Neuem über die köstliche Arbeit und gedachte der wundersamen Begebenheiten der verflossnen

Nacht. Dann wusch er sich, kleidete sich so sorgfältig wie nur möglich an, warf sich in den schönen grünen Rock, den er von den Saporogern erhalten hatte, nahm aus der Truhe eine neue Lammfellmütze aus blauem Tuch, die er, seit er sie in Poltawa gekauft, noch nie getragen hatte, kramte einen neuen, vielfarbigen Gürtel hervor, tat noch eine Kosakenpeitsche hinzu, band das alles zu einem Bündel zusammen und begab sich zu Tschub.

Tschub machte Stielaugen, als der Schmied bei ihm eintrat, und wusste nicht, worüber er sich mehr wundern sollte – darüber, dass Wakula von den Toten auferstanden war, oder darüber, dass er ihm einen Besuch zu machen wagte, oder darüber, dass er wie ein schmucker Saporoger gekleidet war. Am erstauntesten aber war er, als Wakula sein Bündel aufknöpfte, die neue Pelzmütze und den Gürtel, die so schön waren, wie man sie hier im Dorf noch nie gesehen hatte, vor ihn auf den Tisch legte, sich ihm zu Füßen warf und mit flehender Stimme ausrief: »Erbarme dich, Väterchen, und zürne mir nicht. Da hast du die Peitsche. Schlag mich, soviel du Lust hast. Ich gebe mich ganz in deine Hände und bereue alles. Schlag zu, aber zürne mir nicht länger! Du hast doch einst mit meinem seligen Vater Blutsbrüderschaft geschlossen, Salz und Brot mit ihm gegessen und Ungarwein mit ihm getrunken.«

Tschub sah nicht ohne ein geheimes Vergnügen den Schmied, dem niemand im Dorfe an den Wagen zu fahren wagte und der Fünfkopekenstücke und Hufeisen auseinanderbrach, als wären es Buchweizenkuchen, auf den Knien vor sich liegen. Um sich nichts zu vergeben, ergriff er die Peitsche und schlug ihn damit dreimal leicht auf den Rücken. »Nun, genug damit!«, rief er. »Höre in Zukunft auf alte Leute. Vergessen wir, was zwischen uns vorgefallen ist. Und sage mir, was du von mir willst.«

»Gib mir Oxana, Vater!«

Tschub dachte ein wenig nach und sah sich die Mütze

und den Gürtel an. Die Mütze war prächtig, der Gürtel gab ihr in nichts nach. Ihm kam wieder Solochas Treubruch in den Sinn – und so sagte er schließlich mit fester Stimme: »Gut! Schicke mir deine Brautwerber!«

»Ei!«, schrie Oxana auf, die beim Eintreten den Schmied erblickte und ihre Augen freudig verwundert auf ihm ruhen ließ.

»Schau, was für Schuhchen ich dir mitgebracht habe«, sagte er, »die Zarin selbst hat sie getragen.«

»Nein, nein, ich brauche keine Schuhe!«, rief sie aus, machte eine abwehrende Handbewegung und schaute ihm unausgesetzt in die Augen. »Ich will auch ohne Schuhe …« Sie hielt inne und wurde feuerrot.

Der Schmied trat dicht an sie heran und ergriff ihre Hand. Da senkte die Schöne ihre Blicke. Noch nie hatte sie so wunderbar ausgesehen. Der entzückte Schmied küsste sie sanft. Und ihr Gesicht wurde noch röter und sah jetzt noch viel schöner aus.

15

Einmal kam der Bischof seligen Angedenkens durch Dikanka gereist, lobte den Platz, auf dem das Dorf erbaut war, und ließ im Weiterfahren vor der neuen Hütte haltmachen. »Wem gehört diese so schön bemalte Hütte?«, fragte Seine Hochwürden eine hübsche junge Frau, die mit einem Kind im Arm vor der Haustür stand.

»Dem Schmied Wakula«, antwortete Oxana (denn sie war es) mit einer Verneigung.

»Schön! Eine schöne Arbeit!«, sagte Seine Hochwürden und betrachtete aufmerksam Tür und Fenster. Die Fenster waren allesamt mit roten Strichen eingefasst; auf der Tür aber waren Kosaken zu Pferde mit Pfeifen zwischen den Zähnen abgebildet.

Noch mehr aber lobte Seine Hochwürden den Schmied, als er erfuhr, dieser habe seine Kirchenbuße auf sich genommen und überdies die ganze linke Chorseite in der Kirche grün angestrichen und mit roten Blumen bemalt.

Das war aber noch nicht alles: An die Seitenwand der Kirchenvorhalle hatte er ein großes neues Bild gemalt, das den Teufel in der Hölle darstellte – einen so abscheulichen Teufel, dass alle ausspuckten, wenn sie vorbeigingen, und dass die Weiber, wenn ein Kind auf ihren Armen nicht zu schreien aufhören wollte, es an dieses Bild herantrugen und sagten: »Schau nur, was für ein Ungeheuer dort gemalt ist.«

Dann verschluckte das Kind seine Tränen, schielte scheu nach dem Bild und verbarg das Gesicht an der Brust seiner Mutter.

FJODOR DOSTOJEWSKI

Der Junge beim Herrn Jesus
zur Weihnacht

Aber ich bin Novellist und habe, wie ich glaube, die folgende Geschichte selbst ersonnen. Warum schreibe ich: »wie ich glaube«? Ich weiß ganz genau, dass ich sie ersonnen habe; aber ich habe immer die Vorstellung, dass sich das irgendwo einmal begeben hat, und zwar gerade am Weihnachtsabend in einer sehr großen Stadt und bei furchtbarer Kälte.

Ein Junge steht mir vor Augen, ein noch sehr kleiner Junge, sechsjährig oder noch jünger. Dieser Junge erwachte am Morgen in einer feuchten, kalten Kellerwohnung. Er trug ein dürftiges Kittelchen und zitterte vor Frost. Der Atem flog als weißer Dampf aus seinem Mund, und in einer Ecke auf einem Kasten sitzend, ließ er vor Langeweile diesen Dampf absichtlich herausströmen und vergnügte sich damit, zu sehen, wie er davonflog. Aber er hatte großen Hunger. Mehrere Male seit dem Morgen war er an die Pritsche herangetreten, wo auf einer Unterlage, so dünn wie ein Eierkuchen, mit einem Bündel statt eines Kissens unter dem Kopf seine kranke Mutter lag. Wie war sie hierher geraten? Wahrscheinlich war sie mit ihrem Jungen aus einer anderen Stadt gekommen und hier plötzlich erkrankt. Die Vermieterin der Schlafstellen hatte man schon vor zwei Tagen zur Polizei geholt; die Mieter waren davongegangen, um den Feiertag zu begehen; nur einer, der den Feiertag nicht hatte abwarten können, war dageblieben und lag schon einen ganzen Tag lang völlig betrunken da. In einer anderen Ecke des Zimmers stöhnte, von Rheumatismus geplagt, eine achtzigjährige alte Frau, die früher einmal Kinderfrau gewesen war, jetzt aber einsam im Sterben lag; sie ächzte, murmelte und brummte den Jungen an, sodass er sich schon fürchtete, ihrem Winkel zu nahe zu kommen. Trinkwasser hatte er irgendwo auf dem Flur gefunden; aber eine Brotrinde konnte er nirgends auftreiben und trat wohl schon zum zehnten Mal an seine Mutter heran, um sie aufzuwecken. Schließlich wurde ihm bange in der Dunkelheit: es war längst Abend geworden; aber Licht wurde nicht angesteckt. Als er das Gesicht seiner Mama betastete, wunderte er sich, dass sie sich gar nicht bewegte und so kalt war wie die Wand. Es ist hier doch sehr kalt, dachte er, blieb noch ein Weilchen stehen, ließ unbewusst seine Hand auf der Schulter der Toten liegen, hauchte dann auf seine Fingerchen, um sie zu erwärmen, und ging, als er plötzlich auf der Pritsche sein Mützchen fand, leise und tastend aus dem Keller hinaus. Er wäre schon früher gegangen; doch er hatte sich immer oben an der Treppe vor dem großen Hund gefürchtet, der den ganzen Tag an der Tür des Nachbarhauses geheult hatte. Aber der Hund war nicht mehr da, und so ging der Junge schnell auf die Straße.

O Gott, was war das für eine Stadt! So etwas hatte er noch nie gesehen. Dort in der Stadt, aus der er kam, waren die Nächte so schwarz und finster gewesen; auf der ganzen Straße hatte es nur eine einzige Laterne gegeben. Bei den niedrigen Holzhäuschen wurden abends die Fensterläden zugemacht, auf der Straße war nach dem Dunkelwerden kein Mensch mehr, alle schlossen sich in ihre Häuser ein, und nur Rudel von Hunden, Hunderte und Tausende, bellten und heulten die ganze Nacht über. Dafür aber war es dort so schön warm gewesen, und er hatte zu essen bekommen; aber hier – o Gott, wenn er doch etwas zu essen bekäme! Und was war hier für ein Gerassel und Gelärme, und wie viel Licht und wie viele Menschen, Pferde und Wagen, und so eine Kälte, eine Kälte! Gefrierender Dampf quillt aus den heiß atmenden Nüstern der scharf angetriebenen

Pferde; durch den lockeren Schnee hindurch hört man das helle Klingen der Hufeisen auf den Pflastersteinen, und alle Menschen drängen und stoßen sich so, und, o Gott, er möchte so gern etwas essen, wenn auch nur einen kleinen Bissen, und seine Fingerchen tun ihm auf einmal so weh. Ein Ordnungshüter geht vorüber und wendet sich ab, um den Jungen nicht zu bemerken.

Und da ist wieder eine Straße – oh, wie breit die ist! Hier werden sie ihn gewiss zerdrücken und zertreten; wie sie alle schreien und laufen und fahren; und das viele Licht, das viele Licht! Aber was ist das? Ach, was für ein großes Glasfenster, und hinter den Glasscheiben ist ein Zimmer und in dem Zimmer ein Baum, der bis an die Decke reicht: das ist ein Weihnachtsbaum, und an dem Weihnachtsbaum sind so viele Lichter, so viel Goldpapier und Äpfel, und ringsum sind Püppchen und kleine Pferdchen; und im Zimmer laufen Kinder umher, schön geputzte, saubere Kinder, und lachen und spielen und essen und trinken etwas. Da, dieses kleine Mädchen fängt an, mit einem kleinen Jungen zu tanzen; nein, was ist das für ein hübsches kleines Mädchen! Und auch Musik ist da; man kann sie durch die Glasscheiben hören. Der Junge schaut und staunt, und da lacht er auch schon; aber ihm tun bereits die Zehen weh, und seine Finger sind ganz rot geworden, biegen sich nicht mehr und schmerzen bei jeder Bewegung. Und auf einmal merkt der Junge, dass ihm die Finger und Zehen so weh tun, er fängt an zu weinen und läuft weiter, und da sieht er wieder durch ein anderes Fenster in ein Zimmer hinein, und da sind wieder Bäume, auf den Tischen aber liegt vielerlei Kuchen, Mandelkuchen und roter und gelber, und vier reichgekleidete Damen sitzen da, und jedem, der kommt, geben sie Kuchen; die Tür öffnet sich alle Augenblicke, und viele Herrschaften kommen zu ihnen herein. Der Junge schleicht sich heran, macht plötzlich die Tür auf und geht hinein. Aber o weh, wie sie ihn anschreien und ihn hinausweisen! Eine der Damen tritt schnell auf ihn zu, schiebt ihm eine Kopeke in die Hand und macht ihm selbst die Tür zur Straße auf. Wie ist er erschrocken! Das kleine Geldstück aber fällt sofort klingend auf die Stufen: er kann seine roten Fingerchen nicht zusammenbiegen, um es festzuhalten. Der Junge läuft ganz schnell weg, ganz schnell; aber wohin er läuft, das weiß er selbst nicht. Er will wieder anfangen zu weinen; aber er fürchtet sich und läuft und läuft und haucht auf seine Händchen. Und er wird so traurig, weil er sich auf einmal allein fühlt, und er hat Angst, und plötzlich, o Gott, was ist da wieder? Da stehen die Menschen dicht gedrängt und staunen: Auf einem Fensterbrett hinter der Glasscheibe sind drei kleine Puppen in roten und grünen Kleidchen, richtig als wären sie lebendig! Ein altes Männchen sitzt da und tut, als spiele es auf einer großen Geige, und zwei andere stehen daneben und spielen auf kleinen Geigen und nicken im Takt mit den kleinen Köpfen und sehen sich an, und ihre Lippen bewegen sich und sprechen; sie sprechen wirklich, nur kann man es durch die Glasscheibe nicht hören. Zuerst denkt der Junge, sie seien lebendig; aber als er genau gemerkt hat, dass es Puppen sind, da lacht er auf einmal. Noch nie hat er solche Puppen gesehen und hat gar nicht gewusst, dass es so etwas gibt! Er möchte eigentlich weinen; aber er muss lachen, über die Puppen lachen. Plötzlich fühlt er, dass ihn jemand von hinten am Kittel packt; ein großer, böser Junge steht neben ihm, schlägt ihm unversehens auf den Kopf, reißt ihm die Mütze herunter und stellt ihm ein Bein. Der Junge fällt hin, die Umstehenden schreien auf; einen Augenblick ist er wie betäubt; dann springt er auf und läuft und läuft, er weiß selbst nicht, wohin; er flüchtet sich durch ein Tor auf einen fremden Hof und setzt sich da hinter das Holz: »Hier werden sie mich nicht finden; es ist ja auch dunkel!«

Er sitzt da, krümmt sich ganz zusammen und kann kaum atmen vor Angst; aber plötzlich, ganz plötzlich wird ihm so wohl zumute: Die Hände und Füße tun ihm auf einmal nicht mehr weh, und ihm wird so warm, so warm wie an einem Ofen; da zuckt er ganz zusammen: Ach, er wäre ja beinahe eingeschlafen! Wie schön es sich hier einschläft! Ich werde noch ein Weilchen hier sitzen und dann wieder hingehen und die Püppchen ansehen, denkt der Junge und lächelt bei der Vorstellung daran. Richtig als wären sie lebendig … Und auf einmal glaubt er zu hören, dass über seinem Kopf seine Mama ein Liedchen singt. »Mama, ich schlafe; ach, wie schön schläft es sich hier!«

»Komm zu mir zum Christbaum, mein Kind!«, flüstert über ihm auf einmal eine leise Stimme.

Er denkt zuerst, das sei immer noch die Mama; aber nein, sie ist es nicht; wer ihn gerufen hat, sieht er nicht; aber jemand beugt sich über ihn und umarmt ihn in der Dunkelheit; er streckt ihm die Hand entgegen, und … und auf einmal – o wie viel Licht! O was für eine Weihnachtstanne! Aber das ist ja keine Tanne; solche Bäume hat er noch nie gesehen! Wo ist er jetzt nur: alles glänzt, alles strahlt, und ringsumher sind lauter Puppen – aber nein, es sind lauter Jungen und Mädchen, aber sie glänzen so; alle küssen sie ihn, nehmen ihn und tragen ihn mit sich, und auch er selbst fliegt, und da sieht er: Seine Mutter blickt ihn an und lacht ihm freudig zu.

»Mama, Mama! Ach, wie schön ist es hier, Mama!«, ruft ihr der Junge zu, und er küsst sich wieder mit den Kindern und möchte ihnen gleich von den Püppchen hinter der Glasscheibe erzählen. »Wer seid ihr, Mädchen?«, fragt er lachend; er hat sie alle so lieb.

»Das ist der Christbaum«, antworten sie ihm. »Beim Herrn Jesus brennt an diesem Tag immer ein Weihnachtsbaum für die kleinen Kinder, die dort keinen eigenen Weihnachtsbaum haben …« Und er erfährt, dass diese Jungen und Mädchen allesamt solche Kinder gewesen sind wie er, dass aber die einen schon in den Körben erfroren, in denen sie auf den

Treppen vor den Türen wohlhabender Petersburger Beamten ausgesetzt wurden, andere bei den finnländischen Bäuerinnen umkamen, denen das Findelhaus sie zum Aufziehen übergeben hatte, wieder andere an den ausgetrockneten Brüsten ihrer Mütter starben (bei der Hungersnot in Samara), wieder andere in der verdorbenen Luft in Waggons dritter Klasse erstickten. Und alle sind sie jetzt hier, alle sind sie jetzt wie Engel, alle beim Herrn Jesus, und der Herr Jesus selbst ist mitten unter ihnen und streckt die Arme nach ihnen aus und segnet sie und ihre sündigen Mütter … Die Mütter dieser Kinder aber stehen da, ein bisschen abseits, und weinen; jede erkennt ihren Jungen oder ihr Mädchen, und diese fliegen zu ihnen hin und küssen sie und wischen ihnen mit ihren Händchen die Tränen ab und bitten sie, nicht zu weinen, da sie es hier doch so gut hätten …

Da unten aber fanden am andern Morgen Hausknechte hinter dem Holz die kleine Leiche eines Jungen, der sich verlaufen hatte und erfroren war; sie machten auch seine Mutter ausfindig, die war schon vor ihm gestorben; bei Gott dem Herrn im Himmel sahen sie sich beide wieder.

Warum habe ich nun eigentlich diese Geschichte ersonnen, die so wenig in ein gewöhnliches, vernünftiges Tagebuch hineinpasst, noch dazu in das eines Schriftstellers? Und außerdem hatte ich hauptsächlich Erzählungen über wirkliche Begebenheiten versprochen! Aber die Sache ist eben die: Ich habe dauernd die Vorstellung, dass sich das alles wirklich hat begeben können – das heißt, was in der Kellerwohnung und hinter dem Holz vorging; was aber den Weihnachtsbaum beim Herrn Jesus betrifft, so weiß ich freilich nicht, wie ich mich darüber äußern soll, ob es sich begeben könnte oder nicht. Dazu bin ich eben Novellist, um mir so etwas auszudenken.

Michail Saltykow-Schtschedrin

Aus den Reiseaufzeichnungen
eines Beamten

1

Es hatte sich so gefügt, dass ich im Jahre 18** ausgerechnet
in der Nacht vor Weihnachten auf der großen Handelsstraße
unterwegs sein musste, die von der Stadt Srywnyi zum Hafen von Ust-Djominskaja führt. »Morgen oder besser gesagt
heute ist ein hoher Feiertag«, dachte ich. »In der ganzen
rechtgläubigen Welt gibt es keinen Menschen, der an diesem Tag nicht zur Ruhe kommen und sich dem Labsal des
häuslichen Herds hingeben würde; keine noch so kümmerliche Hütte, die nicht von einem freundlichen, einladenden
Glanz erstrahlt wäre; keinen Bettler, Krüppel, Vagabund, der
nicht die segensreiche Wirkung des hohen Feiertages spüren würde! Ich allein war durch die bittere Macht des Schicksals gezwungen, durch die kalte Winternacht zu fahren, wo
alle Gedanken doch ganz natürlich und unaufhörlich nach
einem warmen Plätzchen trachteten, unterwegs weiß Gott
wohin und weiß Gott wozu, gezwungen, das eigene Leben
hinter mir zu lassen und anderen das Leben zu erschweren.« Diese Gedanken gingen mir beständig durch den
Kopf und machten meine Lage, die ohnehin schon misslich war, fast unaushaltbar. Alle Kindheitserinnerungen mit
ihren in gedämpftem Licht erstrahlenden friedlichen Bildern, alle frohen Stunden und sogar einzelne Augenblicke
meines vergangenen Lebens standen mir wie zum Trotz vor
Augen und zeigten sich von ihrer besten, schmeichelhaftesten Seite. »Wie war es damals schön«, ließ sich eine leise
Stimme tief in meinem Innern vernehmen, »und wie ist
dagegen heute ringsum alles unwirtlich und teilnahmslos.«

Der gedeckte Reiseschlitten glitt unterdessen schnell dahin und pochte monoton mit seinem Vorderteil gegen die Abdrücke der Pferdehufe. Das schmale Schneeband des Weges schlängelte sich bis in weite Ferne; die Glöckchen, die am niedrigen Krummholz des Deichselpferdes befestigt waren, weckten die erstarrte Umgebung bald – wenn die Pferde trabten – mit hellem und reinem Klang, bald – wenn sie in Galopp fielen – mit wildem Geläute; bisweilen, wenn wir durch einen Streifen porösen Schnees fuhren, der von einem jähen Schneetreiben zusammengeweht worden war, vermischte sich dieses Klingen und Läuten mit dem Quietschen der Schlittenkufen, bisweilen hob sich das Vorderteil des Schlittens ein wenig, und für einige Augenblicke stand unbewegt eine Wolke von Eisnadeln in der Luft, die die gesamte Umgebung umflorten … Berge, Bäche, Schluchten – alles schien wie erstarrt, war unter dem flockigen Schneeschleier ununterscheidbar geworden.

»Warum fahre ich nur?«, fragte ich mich unentwegt und kauerte mich ob der durch Mark und Bein gehenden Kälte zusammen, »darum, um nutzlos und willkürlich in das friedliche Leben von meinesgleichen hineinzuplatzen? Um einem bekannten Bedürfnis der Zeit oder der Gesellschaft Genüge zu tun? Oder um meine eigenen Ziele zu verfolgen?«

Und verschiedene merkwürdige, widersprüchliche Gedanken kamen mir als Antwort auf diese Frage. Mal stellte ich mir vor, wie ich am Bestimmungsort ankomme, eine halbwegs anständige Bleibe finde, in einem Bauernhaus mit Ofen und ohne Schornstein, und dann tagelang umherschweife, durch undurchdringliche Wälder irre und auf der Suche bin … »Aber wonach eigentlich?«, schoss es mir auf einmal durch den Kopf. Doch ich ging dieser Frage nicht weiter nach und spann meine Gedanken fort. Und schon bin ich wieder inmitten des Schnees, der Schneewehen, des Waldesdickichts; ich placke mich ab, komme von Kräften … und endlich wird mein Eifer, jener Eifer, der alles bezwingt, von Erfolg gekrönt, und ich kann die Früchte meines Fleißes genießen … in Form von drei, vier halbtauben, halbblinden, halblahmen Frauenzimmern, von denen die Jüngste nicht weniger als siebzig Jahre alt ist! … »Ojemine! Und was, wenn sie etwas davon erfahren haben?«, raunt mir wieder diese missgünstige Stimme zu, die es offensichtlich für ihre Pflicht hält, alle meine Träume mit Zweifeln zu vergiften. »Was, wenn Jewanfija … Je-wan-fi-ja! … sich irgendwo versteckt hat?« Aber andererseits … was soll ich mit Jewanfija? Was soll ich mit all diesen Frauenzimmern? Wer braucht sie denn, wem schadet es denn, dass sie irgendwohin ins Waldesdickicht gegangen sind, um dort ihre alten Knochen zur letzten Ruhe zu betten? Und doch wäre es ausgezeichnet, Jewanfija an Ort und Stelle zu erwischen! … Man würde sie zu mir führen. »Aha, meine Beste, genau dich suche ich!«, würde ich sagen. »Gestatten Sie, Euer Hochwohlgeboren!«, würde mir unterdessen der Landkommissär zuflüstern (ebenjener, der Jewanfija ergriffen hat, während ich im Bauernhaus saß und mir vor Langeweile eins pfiff), »gestatten Sie, ich habe in Erfahrung gebracht, dass in der und der Gegend noch so und so viele Alte mit einem lahmen Bein versteckt leben!« – »O mein Gott! Das ist ja das reinste Geschenk!«, rufe ich (nicht weil ich ein schlechtes Herz hätte, sondern einfach nur im Eifer des Gefechts), und wieder eile ich umher und komme außer Atem und enthülle … Mein Gott! Was ich nicht alles enthülle! … Was aber folgt daraus? Zu welchem Ergebnis führt dieser Eifer? Dazu, dass das Leben von einem Dutzend halbverwester alter Weiber auf den Kopf gestellt wird? … Nein, augenscheinlich unterläuft mir irgendwo ein Denkfehler, wenn ich noch nicht einmal eine befriedigende Antwort auf diese Frage finden kann, ohne dass ich durch irgendeine verflixte Hexerei immer wieder bei der Ausgangsfrage lande.

Unterdessen begann das Fuhrwerk immer öfter mit dem Vorderteil zu huckeln; die Schlittenkufen glitten über die vereiste Fahrbahn und schlingerten von Zeit zu Zeit hin und her; das alles ließ auf eine Wohnstätte schließen, und wirklich, als ich mich aus dem Schlitten hinauslehnte, sah ich, dass wir in ein großes Dorf gefahren kamen.

»Wir sind da!«, sagte der Kutscher und drehte sich zu mir um.

Sein raureifbedeckter Bart und sein jämmerlicher weißer Bauernkittel, die zusammen mit dem löchrigen, völlig abgerissenen Halbpelz seinen einzigen Schutz gegen die grimmige Kälte bildeten, stachen mir ins Auge. Ein eigentümliches Gefühl verspürte ich in diesem Moment! Obwohl mir bei meinen häufigen Fahrten durch die Lande schon sowohl mit Eis überzogene Bärte als auch dünne weiße Bauernkittel untergekommen waren, sodass ich ihnen kaum noch Beachtung schenkte, wurde ich hier unwillkürlich und auf ganz natürliche Weise mit einer Situation konfrontiert, in der ich sie nicht übersehen konnte.

»Irgendwie musst du das Christfest begehen!«, dachte ich und fügte sogleich aus einem tollen Gedankensprung heraus für mich hinzu: »Ich reise hier im warmen Pelz, und nicht in einem Bauernkittel … Du sitzt auf dem Bock und springst fortwährend auf, um das Riemenpferd mit der Peitsche anzutreiben, und ich sitze hier nonchalant ausgestreckt da und träume vor mich hin … Du wirst, sobald du an der Station ankommst, zuallererst in der Eiseskälte die Pferde abspannen müssen, ich dagegen ordne an, mich gleich ins Warme zu bringen, den Samowar anzuheizen, mir Tee zu servieren, das Feldbett zu richten, und versinke in tiefen Schlaf.«

Das Dorf war menschenleer; es war sechs Uhr morgens, und um diese Zeit wird in jenen Dörfern, in denen es keine Gutsbesitzer gibt und das einfache Volk den Großteil der Gemeinde bildet, an hohen Feiertagen bekanntlich schon der Gottesdienst abgehalten. Und wirklich, auch wenn wir blitzschnell an der Kirche vorübersausten, so gelang es mir doch, durch die offenstehende Tür zu erkennen, dass sie voller Menschen war, ihr Schiff von einem Lichtermeer festlich erleuchtet, und Schwaden von Rauch über der Menge standen, die sowohl die Betenden als auch die hell bestrahlte Ikonostase in Nebel hüllten.

Endlich hielten die Pferde vor einem geräumigen Holzhaus. Das war die Station, jedoch keine Poststation, wo ein Reisender halbwegs bequem sein Haupt betten kann ohne Furcht, fortwährend durch Lärm, redende Menschen, zuschlagende Türen und unaufhörliche Geschäftigkeit gestört zu werden; es war ein einfaches Wohnhaus, dafür vorgesehen, durchreisenden Staatsdienern einen Ort der Rast zu bieten, bis frische Pferde für sie angespannt waren. Wider Erwarten war die Wohnstube, in die ich geführt wurde, geräumig, warm und sogar sauber; der Boden und die längs der Wände angebrachten Bänke waren tags zuvor geschrubbt und gesäubert worden; vor den Heiligenbildern brannte fröhlich ein Lämpchen; der viereckige Tisch, an dem für gewöhnlich die Bauersleute speisten, war mit einem reinen weißen Tuch bedeckt, und in dem unmittelbar neben dem Eingang gelegenen Winkel werkte neben dem großen russischen Ofen die Wirtschafterin herum und beeilte sich offenbar, mit der Zubereitung des Essens rechtzeitig fertig zu werden, bevor die Familie aus der Kirche zurückkehrte. Auf einer der Bänke im vorderen Winkel der Stube saß ein blinder und gebrechlicher alter Mann, wie sie fast zwangsläufig in jeder vielköpfigen Bauernfamilie zu finden sind, und hielt einen Spazierstock in der Hand, mit dem er gedankenverloren über den Boden strich. Er tat dies mit erstaunlicher Geduld, als wäre es die letzte Aufgabe seines Lebens, und als er mit dem Stock gegen irgendeine Unebenheit stieß, wurde er zornig und mürrisch.

Meine Ankunft indessen rief keinen besonderen Eindruck hervor, weil die Hausbewohner an die Anwesenheit von Beamten gewöhnt waren, die fast täglich bei ihnen auftauchten. Die Wirtschafterin, die sich bei näherem Hinsehen als junge Bauersfrau entpuppte, werkelte eifrig weiter, und der Alte fuhr immer noch mit seinem Stock über den Boden und brummte vor sich hin. Auf den Pritschen, die unterhalb der Decke angebracht waren, rekelten sich Kinder und alberten herum.

»Wohnt der Landkommissär weit weg von hier?«, fragte ich.

»So um die acht Werst werden es wohl sein«, antwortete die Wirtschafterin, hantierte dabei mit der Ofengabel und schob einen Topf mit Suppe in den Ofen.

»Drück dich konkret aus und rede nicht herum«, mischte sich mein Wegbegleiter und Kammerdiener Grischa ein, sonst immer ein ausgesprochen gutmütiger Bursche, nun aber äußerst gereizt wegen der Kälte und anderer Unannehmlichkeiten der Reise.

»Wenn die Männer kommen, dann sagen sie's dir konkret … Da schau an, du bist aber streng: willst's von einer Frau wissen!«

»Ach, ein Weib ist und bleibt ein Weib!«, erwiderte Grischa, aber mit einer solchen Verachtung, dass ich sofort den gewaltigen Unterschied spürte, der zwischen dem privilegierten und dem nicht privilegierten Geschlecht besteht.

»Ist jemand gekommen? Mit wem sprichst du, Tatjana?«, ließ sich der alte Mann vernehmen.

»Wohnt der Landkommissär weit von hier?«, wandte ich mich an den Alten.

»Was?«

»Da sieh einer an, der eine ist taub und die andere dumm – da erwarte mal was Gescheites von ihnen!«, bemerkte Grischa gehässig.

»Ein Herr ist gekommen, Väterchen … ein Beamter!«, rief unterdessen Tatjana laut und zu ihm herabgebeugt dem Alten ins Ohr, »er fragt, ob es weit ist bis zum Landkommissär.«

»So an die fünf Werst werden es wohl sein«, zischelte der

Alte, »du fährst aus dem Dorf raus, gnädiger Herr, und hältst dich nach rechts … da siehst du drei Kiefern … alte, mein Großvater konnte sich bereits an sie erinnern, solche Kiefern sind das, gnädiger Herr! … Bei ihnen musst du rechts abbiegen, dann kommst du an einen See, über den musst du rüber, immer geradeaus, geradeaus … Im Sommer, gnädiger Herr, kommst du da nicht durch, da musst du außen rum; das macht dann statt fünf Werst an die fünfzehn! … Na, und gleich nach dem See bist du dann auch schon beim Herrn Landkommissär …«

»Ist es nicht möglich, die Pferde gleich anzuspannen?«, fragte ich.

»Aber es ist keiner da, alle sind in die Kirche gegangen«, antwortete die junge Bauersfrau, »du wirst dich wohl ein wenig gedulden müssen, gnädiger Herr!«

»Väterchen! Kann man nicht gleich die Pferde anspannen?«, fragte ich erneut, zum Alten herabgebeugt.

»Wieso sollte man sie denn nicht anspannen, gnädiger Herr! Pferde haben wir da, und im Nu sind sie angespannt! Tatjana, lauf und hole deinen Mann, sag ihm, ein Beamter ist angekommen!«

Aber während Tatjana sich noch fertigmachte, kam die Schar der Familienmitglieder bereits aus der Kirche zurück und ins Haus geströmt. Allen wie immer voran, als ungebetener Gast, ein Schwall eiskalter Luft, der die Stube flugs mit weißlichem Nebel erfüllte; dahinter trat der älteste Sohn des Alten ein, ein Mann von Anfang fünfzig, von ausgesprochen stattlichem, schneidigem Äußeren und festlich in einen kurzen blauen, pelzverbrämten Kaftan gekleidet.

»Frohe Weihnachten, lieber Vater«, sagte er und bekreuzigte sich in Richtung der Heiligenbilder, »der Herr ist gnädig!«

»Oh, Gott sei Dank, Gott sei Dank!«, zischelte der Alte und erhob sich von der Bank. »Dir auch frohe Weihnachten! Ist mit euch etwa unser Rekrut gekommen?«

»Hier bin ich, Großväterchen, sei gegrüßt!«, sprach ein junger Mann und trat nach vorn.

Ich erinnerte mich daran, dass damals wegen der Kriegsumstände eine außerordentliche Rekrutenaushebung angeordnet war, und unwillkürlich betrachtete ich mir den jungen Mann neugierig. Er hatte ein eminent einnehmendes Äußeres: auch wenn der kahlgeschorene Kopf sein Antlitz ein wenig verunschönte, so war sein allgemeiner Ausdruck doch überaus angenehm; es war eins von diesen weichen, ein wenig verschämten, ein wenig schüchternen Gesichtern, die fast alle Merkmale in sich vereinen, die unserem Volke eigen sind. Artig stand er in seinem kurzen Rekrutenhalbpelz vor dem Großvater, die Hand unter den Mantelaufschlag geschoben und den Kopf leicht zur Seite geneigt; in seinen blauen Augen lag kein Funke von Widerspenstigkeit oder einem verborgenen Murren; im Gegenteil, sein ganzes liebevolles, unermesslich sanftmütiges Wesen schien in diesem gedankenvollen und zerstreut umherschweifenden Blick auf, der von seiner immerwährenden und unbedingten Bereitschaft zu zeugen schien, dorthin zu gehen, wo ihn das Schicksal haben wollte.

»Na, gebe Gott den Stabschefs Gesundheit … sie haben dich dispensiert, Petrunja … und uns zum Fest eine Freude bereitet«, sagte der Alte.

Während er sprach, wurden hinten beim Ofen erst Seufzer und dann ziemlich laute Schluchzer vernehmbar. Petrunja krampfte sich schmerzlich zusammen, als er sie hörte.

»Da haben wir's, das Weib fängt an zu weinen und klagen! Iwan, beruhige du sie!«, sagte der Alte an seinen ältesten Sohn gewandt, »wäre es etwa besser gewesen, wenn sie ihn nicht dispensiert hätten? Du solltest dich freuen, anstatt dich zu grämen!«

»Darf man ihn jetzt noch nicht mal mehr bedauern!«, ließ sich die Frau aus dem Winkel hören, »verheiraten wollten wir den Jungen jetzt vor den Großen Fasten[1], und nun sieh, wo er stattdessen hingeraten ist … Wer sollte das auch ahnen!«

Petrunja, so schien es, krampfte sich bei den letzten Worten der Mutter noch mehr zusammen.

»Das macht nichts, er geht mit Gottes Segen … Das ist keine Sünde! Vermutlich hast du noch nicht viel durchmachen müssen, Petrunja, oder?«, fragte der Großvater.

»Durchmachen nicht, Großvater; aber der Unteroffizier hat gesagt, dass wir in zehn Tagen ins Feld ziehen werden«, antwortete Petrunja leise und mit zitternder Stimme.

»Dann ziehst du eben ins Feld, wenn es so befohlen ist! Nun hör mir mal zu! Als ich jung war, wäre ich seinerzeit auch fast unter die Rekruten geraten … aber dann kam bei uns just zu dieser Zeit die Plackerei mit dem Väterchen dazwischen!«

»Aber auch nur ›fast‹!«, brummte die Mutter zornig. »Dich haben sie nicht ziehen lassen, und der einzige Sohn, den wir haben, der ist nicht zu Hause, sondern läuft von zu Hause fort!« – »Und wer hat dir verboten, einen zweiten zu bekommen?«, sagte der Alte halb scherzhaft, halb verärgert. »Das ist es ja: Anstatt den Jungen am Weihnachtstage froh zu stimmen, verdrießt du ihn noch mehr! Begreif doch, du törichtes Weib, er ist hier bei dir zu Besuch! Es erging schon Anweisung, die Pferde vor den Schlitten zu spannen … Petrunja, mein Lieber, geh dich einstweilen draußen mit den Burschen vergnügen!«

Iwan dagegen beteiligte sich nicht an dem Gespräch. Er entkleidete sich ruhig und traf die üblichen Anordnungen für Haus und Hof. Aber es schien nur so, als wäre er gleichgültig, denn er war nicht weniger über das Los des Sohns betrübt als seine Frau. Überhaupt ist es schwierig, unseren

---

1 Die Großen Fasten beginnen mit dem Montag nach der Karnevals- oder Butterwoche, 40 Tage vor Ostern, Anm. d. Ü.

Bauern durch irgendetwas aufzurütteln. Dadurch, dass er tagaus, tagein nur mit der schlichtesten, schmucklosesten Wirklichkeit konfrontiert ist und der eigenen Existenz, welche häufig für ihn eine endlose Mühsal darstellt und ihm vieles vorenthält, Auge in Auge gegenübersteht, gewöhnt er sich daran, dieser strengen Stiefmutter, die sich hin und wieder auch noch erdreistet, mit schmeichlerischer Stimme zu sprechen und sich leibliche Mutter zu nennen, furchtlos ins Gesicht zu sehen. Deshalb ist jeder Verlust, jedes Unglück, jede schwere Zeit für den Bauern eine einfache Tatsache, angesichts deren man nicht in Gedanken versinkt, sondern die es geduldig und tapfer zu ertragen gilt. Selbst der Tod eines überaus geliebten und verehrten Menschen wirft ihn nicht nieder und führt zu keiner besonderen Aufwallung in seiner Seele; damit nicht genug: Ich habe mehr als einmal einen sterbenden Bauern gesehen, und jedes Mal (außer übrigens bei sehr jungen Burschen, denen es schwerer fiel, aus dem Leben zu scheiden) nahm ich an ihnen eine unerschütterliche und zugleich fast kindliche Ruhe wahr, die viele sich gewiss nicht scheuen würden, Heldenmut zu nennen, wenn sie nicht auf so einfache und unvornehme Weise zum Ausdruck käme. Alles Leiden, alle Unruhe des Gemüts ist der Bauer gewohnt, in seinem Innersten zu verschließen, und wenn jemand von diesem Grundsatz abweicht, dann wird er zum Gegenstand wenn auch gutmütigen, so doch allgemeinen Spotts. Solche Leute werden Jammerlappen, Memme oder ein Quecksilber genannt, und niemals wird ein verständiger Mann mit ihnen ein ernsthaftes Gespräch führen. Freilich kommt es vor, dass einem Bauern bisweilen die Stimme zittert, wenn das Schicksal ihn gar zu arg beutelt, dann verändert sich sein Gesicht und verzerrt sich scheinbar für einen Augenblick, die Augenbrauen ziehen sich zusammen – doch auch nur das; Klage, Eilfertigkeit und nutzloses Gejammer werden nie in seiner Brust einen Platz finden. Ich wiederhole: Die Unbilden des

Lebens sind für den Bauern eine so gewöhnliche Tatsache, dass er sich nicht nur nicht dagegen wehrt, sondern sich noch nicht einmal gegen Schläge wappnet, weil er ohnedies immer mit ihnen rechnet. Alle Empfindsamkeit, alles Klagen hat er den Weibern überlassen, die im bäuerlichen Leben, wie auch überall sonst, dem Wesen nach viel eher dazu neigen, sich das Dasein in rosigen Farben auszumalen, und die sich deshalb nicht so leicht mit seinen Widrigkeiten abfinden.

»Gibt es bei Ihnen im Hause einen Rekruten?«, fragte ich Iwan.

»Der Rekrut ist mein Sohn, gnädiger Herr.«

»Haben Sie denn eine große Familie?«

»Die Familie ist groß, kein Grund, Gott zu zürnen; vier Brüder sind wir, mein Herr, aber viele Kinder haben wir nicht … Nur Petrunka.«

»Wahrscheinlich ist es schwer, sich von ihm zu trennen?«

Iwan blickte mich verwundert an, und ich musste mir nicht ohne inneren Verdruss eingestehen, dass meine Frage völlig müßig gewesen war und zu nichts führte.

»Alles liegt in Gottes Macht, mein Herr!«, antwortete er und fügte, an den Alten gewandt, hinzu: »Was ist, lieber Vater, soll ich den Tisch decken lassen?«

»Lass den Tisch decken, Iwan, es ist an der Zeit! Bald wird es wohl auch tagen! … Ja, und hast du nach den Pferden schicken lassen?«

»Ich habe schon längst Wasja geschickt, sie werden jeden Augenblick gebracht.«

Petrunja schlich sich unterdessen unauffällig aus dem Zimmer. Obwohl die Wohnstube ziemlich geräumig war, war die Luft wegen der vielen dort versammelten Leute so stickig, dass jemand, der nicht daran gewöhnt war, dort kaum atmen konnte. Außer den Söhnen des betagten Alten und ihren Frauen befand sich noch eine ganze Schar von Halbwüchsigen und Kindern im Raum, die unbarmherzig plapperten, sich balgten und mit fetten Fladen vollstopften.

»Wer wird nur für uns sorgen, wenn wir alt sind?«, sagte unterdessen Iwans Frau, die noch immer in ihrem Winkel stand und Trübsal blies.

»Die Brüder sind auch noch da, die Familie ist ja zum Glück nicht klein«, erwiderte der Großvater und verbarg seinen Unmut nur mit Mühe.

»Da kannst du lange warten … wir bekommen sie hier nur zu Gesicht, solange du lebst.«

»Du redest Unsinn, Marja!«, bemerkte Iwans Bruder.

»Du kannst sie ohnehin nicht überzeugen!«, erwiderte der zweite Bruder.

Wie das Gespräch ausging, hörte ich nicht mehr, weil ich die verbrauchte, vom Dampf verschiedenster Suppen gesättigte Luft nicht länger aushielt und in das Vorhaus trat. Dort war es völlig dunkel. Die Stimmen der Kutscher, die geschäftig beim Fuhrwerk hin und her liefen, das helle Tönen der am Krummholz befestigten Glöckchen und noch irgendwelche unklaren Laute, wie sie stets auf jedem Hof zu hören sind, auf dem der Bauer einigermaßen umsichtig wirtschaftet, hallten gedämpft zu mir herüber.

»Was soll denn nur werden?«, sagte unweit von mir eine liebliche und außerordentlich weiche weibliche Stimme.

»Was soll nur werden!«, wiederholte anscheinend völlig unbewusst eine zweite Stimme, die ich bald als die Petrunjas erkannte.

»Ihr werdet wohl bald zum Abmarsch rüsten?«, hob die weibliche Stimme nach kurzem Schweigen wieder an.

Petrunja sprach kein Wort und seufzte nur.

»Hast du warme Fußlappen?«, ließ sich die weibliche Stimme wieder vernehmen.

»Habe ich.«

»Ach, das wird wahrscheinlich ein weiter Weg!«

Wieder trat Schweigen ein, und es waren nur die häufigen Seufzer der beiden Gesprächspartner zu hören.

»Wenn du nur wüsstest, wie elend mir schon jetzt zumute ist, Petrunja!«, sagte die weibliche Stimme.

»Warum denn elend zumute! Heiraten wirst du!«, sprach Petrunja mit zitternder Stimme.

»Was soll ich denn machen … am Ende werde ich es gar!«

»Eben … einen Alten … oder einen kinderreichen Witwer …«

»Besser einen Alten … den würde ich ganz gewiss nicht lieb gewinnen, Petrunja!«

»Einen Jungen würdest du sicher bald lieb haben! … So seid ihr eben: Aus den Augen, aus dem Sinn!«, sagte Petrunja, den bereits die Eifersucht quälte.

»Ach, sag doch so was nicht! Lieber stürbe ich, als mich von dir zu trennen – so sehr dauerst du mich!«

»Ich werde bestimmt getötet, während du hier heiratest … und Kinder gebierst! … Der Unteroffizier hat unlängst erzählt, dass kein Einziger aus einer Schlacht unversehrt herauskommt – alle werden sie getötet!«

Anstatt einer Antwort vernahm ich leise, fast kindliche Schluchzer.

»Sei's drum, sollen sie mich doch töten!«, fuhr Petrunja fort, der sein bitteres Wohlbehagen an den Qualen seiner Gesprächspartnerin fand.

Die Schluchzer wurden noch heftiger als zuvor.

»Ach, zum Teufel mit meinem Kopf … Mawruscha, wenn du willst, dann laufe ich davon!«, sagte Petrunja unvermittelt.

»Wo denkst du hin, Petrunja, was soll das denn!«, antwortete Mawruscha mit einer Stimme, in der Angst mitschwang.

»Ich laufe davon, und genug damit!«, fuhr Petrunja fort. »Ich gehe in die Wälder, zu den Starzen[2]… Da soll mich mal einer finden und ergreifen!«

---

2 Starez (Pl. Starzen) – ein russischer Mönch, der über Jahre in der Einsamkeit einer Einsiedelei oder Klause lebt und von den Menschen oft als geistlicher Lehrer auserkoren wurde, Anm. d. Ü.

»Und in der Zeit werden sie dann deine Eltern zu harter Strafe verurteilen«, merkte Mawruscha zaghaft an.

Petrunja schwieg.

»Sie werden sie bestimmt ins Elend stürzen«, fuhr Mawruscha fort, als spräche sie mit sich selbst.

Immer noch Schweigen.

»Nein, lauf besser nicht fort, Petrunja! So Gott will, werden wir uns irgendwann wiedersehen!«

»Von wegen ›wiedersehen‹! Heiraten willst du und nicht ›wiedersehen‹! Dann sag das auch geradeheraus … und nicht ›wir werden uns wiedersehen‹. Also, soll ich fortlaufen?«

»Wohin willst du denn fortlaufen? Wenn du um meinetwillen fortlaufen willst, so kann ich ja doch nicht mit dir gehen!«

Petrunja fing an zu weinen.

»Petrunja! Mein Liebster!«, flüsterte Mawruscha.

Petrunja weinte noch heftiger.

»Ach, weine doch nicht!«, sagte Mawruscha mit erschöpfter und gequälter Stimme.

»So steht es, es gibt keinen einzigen Ausweg!«, sagte Petrunja und schluchzte fast bei jedem Wort auf, »was wird jetzt nur aus mir werden? Ach, Mawruscha, überleg doch mal, wie gut wir es hätten! … Zusammen leben würden wir … Und die Großen Fasten stehen schon vor der Tür … Alles ist zerstoben wie Spreu im Wind … als wäre nichts gewesen! Der Unteroffizier hat unlängst erzählt, dass sie uns an die zweitausend Werst fortführen werden … Wie sollen wir uns da wiedersehen!«

»Petrunja, wo steckst du denn!«, ertönte hinter mir eine Frauenstimme.

»Hier – ist etwa schon Essenszeit?«, erwiderte Petrunja.

»Der Großvater lässt zum Essen rufen.«

»Gleich. Lebe wohl, Mawruscha! Ich muss heute bei Einbruch der Nacht zurück in die Stadt fahren … Lebe wohl! Vielleicht sehen wir uns nicht mehr!«

»Kommt ihr denn mit eurer Abteilung nicht durch das Dorf? Dann könnte ich wenigstens noch einen Blick auf dich werfen!«

»Nein, wir werden die Poststraße entlangmarschieren; aber weißt du was: Wenn der Großvater schon angeordnet hat, die Pferde anschirren zu lassen … gehen wir dann noch ein bisschen spazieren?«

»Sie lassen mich nicht gehen, Petrunja«, antwortete Mawruscha leise, »ich würde nur zu gerne mit dir spazieren gehen! Aber meine Eltern haben im Moment ein ganz besonderes Auge auf mich: Bestimmt kommen sie mich gleich suchen!«

»Na, dann behüt dich Gott, lebe wohl, Mawruscha.«

Die Stimmen verstummten, aber Petrunja ging noch nicht wieder ins Haus hinein; zwei Minuten später hörte ich tiefe Seufzer und leises Geflüster, das immer wieder von Schluchzern unterbrochen wurde, und mir selbst wurde dabei ganz schwer zumute, als hätte man mich jählings all dessen beraubt, was meinem Herzen lieb und teuer war. »Von außen«, dachte ich, »sieht das alles so einfach aus. Aber mach es selbst erst einmal durch!« Ich muss bekennen, dass mir dieser Gedanke bisher nie in den Sinn gekommen war.

»Kommst du jetzt, oder was?«, ertönte hinter mir wieder die Stimme der Wirtschafterin.

»Ich komme, ich komme!«, erwiderte Petrunja. »Lebe wohl, Mawruscha!«, fuhr er mit belegter, kehliger Stimme fort. »Lebe wohl, meine Liebste!«

Und gleich darauf eilte er die Treppe hinauf und steuerte schnellen Schrittes auf die Wohnstube zu.

Als ich eine Viertelstunde später wieder ins Haus trat, saß die ganze Familie bei Tisch, aber sie machte einen wenig frohen Eindruck. Etwas Gezwungenes umgab sie, und wenn der Großvater auch ein ganz normales Gespräch zu führen versuchte, fruchteten seine Bemühungen nichts. Iwan schwieg und schaute verdrießlich; Marja schluchzte leise vor sich hin; Petrunja saß mit verweinten Augen da und aß nichts; die anderen Familienmitglieder passten sich unwillkürlich der allgemeinen Gemütsverfassung an, auch wenn sie nicht unmittelbar betroffen waren; selbst die eben noch so ausgelassenen Kinder wurden still und duckten sich. Mit einem Wort, festtäglich waren hier nur die Speisen, die in sechs Gängen eintönig aufeinanderfolgten und bei keinem Freude auslösten. Auch ich versank unwillkürlich in Gedanken, als ich diese Familie betrachtete … und worüber dachte ich nach?

»Wie mag es jetzt wohl in jener weit entfernten Stadt zugehen«, dachte ich, »die wie ein nimmermüder Wurm weder Rast noch Ruhe kennt? Begehen sie das Fest dort freudig oder nicht? Und wer begeht es freudig? Und auf welche Weise? Ist der Feiertag dort nicht zu einem einfachen Zeremoniell verkommen, ohne jeden tieferen Sinn? Ist er dort nicht zu einem Tag geworden, an dem man den Mund ganz besonders zu einem Lächeln verzieht und zu dem man viel Zuckerwerk sowie Putzsachen zusammenkaufen muss, an dem es sich den allgemeinen Gepflogenheiten entsprechend gehört, die Kinder in den Salon zu rufen, um sich an ihren vorzüglichen Manieren zu erfreuen und sie dann wieder in ihr Zimmer zu schicken, in der Auffassung, damit allen Pflichten ihnen gegenüber bis zum nächsten Feiertag Genüge getan zu haben? Hat der Feiertag dort seine christliche, brüderliche Bedeutung bewahrt, kraft deren die Seele des Menschen ganz von selbst wieder rein wird, sich seine Arme auftun und sein Herz sich öffnet? Denn ein Feiertag ist ja ein ebensolches Bedürfnis des menschlichen Lebens wie die Freude – ein Bedürfnis des menschlichen Herzens: Es ist das Bedürfnis, zur Ruhe zu kommen, sich zu erholen, wenigstens für eine gewisse Zeit die Bürden des Alltags abzuwerfen und nichts anderes zu tun, als zu frohlocken.« Und unmerklich stand mir ein Reigen bekannter Bilder vor Augen, Zeugen meines verflossenen Lebens, Bilder voller Geschäftigkeit und Hast, mit vielen verschwommenen Konturen und vagen Anspielungen auf das Leben, auf Freude und Genuss … Aber handelte es sich um wirkliche Freude, handelte es sich um reinen Genuss, der im Herzen keinen unangenehmen Nachgeschmack hinterlässt? So ist sie, diese riesige Stadt, in der die Luft vom Atem der vielen Menschen ganz verbraucht zu sein scheint; so ist sie, die Stadt des Kummers und der unerfüllten Wünsche; die Stadt des zynischen Ehrgeizes und der von Neid und Eifersucht erfüllten Hoffnungen; die Stadt des falschen, aufgesetzten Lächelns und der die Luft verpestenden Erkenntlichkeiten! Wie wunderschön ist sie nun im Strahlenglanze ihrer Millionen Lichter, und welch schrecklicher Mahlstrom des Todes ist ihre endlose, zersetzende Kehrseite inmitten dieses ewigen Nebels, inmitten der Miasmen, die schonungslos von allen Seiten herbeigeströmt kommen. Wie viele Qualen, wie viele Hoffnungen, von denen keiner weiß und die keiner geteilt hat, wie viele bittere Enttäuschungen, und wieder Hoffnungen, und wieder Enttäuschungen!

»Mein Gott! Warum nur musste über Petrunja ein solches Unglück hereinbrechen! Wenn das nicht wäre, wie unbeschwert und froh würde er jetzt hier sitzen; wie unbeschwert würde die Familie des blinden Großvaters nun an der Tafel plaudern … Aber der blinde Zufall musste unbedingt mit seinem erbarmungslosen Pflug über diese herrliche grüne Wiese gehen, um ihre glatte Oberfläche aufzuwühlen und sie mit schwarzen, ausdruckslosen Furchen zu durchziehen.«

Diese Überlegungen wurden von der Mitteilung unterbrochen, dass die Pferde bereit seien. Bitter war es, mich allein in den Schlitten zu setzen, bitter, von den Leuten zu scheiden, besonders am heutigen Feiertage, wo infolge von Erinnerungen an vergangene Zeiten als auch infolge der Beschaffenheit des Lebens überhaupt die Sehnsucht nach menschlicher Gesellschaft besonders deutlich zu spüren ist.

Was sollte es Gemeinsames zwischen mir und dieser Familie geben, der ich zufällig begegnet war, welch geheimes Glied sollte uns miteinander verbinden! Doch inzwischen war ich mir zweifelsfrei der Tatsache bewusst, dass es eine solche Verbindung gibt und in meinem Herzen ein unsichtbarer, aber warmer Strom sich birgt, der mich ohne mein eigenes Wissen an den ursprünglichen und ewig sprudelnden Quellen des volkstümlichen Lebens teilhaben lässt.

2

Draußen war es noch dunkel, obwohl das Licht schon unverkennbar Anstalten machte, in seine Rechte zu treten; die Kälte war noch grimmiger als zuvor; ein steifer Landwind fegte hier und dort heftig über die schneebedeckte Ebene, wirbelte Schneewolken auf und zog weiter seiner Wege, um wenig später schon wieder zurückzukehren und, neue Schneewolken aufwirbelnd, erneut weit, weit davonzustieben. Kälte und Wind waren für mich umso empfindlicher spürbar, als ich in einem offenen Schlitten fuhr, weil ich nach der Unterredung mit dem Landkommissär wieder zur Station zurückkehren musste und ich deshalb beschlossen hatte, mein Fuhrwerk dort stehenzulassen.

Da waren auch schon die drei Kiefern, von denen der Alte gesprochen hatte; durch das Schneegestöber konnte ich sie nur schemenhaft erkennen, aber meine Seele war wahrscheinlich höchst eigen gestimmt, dass ich aus dem gleichmäßigen Wiegen ihrer buschigen Wipfel ein Klagen darüber herauszuhören meinte, wie sehr sie dieses lange, fast endlose Leben leid seien, wie sie erschöpft seien von diesen von überall hereinbrechenden Winden, welche sie ungehemmt und ungestraft beleidigten, indem sie bald ihre stärksten Triebe abbrachen, bald ihre vollen Zweige durcheinanderwarfen und in traurige Unordnung brachten. Und da war auch der See, der sich durch den eigentümlichen Klang der Pferdehufe und die Zweige, die hier oft zu beiden Seiten der Fahrbahn ausgelegt waren, bemerkbar machte … Mein Blick schweifte in die Ferne, und dort, ich weiß nicht warum, meinte ich ganz am Ende des Horizonts den Landkommissär zu erkennen, in Gestalt eines schrecklichen zottigen Ungeheuers mit sieben Köpfen, langen eisernen Krallen und einer langen feuerroten Zunge. Und so klar und deutlich tauchte diese sonderbare und glücklicherweise völlig unglaubhafte Erscheinung vor meinem Auge auf, dass mir angst und bange wurde und ich mich schnell noch fester in meinen Pelz einmummelte, um nicht ihre Fratzen zu sehen.

Eine halbe Stunde später kam ich in ein großes Handelsdorf, in dem viele Häuser städtischer Bauweise standen. In einem davon befand sich die Wohnung des Landkommissärs, und ich konnte mich schon von weitem an den vielen Kerzen ergötzen, die unverkennbar am Weihnachtsbaum angezündet waren. Die Lichter flackerten fröhlich und leuchteten durch die vereisten Fensterscheiben hindurch in den verschiedensten, mannigfaltigsten Farben.

Der Landkommissär oder, wie ihn die Bauern nannten, der »Herr« war zu Hause. Er hieß Jermolai Petrowitsch, mit Familiennamen Bondyrew, und war ein stämmiger Mann, der ständig wie ein dämpfiges Pferd keuchte und schwer atmete. Sein aufgedunsenes und geschwollenes Gesicht war mit einem fettigen Film überzogen, der seine Haut fast wie einen Spiegel glänzen ließ; seine riesige Glatze hatte der einhelligen Meinung der Bediensteten nach die Eigenschaft, in folgenden zwei Fällen eine Dampfwolke zu verströmen: zur Zeit der Gouverneursrevision, wo das Herz eines Kreisbeamten bekanntermaßen ganz besonders schnell und heftig schlägt, und beim fünfundzwanzigsten Glas klaren Schnapses. Er hatte eine tiefe, kräftige, leicht heisere Bassstimme und eine etwas steife Art zu sprechen. Zu meinem übergroßen Erstaunen behinderte ihn die unverhältnismäßige Dominanz des Stofflichen nicht im Geringsten; überhaupt war er im Dienst leichtfüßig wie eine Flaumfeder, und wenn die Ausübung seiner Dienstpflichten eine allzu rege Tätigkeit von ihm erforderte, dann äußerte sich sein ganzer Ärger nur darin, dass er mehr als sonst keuchte und meckerte. Im Übrigen war er eigentlich ein gutmütiger Mensch, und wenn er eine Erkenntlichkeit entgegennahm, dann dankte er immer und schmeichelte damit sehr dem Ehrgefühl der wohlmeinenden Spender.

»Seien Sie willkommen und treten Sie ein, Euer Hochwohlgeboren«, sagte er, als er mich im Vorraum begrüßte, »wir sind gerade am Feiern, die Kinder sind schon ganz außer Rand und Band …«

»Ich muss so schnell wie möglich wieder aufbrechen«, antwortete ich etwas unpassend, noch ganz unter dem Eindruck des zottigen Ungeheuers.

»Wie das? Ob ein Stündchen früher oder später – die Geschäfte rennen uns nicht weg. Bleiben Sie doch noch ein wenig und speisen Sie mit uns, und nach dem Mahl können Sie dann aufbrechen. Ich werde mich gemeinsam mit Ihnen auf den Weg machen müssen, und wenn wir jetzt gleich losführen, dann wäre das gar zu unhöflich. Schließlich ist heute ein Feiertag.«

Ich blieb und war zum Teil sogar ganz zufrieden mit dieser Verzögerung, weil ich sehr müde von der Reise war. In dem Zimmer, in das mich Bondyrew führte, war seine ganze Familie versammelt und befanden sich darüber hinaus noch einige Außenstehende, mit denen mich bekannt zu machen er jedoch nicht für nötig erachtete. Er wies nur mit der Hand auf seine Kinder und sagte: »Das sind meine Würmer«, und dann forderte er mich nachdrücklich auf, auf dem Sofa Platz zu nehmen. An Familienmitgliedern waren anwesend: Jermolai Petrowitschs Frau, ein Weib von etwa fünfundzwanzig Jahren, die ganz hübsch anzusehen gewesen wäre, wenn sie sich nicht so übereifrig mit Bleiweiß angemalt hätte und nicht so fest gestärkte Röcke tragen würde; ihre Mutter, eine schmächtige Alte, ein Tuch um den Kopf gebunden und mit violetter Nase, die Bondyrew aus unbekannten Gründen mit »Eure Exzellenz« ansprach, sowie vier Kinder, die die Statur von Jermolai Petrowitsch hatten und eine fast genauso heisere Stimme wie er.

»Wünschen Sie nach der Reise Tee zu trinken?«, fragte mich Jermolai Petrowitschs Frau.

»Weshalb denn Tee! Wir bieten Seiner Hochwohlgeboren Wodka an«, erwiderte Bondyrew. »Ich, Euer Hochwohlgeboren, nehme diese chinesischen Kräuter nicht in den Mund, weshalb ich auch gesund bin.«

»Belieben Sie aus der Gouvernementsstadt zu kommen?«, wandte sich die greise Schwiegermutter an mich.

»Ja, ich bin vor kurzem dort abgereist.«

»Ach! Wie muss es dort jetzt schön sein! Die Vorsitzenden haben wegen des Feiertags ihre Uniformen angelegt und stehen so in der Kirche da … Und der General schaut verdrießlich drein …«

»Aber was reden Sie denn da, Eure Exzellenz?«, bemerkte Bondyrew. »Nein so was aber auch, warum sollte der General denn verdrießlich dreinschauen! Zum Christfest kann er auch ruhig mal eine freundliche Miene aufsetzen!«

»Ach, mein Lieber! Verdrießlich schaut er aus dem Grunde drein, weil so viele Sorgen auf ihm lasten … Es ist keine geringe Bürde, die er trägt!«

»Mir gefallen immer die Sänger am besten … Das ist ganz bezaubernd!«, meldete sich Jermolai Petrowitschs Frau zu Wort, »wenn man schwache Nerven hat, schafft man es kaum, ihnen zuzuhören!«

»Und ich erinnere mich noch genau daran, dass die Sänger in der Kirche immer alle zum Weinen gebracht haben!«, fiel ihr die Schwiegermutter ins Wort. »Was war der Gouverneur zu jener Zeit doch für ein strenger Mensch, aber auch er konnte die Tränen nicht zurückhalten! Herausragend war besonders ein Dunkelhaariger: Erst hob er ganz, ganz leise zu singen an, und dann folgten Modulationen über Modulationen … der reinste Lerchengesang! Awdotja Stepanowna, die Frau des zweiten Diakons, hat erzählt, dass sie ihm zwei Tage nichts zu essen gaben, damit seine Stimme klarer wird!«

»So ein verflixtes Leben aber auch!«, sagte Jermolai Petrowitsch mir zuzwinkernd und fuhr dann an die Schwiegermutter gerichtet fort: »Aber wenn ich mir Eure Exzellenz so ansehe, so haben Sie doch nichts als Gefühlsduseleien im Kopf.«

Aber Ihre Exzellenz war anscheinend an solche Apostrophen schon gewöhnt, weil sie, ohne im Geringsten in Verlegenheit zu geraten, fortfuhr: »Manchmal, wenn sie so sangen, saß ich mit angehaltenem Atem da und sah alles nur noch wie im Nebel. So ist eben mein Charakter: Wenn ich etwas Himmlisches vor Augen habe, dann vergesse ich alles um mich herum … dann überläuft mich ein richtiger Schauer!«

Madame Bondyrjewa seufzte tief und gedankenverloren auf. »Ja, auf dem Lande bekommt man so etwas nicht zu Gesicht!«, sagte sie.

»Ja, wie auch! Was allein die Paradeaufzüge bei Ihrer Exzellenz kosten! Die Staatsbeamten standen immer in Uniform da, und einem jeden erteilte Ihre Exzellenz einen Verweis! Und dann ging es los mit den Dejeuners und Diners jeden Tag – allein für die Würste wurden so viele Schweine gebraucht, wie im Stall einer Bataillonsküche gemästet werden!«

»Das ist bis heute so Brauch, da gibt es nichts zu bedauern!«, erklärte Jermolai Petrowitsch träge. »Wie sieht es aus, Euer Hochwohlgeboren, wollen wir uns noch ein Gläschen genehmigen, aus Langeweile? Unser Wodka ist ganz vorzüglich, wage ich zu behaupten: Er brennt ganz angenehm in der Kehle, und dann rinnt er schön langsam durch den Körper bis in alle Glieder!«

»Bei meinem Verblichenen wurde immer guter Wodka serviert!«, wandte sich wieder die Schwiegermutter an mich. »Er pflegte immer zu sagen: ›Möge der Pächter mir auch mit nichts Ehre erweisen, wenn er es nur mit Wodka tut!‹«

»Das ist wieder nur halb richtig«, bemerkte Bondyrew, »das Sprichwort lautet: ›Trink, aber jage nicht deinen Verstand durch die Gurgel‹, warum also sollte ich des Wodkas wegen anderes vernachlässigen?«

»Aber er hat doch nichts vernachlässigt, mein Herr, sondern es nur einfach so gesagt. Er hat den Wodka immer im Kolben destilliert, wegen des Alkoholgehalts …«

»Und, wie läuft es bei Ihnen?«, fragte ich Bondyrew.

»Alles bestens, Euer Hochwohlgeboren, alles bestens! Möge Gott den guten Vorgesetzten Gesundheit schenken, sie haben es nicht an Gnade mangeln lassen … Ich bin gerade vor Gericht gestellt worden!«

»Wie das?«

»Einfach so. Als ob Euer Hochwohlgeboren noch nichts davon gehört hätten! Dabei hatten bestimmt auch Sie die Hand mit im Spiel.«

»Ich höre zum ersten Mal davon.«

»Das ist ja auch nicht schwer! Bekanntlich können Euer Hochwohlgeboren nicht alles lesen, was Sie zu unterschreiben belieben!«

»Bitte sagen Sie doch zumindest, wofür Sie vor Gericht gestellt wurden?«

»Das weiß ich nicht. Es ist natürlich so einiges im Vermerk festgehalten worden. Mein ganzes Leben haben sie auf den Kopf gestellt. An die fünfzig Vergehen haben sie gefunden – ich habe mich selbst gewundert, wo sie all diesen Unrat ausgegraben haben. Ja, schwierig ist unser Dienst; die Gouvernementsregierung ist nicht so, dass sie dich wie eine Mutter mit Nachsicht behandeln würde, sondern sie hält dich eher noch, wie soll ich sagen, für ein untergeschobenes Balg: So und so einer bist du angeblich, und alles sollst du auf einmal tun!«

»Wie in dem Sprichwort, Jermolai Petrowitsch, ganz wie in dem Sprichwort! ›Sprach die Schwiegermutter zur Schwiegertochter: Genug gemahlen, Schwiegertöchterlein; ruh dich aus, geh das Korn mörsern!‹«

Die letzten Worte sprach ein mir unbekannter Alter, der bis jetzt in einem Winkel gestanden und sich nicht an der Unterhaltung beteiligt hatte. Es war leicht ersichtlich, dass dieser neue Gesprächspartner zu jenen kläglichen Opfern des provinziellen Bürokratismus zählte, die früh im Schatten der Rechtsverdrehung heranreifen, ebenso früh infolge übermäßigen Wodkakonsums ihre seelischen Kräfte einbüßen und von da an ihr ganzes weiteres Leben lang zu keiner Aufgabe oder Tätigkeit mehr fähig sind, die einer geistigen Auffassungsgabe bedürfen. Er trug eine Vizeuniform von altmodischem Schnitt mit schmalen Rockschößen, die in einem solchen Maße rötlich angelaufen war, dass selbst das kundigste Auge darin nicht mehr das ursprüngliche Grün des Kleidungsstücks erkennen konnte. Das Bemerkenswerteste an diesem Menschen aber war seine außergewöhnliche pilzförmige Nase, auf der, wie auf einer Palette, die verschiedensten Farben nebeneinander versammelt waren, von der normalen Hautfarbe bis zum dunkelsten Rubinrot. Diese Nase war, wie sich später erweisen sollte, für ihren Besitzer der Quell bitteren Unglücks und tiefer Enttäuschungen.

»Das ist aber bedauerlich«, sagte ich zu Bondyrew, denn ich verspürte unwillkürlich Gewissensbisse dem Mann gegenüber, an dessen Verderben ich auf gewisse Weise beteiligt war.

»Das tut nichts, Euer Hochwohlgeboren! Wir werden uns vor der Strafkammer wie in einer Dampfstube ausschwitzen … Und anschließend noch rüstiger herauskommen.«

»So ist es wahrhaftig!«, erklärte der Nasenbesitzer.

»Ach, augenscheinlich willst du dir auch ein wenig die Kehle anfeuchten?«, sagte Bondyrew zu ihm. »Euer Hochwohlgeboren! Erlauben Sie, vorzustellen! Jegor Pawlow Abessalomow, er zählt zu meinen Zivilangestellten; viel Nutzen stiftet er nicht, weshalb ich ihn mehr zur Kurzweil für die Meinen behalte … Theater gibt es ja bei uns nicht, und so bietet wenigstens er uns Zerstreuung.«

»Da haben wir ja einen schönen Ersatz gefunden!«, zischte Jermolai Petrowitschs Frau verächtlich.

»Was willst du denn! Einen Besseren findest du hier nicht!«, fuhr Jermolai Petrowitsch fort, »er hat uns mit seinem Mienenspiel schon dazu gebracht, Tränen zu lachen, Euer Hochwohlgeboren!«

»Wenn Euer Hochwohlgeboren nichts dagegen hat, kann ich auch jetzt eine Vorstellung geben!«, empfahl sich Abessalomow und nahm eine Haltung ein, als warte er auf Inspiration.

»Gestatten Sie es ihm, Euer Hochwohlgeboren! Wenn wir schon so sitzen, dann betrachten Sie sich wenigstens die wunderlichen Geschöpfe, die wir hier haben … fang an, Abessalomow!«

»Am fünften Juli …«, hob Abessalomow an.

»Nein, halt ein! Du erzählst das nicht richtig«, unterbrach ihn Jermolai Petrowitsch, »wenn du schon unbedingt erzählen willst, dann erzähl, wie es sich gehört: Stell dich in Positur und fang ganz von vorne an! Raswosow! Marsch, marsch, du auch hierher!«

Die letzten Worte richteten sich an einen jungen Mann, der bei Bondyrew als Sekretär beschäftigt war. Wie sich später herausstellte, musste er Abessalomow an einigen Stellen etwas erwidern, wodurch die Vorstellung besonders lebendig und zugleich ihre Komik verstärkt wurde. Es war offensichtlich, dass jemand (wenn nicht gar Bondyrew selbst) mit Lust und Liebe an diesem Gaudium gearbeitet hatte, um aus der einfachen Erzählung ein wahres Theaterstück zu machen.

Abessalomow stellte sich in Positur, das heißt er stellte ein Bein nach vorn, hielt den rechten Arm weit von sich gestreckt in die Luft, drückte den Rücken durch und warf den Kopf ein wenig nach hinten. Alle Anwesenden lächelten, und manche prusteten sogar unverstellt drauflos, in Vorfreude auf das ihnen bevorstehende Vergnügen. Abessalomow hob an:

Die unvorteilhafte Nase
(Zwischenspiel)

Sehr geehrte Damen und Herren! Ich habe die Ehre, Ihnen von einer Begebenheit zu berichten, die so merkwürdig wie ungewöhnlich ist.

Gelächter im Publikum

Der Quell sowohl dieser Begebenheit als auch vieler weiterer von ihr verursachter Übel ist ebendiese Nase (er zupft sich an der Nase), die Sie hier vor sich haben! Und worin diese Begebenheit besteht, das erzähle ich Punkt für Punkt.

»Da schau her! Punkt für Punkt!«, tönt es aus dem Publikum. Das Gelächter nimmt zu.

Am 5. Juli des Jahres 18**, um neun Uhr morgens, begab ich mich gemäß einer alten, noch von meinen Vorfahren begründeten Tradition zum Dienst. Zuvor ist es jedoch unerlässlich, Euren Wohlgeboren zu berichten, dass schon seit Peter und Paul[3] aus unerfindlichem Grunde ein außergewöhnlicher Kummer an mir zehrte. Das heißt kein richtiger Kummer, sondern dieses Gefühl, wenn einem den ganzen Tag so unendlich schwer ums Herz ist. Und damit ist auch schon alles gesagt. Selbst meine Frau wunderte sich.

---

3 29. Juni – Fest der Apostel Petrus und Paulus, Anm. d. Ü.

»Was ist denn los, mein Herzchen!«, sagt sie (denn sie hat im Pensionat Französisch gelernt, deshalb kennt sie solch zärtliche Wörter). »Was ist denn los, mein Herzchen? Man kann das ja gar nicht mit ansehen – trink doch wenigstens ein Gläschen Wodka!« – »Schlecht steht es, Praskowja Petrowna«, sage ich, »schlecht! Das verheißt ein großes Unglück!« … Trotzdem trank ich ein kleines Gläschen Wodka – und mir wurde leichter ums Herz.

Dann brach der 5. Juli an. Kaum dass ich auf die Straße getreten war, kommt mir so ein ungezogener Schlingel entgegen und starrt mich an. »Eine Nase groß für zwei, doch nur einer trägt das Ei!«, sagt er.

Schallendes Gelächter im Publikum.

Ich aber hab nicht reagiert, bin ruhig meines Wegs gegangen und habe so bei mir gedacht: »Warte mal ab, Freundchen! Nur nicht voreilig sein! Vielleicht stülpt sich ja bei dir mal die Schnauze nach innen.« Doch kaum hatte ich das gedacht, meine Herrschaften, als ein zweiter Spitzbube mir entgegenkommt. »Gestatten Sie, gnädiger Herr«, spricht er, »ist Ihnen bekannt, was für ein wunderliches Ding Sie im Gesicht haben?« Und das alles, wissen Sie, mit so einem spöttischen Lächeln, und sein Mund ist dabei vom Lachen ganz widerlich verzogen … »Gnädiger Herr!«, sprach ich und fing ernstlich an, gekränkt zu sein. »Aber nicht doch«, sagt er, »Sie wissen ja gar nicht, welche Kostbarkeit Sie da besitzen … Die Herren Engländer würden Ihnen eine Million Rubel geben, wenn Sie ihnen erlauben würden … Ihre Nase abzuschneiden!«

Raswosow: »Was ist denn, das stimmt doch: Deine Nase ist ja wirklich ein wunderliches Ding.«

Abessalomow: Hörst du wohl auf … Lass mich weitererzählen! … Nachdem der Spitzbube mich endlich in Ruhe gelassen hatte, musste ich als Nächstes an der Residenz Ihrer Exzellenz vorbeigehen. Und Ihre Exzellenz trank wie zum Trotz gerade Tee auf dem Balkon … Sie war in dem

Moment mit nichts beschäftigt, schaute mehr so in die Gegend, und als sie so vor sich hin schaute, fiel ihr Blick auf mich großen Sünder. Und sie wurde aufbrausend. »Was ist denn das für ein Beamter?«, sagte Ihre Exzellenz. »Was hat er denn für eine abscheuliche Nase!« Das bestreite ich nicht … dem widerspreche ich nicht! Klar, dass meine Nase in der Amtsbehörde nicht geduldet werden kann. Aber man hat mich doch fünfundzwanzig Jahre lang geduldet, ja und auch Ihre Exzellenz hat mich vielleicht einzig wegen ihres Müßiggangs bemerkt … Und nichts Gutes ist dabei herausgekommen. Meine Neider haben anscheinend die Worte Ihrer Exzellenz weitererzählt; kaum dass ich an diesem Tag in der Amtsbehörde sitze, kommt auch schon unser Vorsitzender, und was meinen Sie, was ich zwei Stunden später höre? (Jedes einzelne Wort akzentuierend.) Dass über meine Entlassung, meine Herrschaften, schon Beschluss gefasst worden ist!

Raswosow: Da haben sie dich aber rasch erledigt.

Abessalomow: Im Eilverfahren. Selbst die vom Gesetz vorgeschriebene Form haben sie außer Acht gelassen, denn im Gesetz ist strengstens verfügt, dass keine Strafen verhängt werden dürfen und man erst recht nicht dem sicheren Verderben überantwortet werden darf, solange nicht vorher Explikationen verlangt worden sind!

Raswosow: Warum sollten sie denn von dir Explikationen verlangen?

Abessalomow: Deshalb! Und wenn es nichts gibt, wofür ich mich erklären müsste, dann erst recht! Das ist doch kränkend … ich bin ja nicht allein … meine ganze Nachkommenschaft, kann man sagen, muss wegen der Nase leiden! Und in den Gesetzen steht geschrieben, dass das Äußere keine Rolle spielen darf!

Raswosow: Lass gut sein. Das ist nicht unsere Zuständigkeit. Ich sage sogar: Wenn dir künftig diesbezüglich die Zunge juckt, dann denk an das Sprichwort: Reden ist Silber, Schweigen ist Gold – und pfeif drauf. Ich bin jetzt fünfunddreißig Jahre im Dienst (Raswosow war gerade mal fünfundzwanzig Jahre alt), schleiche immerfort wie die Katze um den heißen Brei herum, aber ins Schwarze habe ich im Leben noch nie getroffen!

Abessalomow: So komme ich denn nach Hause. Ich bin ein kinderreicher Mann; meine Frau hat Skrofulose und schenkt mir jedes Jahr entweder eine Tochter oder einen Sohn …

Raswosow: Und alle haben solche Nasen?

Abessalomow: Nicht doch – Gott bewahre! Meine Älteste, Nataschenka, hat überhaupt keine Ähnlichkeit mit mir … eine richtige Schönheit ist sie! Ich komme also nach Hause. »Der Herr schenkt uns seine Gnade, meine liebe Frau!«, sage ich. »Wie das?« – »Ja so«, sage ich, »Kyrillus fuhr zum Festessen, bekam eins in die Fresse stattdessen … gekündigt bin ich, Kamerad!« Allgemeines Gelächter; Abessalomow, der ganz aufgewühlt ist, kann eine Weile nicht fortfahren.

Und so lebten sie glücklich und zufrieden bis an ihr Lebensende; na, uns geht es aber prächtig, unser Häuschen wackelt mächtig, jede Sache, die wir brauchen, müssen wir bei den Nachbarn schlauchen; Vorräte haben wir noch und noch, am meisten jedoch von jeglichem Mangel, den wir fleißig seit dem Sommer sammeln; meine Frau haben wir bald zu Grabe getragen, uns knurrt jetzt immer vor Hunger der Magen; die Töchter, die Schönen, sie kamen zu Fremden, zu Hause bei den Eltern würden sie schnell verenden; drum halte ich hier ein, lege die Erzählung nieder und verbleibe Jegor Pawlow Abessalomow, Ihr ergebener Diener.

Allgemeines Beifallklatschen; die Frau des Landkommissärs verzieht ihr Gesicht zu einem Lächeln.

Als Abessalomow mit der Vorstellung fertig war, ging er unverzüglich zum Tablett mit den Gabelbissen und trank drei Glas Wodka hintereinander; danach zog er sich in einen

Winkel zurück und schlief, nachdem er sich auf einen Stuhl gesetzt hatte, fast augenblicklich ein.

»Sehen Sie, Euer Hochwohlgeboren!«, wandte sich Bondyrew an mich, »Sie beliebten sich in den Metropolen aufzuhalten, aber ein solches Talent muss man auch dort sicher mit der Lupe suchen!«

Doch ich antwortete nichts auf diese Frage, weil der Eindruck, den dieses seltsame Geschöpf und seine Geschichte auf mich gemacht hatten, außerordentlich niederschmetternd war. Ungeachtet der derben Komik der Geschichte war zu erkennen, dass ihr gesamter Ton nicht echt war und dahinter ein wahres Leid durchklang, sodass es unmöglich und auch unstatthaft war, sich an dieser vorgespiegelten Fröhlichkeit zu erfreuen. Ja überhaupt, wenn Jermolai Petrowitsch mich zu unterhalten beabsichtigt hatte, dann hatte er sein Ziel bei weitem nicht erreicht, und mein Tag war durch diese Vorstellung nun endgültig verdorben. Als ich hierherfuhr, litt ich unter meiner Einsamkeit; mein ganzes Wesen war darauf eingestimmt, all die segenspendenden, lichten Eindrücke in mich aufzunehmen, für die, Gott weiß warum, die Seele an gewissen Tagen und Zeitabschnitten unweigerlich und immer wieder neu empfänglich ist, aber die eigentümliche »Vorstellung« hatte im Nu diese lichte, harmonische Stimmung zerstört. Bisweilen kommt es vor, dass in ein ruhig und gleichmäßig dahinfließendes Leben jäh ein ihm völlig fremdes Ereignis hereinbricht, und zwar mit einer solchen Wucht, dass es einen nicht nur dazu zwingt, es hinzunehmen, sondern es sich despotisch auch den gesamten Aufbau dieses Lebens unterordnet.

Es fing schon an zu dämmern, als wir an der Station anka-
men. Im Dorf stromerten hier und dort Gruppen
beschwipster Bauern umher, und vor dem Haus der Station
stand sogar eine ganze Schar Menschen.

»Es ist wohl etwas passiert!«, sagte Bondyrew schon von
fern her und zeigte auf den Menschenauflauf.

Und wirklich, die Menge wartete, wie es schien, aufgeregt
auf unsere Ankunft. Wir waren kaum aus dem Schlitten ge-
stiegen, als der ganze Haufen auch schon wild durcheinan-
derzusprechen anfing und mit den Armen fuchtelte. Aus
dem Haus drang jene Art von lautem Wehklagen, bei dem
selbst der erfahrenste Beobachter nicht eindeutig zu sagen
vermag, was sich hinter diesem Gekreische und Geheule
verbirgt: ehrliches Gefühl oder reine Förmlichkeit.

»Was ist passiert?«, fragte Bondyrew.

»Petruscha … Petruscha«, erschallte es aus der Menge.

Mein Herz krampfte sich schmerzhaft zusammen.

»Unser Neffe ist davongelaufen, Euer Wohlgeboren!«, antwortete einer der Söhne des Großvaters und trat nach vorn.

»Etwa der Rekrut?«

»Der Rekrut, Euer Wohlgeboren.«

»Ach, Schurken seid ihr! Man darf mit euch keine Nachsicht haben!«

»Sie werden ihn finden, Euer Wohlgeboren. Sein eigener
Vater ist mit dabei und sucht ihn«, sprach Petrunjas Onkel
zaghaft.

»Ihn finden, da kannst du aber lange warten! Hatte er
denn hier im Dorf eine Liebste?«, fragte Bondyrew und hatte
damit instinktiv die Wahrheit erraten.

»Das wird wohl Mawruschka Saweljewa wissen!«, sagte
einer in der Menge.

»Wo denkst du hin! Wirst du dich wohl sofort bekreuzigen!«, schrie ein grauhaariger Alter, der sich einen Weg durch

die Menge bahnte und wohl Mawruschas Vater war, »meine Mawruschka hat hiermit nichts zu tun, Euer Wohlgeboren.«

»Da schau her, was geschehen ist«, hob Petrunjas Onkel wieder an, »wir haben ihn doch in keiner Weise gekränkt, und was hat er uns nur angetan!«

»Das klären wir später!«, antwortete Bondyrew und sprach, an die Menge gerichtet: »Dass Ihr mir ja den Rekruten findet! Alle marsch in den Wald und suchen!«

Und als er das gesagt hatte, begab er sich majestätischen Schritts ins Haus, um im Warmen seinen weißen Körper auszustrecken.

Das Perlenhalsband

In einer gebildeten Familie saßen beim Tee einige ihrer Freunde und sprachen über Literatur: über Erfindung, über Handlung. Sie bedauerten, dass das alles bei uns immer blasser und blasser werde. Da führte ich eine höchst charakteristische Äußerung des verstorbenen Pissemski an, welcher behauptete, jenes Verarmen der Literatur hänge vor allem mit der Zunahme der Eisenbahnen zusammen, die zwar dem Handel sehr förderlich, der Dichtung jedoch schädlich seien.

»Jetzt reist der Mensch zwar viel, doch rasch und unbehindert«, pflegte Pissemski zu sagen. »Daher unterliegt er keinen kräftigen Eindrücken, hat auch keine Zeit zum Beobachten – alles gleitet vorbei; daher die Dürftigkeit. Ehemals aber, wenn du von Moskau nach Kostroma reistest, mit einem für die ganze Strecke geheuerten Fuhrmann im allgemeinen Tarantas, oder auch mit streckenweis fahrenden Kutschern, da mochtest du's treffen, dass der Mann ein Schuft war, die Mitreisenden aber freche Kerle; im Kruge mochte der Hausknecht ein Spitzbube sein, die Köchin gar eine Schlampe, was konntest du da nicht alles an Mannigfaltigstem erleben. Und wenn du dann gar die Geduld verlorst – du hast in der Sauerkrautsuppe irgendwas Abscheuliches gefunden, beschimpfst das Küchenweib, und sie gibt dir's mit Schande zehnfach wieder –, dann erhieltest du Eindrücke, die du ganz einfach nicht mehr loswurdest. Ja, dann gingen sie dir nur so auf wie ein vierundzwanzig Stunden alter Hefeteig – und ebenso dicht und üppig schwoll und quoll es dir auch ganz selbstverständlich in deiner Dichtung. Jetzt aber geht alles ganz eisenbahnmäßig vor sich; nimm den

Teller und frage nicht; iss, zum Kauen gibt's keine Zeit; din – din – din – das Abfahrtssignal, fertig! Wieder fährst du, und von allen Eindrücken bleibt dir nur der, dass der Kellner dich beim Geldwechseln übers Ohr gehauen, dich mit ihm aber nach Herzenslust auszuzanken, dazu hattest du schon nicht mehr Zeit.«

Ein Gast bemerkte hierauf, Pissemski sei zwar ein Original, doch habe er unrecht, und führte Dickens als Beispiel an, der in einem Lande geschrieben, wo sehr geschwind gereist werde, nichtsdestoweniger habe er jedoch viel gesehen und beobachtet; seine Erzählungen litten keineswegs an dürftigem Inhalt. Eine Ausnahme bildeten nur seine Weihnachtserzählungen (*Christmas tales*). Gewiss seien auch sie sehr schön, doch seien sie einförmig. Allerdings dürfe man das nicht dem Verfasser zur Last legen, denn diese Erzählungen gehörten einer Dichtungsgattung an, bei der der Schriftsteller sich als Sklave der allzu engen und allzu regelmäßig begrenzten Form fühlen müsse. Von einer Weihnachtserzählung werde nämlich unbedingt verlangt, dass sie irgendwie auf die Begebenheiten der Abende zwischen der Weihnacht und Epiphanias gemünzt sei, dass sie außerdem einigermaßen phantastisch sei, irgendeine Moral enthalte – die womöglich ein schädliches Vorurteil zerstöre –, und schließlich, dass sie auf jeden Fall heiter ende. Dergleichen Begebenheiten aber gebe es im Leben nicht viele, und so quäle der Verfasser sich mit der Erfindung ab und strenge sich an, eine Handlung zu erfinden, die den Vorschriften entspreche. Daher ließe sich bei Weihnachtserzählungen eine große Künstelei und Einförmigkeit beobachten.

»Nun, ich bin durchaus nicht mit Ihnen einverstanden«, bemerkte der dritte Gast, ein angesehener Herr, dem es oft gelang, das rechte Wort zur rechten Zeit zu sagen. Daher wünschten wir auch alle, seine Meinung zu hören. »Ich meine«, fuhr er nun fort, »dass auch die Weihnachtserzählung, ohne aus ihrem Rahmen zu fallen, wandelbar ist und eine fesselnde Mannigfaltigkeit aufweisen kann, je wie sich in ihr ihre Zeit und deren Sitten spiegeln.«

»Wie könnten Sie uns die Richtigkeit Ihrer Behauptung erweisen? Damit Sie uns überzeugen, müssen Sie uns eine Begebenheit aus dem derzeitigen Leben der russischen Gesellschaft vorführen, die sowohl die Zeit widerspiegelt als auch den gegenwärtigen Menschen, alles das aber müsste Gestalt und Inhalt einer Weihnachtserzählung entsprechen, also leicht phantastisch sein; müsste außerdem irgendein Vorurteil ausrotten und ein heiteres, kein trauriges Ende haben.«

»Nun, wenn Sie wollen, kann ich Ihnen eine solche Geschichte erzählen.«

»Bitte, tun Sie uns den Gefallen. Vergessen Sie aber nicht, dass es sich um eine wirkliche Begebenheit handeln muss.«

»Seien Sie nur überzeugt, ich werde Ihnen eine ganz und gar wirkliche Begebenheit erzählen, die sich zudem unter mir sehr lieben und nahestehenden Menschen zugetragen hat. Es handelt sich um meinen Bruder, welcher, wie Ihnen wahrscheinlich bekannt ist, einen guten Posten im Staatsdienst bekleidet und sich verdientermaßen vollauf eines guten Rufes erfreut.«

Alle bestätigten ihm, dass das stimme, und viele ergänzten die Äußerung des Erzählers dahin, dass sein Bruder wirklich ein prächtiger und ehrenwerter Mensch sei.

»Ja«, antwortete jener, »und so werde ich jetzt von jenem, wie Sie sagen, prächtigen Menschen erzählen.

Vor drei Jahren kam mein Bruder, der damals in der Provinz einen Posten innehatte, zu mir für die Weihnachtstage, und als plagte ihn irgendeine Verrücktheit, lag er mir und meiner Frau mit der Bitte in den Ohren: ›Verschafft mir eine Frau.‹

Wir dachten anfangs, er scherze, doch in allem Ernst und mit aller Ausführlichkeit bedrängte er uns: ›Verheiratet mich, um des Himmels willen! Erlöst mich von der unerträglichen

Langeweile der Einsamkeit. Ich bin das Junggesellenleben satt, ich habe genug vom Klatsch und Tratsch der Provinz – will meinen eigenen Herd haben, will abends mit einer Frau, die mir teuer ist, bei der Lampe zusammensitzen. Verheiratet mich!‹

›Halt, halt‹, sagen wir, ›alles das ist sehr schön; tu, wozu es dich treibt, Gott segne dich, nimm ein Weib. Doch das will seine Zeit haben; man muss doch erst ein gutes Mädchen in Aussicht nehmen, das dir gefiele und das selber dir gut wäre. Das alles erfordert Zeit.‹

Er aber antwortet: ›Was macht denn das aus? Zeit haben wir genug. Zwei Wochen dauert die Weihnachtszeit, während deren Trauungen verboten sind. Inzwischen könnt ihr für mich freien; zu Epiphanias, abends, lassen wir uns trauen und fahren ab.‹

›Ei, ei, mein Lieber‹, sage ich, ›du scheinst mir aus Langeweile ein wenig verrückt geworden zu sein.‹ Das Wort ›Psychopath‹ war damals bei uns noch ungebräuchlich. – ›Ich‹, fuhr ich fort, ›habe keine Zeit, deinen Blödsinn mitzumachen, ich muss gleich in Dienst aufs Gericht. Derweilen magst du bei meiner Frau bleiben und mit ihr phantasieren.‹

Ich dachte, alles das habe nichts auf sich oder, zum Mindesten, dass jener Einfall noch recht weit von seiner Verwirklichung sei; indessen: heimgekehrt zum Mittagessen, muss ich sehen, dass die beiden die Sache schon abgeschlossen haben!

Meine Frau sagt mir: ›Maschenka Wassiljew war da, sie bat mich, mit ihr auszufahren, um ihr ein Kleid aussuchen zu helfen, und während ich mich anzog, blieben sie‹ – das heißt mein Bruder und jenes Fräulein – ›zusammen beim Tee. Und da sagte er: „Das ist ein herrliches Mädchen, was soll ich da noch lange warten. Verheiratet mich mit ihr."‹

Ich antworte meiner Frau: ›Jetzt sehe ich, dass mein Bruder wirklich verrückt ist.‹

›Nein, erlaube‹, antwortet meine Frau. ›Was soll dieses

„wirklich verrückt"? Warum schiltst du jetzt das, was du sonst immer hochgehalten?‹

›Was hätte ich hochgehalten?‹

›Sympathie, von der man sich keine Rechenschaft gibt, die Herzensneigung.‹

›Nein, meine Liebste und Beste‹, sage ich, ›damit darfst du mir nicht kommen. Alles das ist recht gut und schön, doch zur rechten Zeit und wo es sich gehört. Gut ist es, sofern die Neigung irgendeiner klaren Erkenntnis entspricht, etwa wenn man beim anderen Teile wirkliche Herzens- und Geistesvorzüge hat wahrnehmen können. Doch das jetzt – was soll das überhaupt? … Ein Augenblickchen hat er sie gesehen und ist nun bereit, sie sich für sein ganzes Leben aufzuhalsen.‹

›So? Was hast du gegen Maschenka? Sie ist doch gerade so, wie du eben gesagt hast: ein Mädchen von klarem Verstande, anständigem Charakter und mit einem prächtigen treuen Herzen, außerdem hat auch er ihr gefallen.‹

›Wie!‹, rief ich aus. ›So hast du in der kurzen Zeit auch ihr schon eine Erklärung abgerungen?‹

›Eine Erklärung‹, antwortete sie, ›nein, eine Erklärung gerade nicht. Aber man sieht doch einem dergleichen an. Die Liebe – so ist es wenigstens bei uns Frauen –, wir bemerken sie doch und nehmen sie wahr schon in ihren ersten Anfängen.‹

›Ihr‹, sage ich, ›ihr seid mir ganz widerwärtige Heiratsstifterinnen. Ihr habt nichts anderes im Sinne, als jemand zu verheiraten, und was daraus wird, das kümmert euch nicht. Nimm dich in Acht vor den Folgen deines Leichtsinns.‹

›Ich aber‹, spricht sie, ›ich hab mich vor gar nichts in Acht zu nehmen, weil ich sie beide kenne und weiß, dass dein Bruder ein ganz vortrefflicher Mensch ist und Maschenka ein ganz herzig liebes Mädchen. Und wo sie einander versprochen haben, sich um ihr gegenseitiges Glück zu bekümmern, werden sie das auch halten.‹

›Wie!‹, schrie ich, schon außer mir. ›So haben sie sich auch schon das Jawort gegeben!‹

›Jawohl‹, antwortete meine Frau, ›einstweilen zwar nicht wortwörtlich, doch hinreichend deutlich. Ihr Geschmack und ihre Bestrebungen stimmen überein, ich aber werde heute Abend mit deinem Bruder zu ihnen fahren –; er wird sich gewiss mit dem Alten einigen, und dann …‹

›Und dann?‹

›Und dann – lass sie nur machen, nur misch dich nicht ein.‹

›Gut‹, sage ich, ›gut, es freut mich sehr, mich mit einer solchen Dummheit nicht zu befassen.‹

›Gar keine Dummheit wird es geben.‹

›Ausgezeichnet!‹

›Es wird vielmehr alles sehr gut geraten; sie werden glücklich werden.‹

›Freut mich sehr. Nur wäre es kein Schade‹, sage ich, ›wenn mein Bruder und du, ihr beide euch bewusst wäret, dass Maschenkas Vater ein allbekannter reicher Schieber ist.‹

›Was macht das aus? Allerdings kann ich jenes zu meinem Leidwesen nicht bestreiten. Doch das hindert nicht im Geringsten, dass Maschenka ein herrliches Mädchen ist, das sich zu einer vortrefflichen Gattin entwickeln wird. Du hast gewiss etwas vergessen, worüber wir uns wiederholt unterhalten haben: dass bei Turgenjew gerade die besten der von ihm dargestellten Frauen alle ausnahmslos, wie ausgerechnet, recht wenig ehrenwerte Väter haben.‹

›Davon spreche ich hier gar nicht. Maschenka ist wirklich ein ganz vorzügliches Mädchen, ihr Vater aber hat bei der Verheiratung ihrer beiden älteren Schwestern beide Schwiegersöhne übers Ohr gehauen und ihnen nichts mitgegeben; er wird auch Mascha nichts geben.‹

›Wer weiß? Sie ist seine Lieblingstochter.‹

›Warum nicht gar, meine Liebste und Beste, wir wissen recht gut, was das mit seiner besonderen Liebe für das

Töchterchen, das am Heiraten ist, für eine Bewandtnis hat. Alle wird er übers Ohr hauen. Er kann auch gar nicht anders als einen übers Ohr hauen; das ist ja sein Grundsatz, damit hat er ja angefangen, dass er Geld zu Wucherzinsen auf Pfänder gab. Und bei einem solchen wollt ihr Liebe und Großherzigkeit finden? Ich kann euch nur sagen: Hat er seine zwei ersten Schwiegersöhne, die beide selbst durchtriebene Racker sind, übers Ohr gehauen, sodass sie sich jetzt mit ihm wie Hund und Katze stehen, wie wird er da erst meinen Bruder, der von Kindesbeinen an bereits an übertriebener Feinfühligkeit leidet, reinfallen lassen!‹

›Was meinst du damit, mit diesem – Reinfallen?‹

›Nun, Liebste und Beste, stell dich nicht dumm.‹

›Ich stell mich durchaus nicht dumm.‹

›Weißt du denn wirklich nicht, was „Reinfallen" heißt? Nichts wird er Maschenka mitgeben, das meine ich.‹

›Weiter nichts?‹

›Natürlich.‹

›Natürlich, natürlich! Mag sein. Ich aber‹, sagte sie, ›ich habe nie gedacht, dass es nach deiner Meinung „Reinfall" heißt, wenn man eine tüchtige Frau ohne Mitgift bekommt.‹

Nun, Sie kennen ja die liebliche Frauenart und -logik. Schwupp – einen Sprung in den fremden Garten und dorther, aus der Nachbarschaft, einen Nadelstich. ›Ich spreche hier nicht von mir.‹

›Wieso?‹

›Das ist aber recht sonderbar, *ma chère*.‹

›Inwiefern sonderbar? ‹

›Recht sonderbar von dir, weil ich nicht von mir selber gesprochen habe.‹

›Aber du hast so gedacht.‹

›Ganz und gar nicht.‹

›Hast dir's aber so vorgestellt.‹

›Nein, hol's der Teufel, nichts habe ich mir vorgestellt.‹

›Warum schreist du denn so?‹

›Ich schreie nicht.‹

›Und „Teufel" und immer „Teufel", wäre das nicht schreien?‹

›Ja, denn du bringst mich um die Geduld!‹

›Nun, da haben wir's ja. Wäre ich reich und hätte ich dir eine Mitgift eingebracht.‹

›E… e… e… e… e.‹

Das hielt ich schon nicht mehr aus. Und nachdem ich mit den Worten des verstorbenen Dichters Alexej Tolstoi ›wie Gott begonnen, wie ein Schwein geendet‹, machte ich ein beleidigtes Gesicht, weil ich mich auch wirklich auf ungerechte Weise beleidigt fühlte, schüttelte den Kopf, machte kehrt und verzog mich in mein Arbeitszimmer. Doch kaum hatte ich die Tür hinter mir zugeworfen, da ward ich von einem unüberwindlichen Rachedurst befallen, machte die Tür wieder auf und sagte: ›Das ist eine Schweinerei!‹

Sie aber antwortet: ›Merci, mein lieber Gatte.‹

Weiß der Teufel, das war ein Auftritt gewesen. Und vergessen Sie nicht, dazu war es gekommen nach vier Jahren des allerglücklichsten, durch nichts auch nur einen Augenblick gestörten Ehelebens! … Ärgerlich … kränkend … und unerträglich! Und wie dumm! Und für nichts und wieder nichts. Alles das hat dieser Bruder angestellt. Und was geht's mich an, dass ich so koche und mich aufrege! Er ist doch wahrhaftig und wirklich schon erwachsen; und hat er nicht auch das Recht, selbst zu beurteilen, wer ihm gefällt und wen er sich zum Weibe nehme? … Herr Gott, heutzutage kannst du nicht einmal hierin einem Sohne Vorschriften machen, und nun sollte gar ein Bruder auf den anderen hören … Und schließlich, mit welchem Recht? … Und kann ich denn wirklich so voraussehend sein, dass ich unfehlbar den Ausgang dieser oder jener Verlobung prophezeien könnte? … Maschenka ist wirklich ein ganz vorzügliches Mädchen, und ist meine Frau nicht ein ganz wundervolles Wesen? … Ja, auch mich hat, Gott sei Dank, bisher noch niemand einen Taugenichts gescholten, und nun sind wir aneinandergefahren wie ein Schneider und sein Schneiderweib … Und alles das um nichts und wieder nichts, wegen des närrischen Einfalls eines Dritten …

Ich begann mich ganz entsetzlich vor mir zu schämen und meine Frau zu bemitleiden; machten doch ihre Worte mir nichts mehr aus, indessen ich mich selbst beschuldigte, und in einer solchen trübseligen und unzufriedenen Stimmung schlief ich auf dem Diwan in meinem Arbeitszimmer ein, eingewickelt in meinen weichen Watteschlafrock, den meine liebe Frau mir eigenhändig gesteppt hatte.

Es ist doch eine geradezu bestechende Sache – so ein bequemes Alltagskleidungsstück, das Frauenhände dem Gatten angefertigt haben. So etwas Gutes und Liebes ist es und erinnert einen so sehr zur Zeit wie zur Unzeit sowohl an unsere Schuld als auch an jene teuren Hände, die man plötzlich abküssen und für irgendetwas um Verzeihung bitten möchte: ›Verzeih mir, mein Engel, dass schließlich du mich um meine Geduld gebracht hast; ich werde in Zukunft nimmer …‹

Und ich nun, muss ich gestehen, fühlte ein solches Verlangen, so rasch als möglich mit einer Bitte zu ihr zu gehen, dass ich erwachte, aufstand und aus dem Zimmer ging.

Ich sehe: Im Hause ist alles finster und still.

Ich frage das Dienstmädchen: ›Wo ist die gnädige Frau?‹

›Sie ist‹, gibt sie Bescheid, ›mit Ihrem Herrn Bruder zum Vater Marja Nikolajewnas gefahren. Ich werde Ihnen gleich den Tee machen.‹

›Nun‹, denke ich, ›die will ganz und gar nicht von ihrem Eigensinn lassen, sie will nun einmal den Bruder mit Maschenka verheiraten. Mögen sie tun, wie es ihnen passt, und mag Maschenkas Vater sie anführen, wie er seine beiden älteren Schwiegersöhne angeführt hat, ja, und das erst recht, weil diese beiden Spitzbuben sind, mein Bruder aber das verkörperte Ehr- und Feingefühl. Umso besser, mag er sie anführen, meinen Bruder wie meine Frau. Mag sie sich nur gleich beim ersten Ehestiftungsversuche die Finger verbrennen!‹

Ich nahm dem Zimmermädchen das Glas mit Tee ab und setzte mich an eine Akte, deren Inhalt am folgenden Tage bei uns im Gerichte zur Verhandlung stand und die mir nicht wenig Schwierigkeiten bot. Diese Beschäftigung nahm mich bis weit nach Mitternacht in Anspruch. Meine Frau aber und mein Bruder kehrten erst um zwei Uhr nachts zurück, beide über und über heiter.

Meine Frau fragt mich: ›Willst du nicht kaltes Roastbeef und ein Glas Schorle? Wir haben bei den Wassiljews zu Abend gegessen.‹

›Nein‹, antwortete ich, ›danke bestens.‹

›Nikolai Iwanowitsch hatte die Spendierhosen angezogen und hat uns ganz köstlich bewirtet.‹

›So.‹

›Ja. Wir haben die Zeit aufs Vergnügteste verbracht, Champagner getrunken.‹

›Ihr Glückspilze‹, sagte ich und denke dabei: ›Das heißt, diese Bestie von Nikolai Iwanowitsch hat auf den ersten Blick herausgebracht, was für ein zartes Kälbchen mein Bruder ist, und hat ihn nicht umsonst gefüttert. Jetzt wird er ihn liebkosen, bis die Brautzeit im Hause abgelaufen sein wird, und dann – kriegt's das Öchslein vor die Platte.‹

Und meine Gefühle gegenüber meiner Frau wurden abermals feindselig, ich bat sie, angesichts meiner Schuldlosigkeit, nicht um Verzeihung. Ja, wäre ich frei gewesen und hätte ich die Muße gehabt, in alle Wendungen des von ihnen angezettelten Liebesspieles einzudringen, so wäre es nicht wunderbar gewesen, wäre ich wieder aus der Haut gefahren, hätte ich mich wieder in etwas eingemischt … und dann wären wir schließlich angelangt bei irgendeiner Psychose. Jedoch, zu meinem Glück hatte ich keine Zeit. Der Rechtsfall, von dem ich erzählte, machte uns auf dem Gerichte so zu schaffen, dass wir es sogar aufgeben mussten, zu den Feiertagen frei zu sein, und so kam ich dann einstweilen nur heim, um zu essen und mich auszuschlafen, und verbrachte alle Tage und einen Teil der Nächte vor dem Altar der Themis.

Zu Hause aber warteten die laufenden Angelegenheiten nicht auf mich, und als ich, gerade am Weihnachtsabend, unter mein Dach heimkehrte, froh, mich von den Dienstobliegenheiten endlich losgemacht zu haben, da empfing man mich mit der Aufforderung, einen üppig ausgestatteten Korb zu betrachten, der die kostbaren Geschenke enthielt, die mein Bruder der Maschenka darbrachte.

›Was ist das?‹

›Die Gaben des Bräutigams für die Braut‹, erklärte mir meine Frau.

›Also ist es schon so weit. Wünsche Glück.‹

›Natürlich. Zwar wollte dein Bruder nicht eher förmlich anhalten, als er sich noch einmal mit dir besprochen hätte. Doch war es ihm mit der Hochzeit eilig, du aber saßest, wie zum Tort, all die Zeit auf deinem ekelhaften Gerichte. Länger warten war unmöglich, so haben sie sich verlobt.‹

›Ausgezeichnet‹, sage ich, ›wozu hätten sie auch auf mich waren sollen.‹

›Du wirst, wie mir's scheint, anzüglich.‹

›Ich werd durchaus nicht anzüglich.‹

›Dann stichelst du.‹

›Ich stichele auch nicht.‹

›Das hätte auch nicht den geringsten Zweck gehabt, denn trotz deines Rabengekrächzes werden sie ganz überglücklich werden.‹

›Gewiss‹, sage ich, ›wenn *du* dich schon verbürgst, dann werden sie es eben. Es gibt ein Sprichwort: Rasch gewählt, dann gequält. Es wäre besser gewesen, er hätte nicht so gewählt.‹

›So‹, sagt meine Frau, den Korb mit den Geschenken zuklappend, ›ihr denkt also, ihr erwählt uns. Das ist doch in Wirklichkeit nur Unsinn.‹

Ich schüttelte den Kopf und sage: ›Bedenke doch ein wenig, was du sagst. Ich zum Beispiel habe dich erwählt – und zwar gerade weil ich deinen Wert verehrte und kannte.‹

›Du flunkerst.‹

›Ich flunkerte?‹

›Du flunkerst. Du hast mich ganz und gar nicht wegen meines Wertes erwählt.‹

›Weswegen denn?‹

›Weil ich dir gefiel.‹

›Was? Du stellst sogar deinen eigenen Wert in Abrede?‹

›Keineswegs. Ich halte mich durchaus für wertvoll. Aber du hättest mich nie und nimmer geheiratet, hätte ich dir nicht gefallen.‹

Ich fühlte, dass sie Richtiges sagte.

›Immerhin‹, sagte ich, ›ich habe ein ganzes Jahr gewartet und bin in eurem Hause verkehrt. Weshalb hätte ich's denn getan?‹

›Um mich anzuschauen.‹

›Stimmt nicht. Um deinen Charakter zu ergründen.‹

Meine Frau lachte los.

›Was für ein sinnloses Gelächter!‹

›Durchaus nicht sinnlos. Du, mein Lieber, hast nichts bei mir ergründet, auch nicht ergründen können.‹

›Weshalb?‹

›Soll ich's sagen?‹

›Tu mir den Gefallen, sag es.‹

›Weil du in mich verliebt warst.‹

›Gewiss, doch das störte mich nicht im Geringsten, deine Seeleneigenschaften wahrzunehmen‹

›Doch, es störte.‹

›Nein, es störte nicht.‹

›Es störte und wird jedermann stören. Darum ist ein langes Ergründen ganz überflüssig. Ihr bildet euch ein, dass, wenn ihr euch in ein weibliches Wesen verliebt, ihr es dann

mit klarer Urteilskraft betrachtet; in Wirklichkeit aber gafft
ihr sie nur an und lasst die Einbildungskraft spielen.‹

›Nanu … jedoch …‹, sagte ich, ›was du da sagst … das ist
doch schon allzu realistisch.‹

Dabei denke ich aber: ›Das stimmt.‹

Meine Frau jedoch sagt: ›Denk nicht weiter darüber
nach … Bei der Sache ist gar nichts Böses herausgekommen. Zieh dich vielmehr rasch an, dann werden wir zu
Maschenka fahren. Wir werden dort den Weihnachtsabend
verbringen, und du musst ihr und deinem Bruder deine
Glückwünsche sagen.‹

›Freut mich sehr‹, sagte ich. ›So fahren wir hin.‹

Dort gab es die Bescherung, gab es Glückwünsche. Und
wir zechten gehörig vom fröhlichen Nektar der Champagne.

Nachzudenken, zu bereden und zu widerraten, dafür war
die Zeit schon vorüber. So blieb denn nichts anderes mehr
übrig, als in allen den Glauben an das Glück zu bestärken,
das die Verlobten erwarte, und Champagner zu trinken. Damit verbrachten wir die Tage und Nächte bald bei uns, bald
bei den Brauteltern.

Kann einem bei solcher Stimmung die Zeit je lang werden?

Kaum konnten wir uns besinnen, so war schon der Sil-
vesterabend da. Die freudigen Erwartungen sind gesteigert.
Die ganze Welt will Freude – und wir blieben hinter der
übrigen Menschheit nicht zurück. Wir erwarteten das neue
Jahr abermals bei Maschenkas Eltern mit einem solchen
Zechgelage, dass wir vollauf die Urväterredensart rechtfer-
tigten: ›Russlands Lust ist das Trinken.‹ Nur eines stimmte
nicht: Maschenkas Vater schwieg von der Mitgift, dafür
machte er aber der Tochter ein höchst wunderliches Geschenk, das, wie ich hernach begriff, völlig unpassend, gar
von schlimmer Vorbedeutung war. Beim Abendessen legte
er ihr selber ein kostbares Perlenhalsband um …

›Oh, oh, mein Lieber … Was mag das kosten.

Wahrscheinlich hat der Alte sich dieses Stück seit jenen alten und glücklichen Tagen aufgespeichert, als die reichen, vornehmen Leute ihre Sachen noch nicht in Lombard gaben, sondern, wenn sie in Geldnöten waren, ihre Schätze lieber heimlichen Geldvermittlern von der Art von Maschenkas Vater anvertrauten.‹

Es waren große, vollkommen runde Perlen von höchst lebendigem Glanze. Außerdem war das Halsband in altem Geschmacke hergestellt, aus verschiedenartigen Perlen. Es fing hinten an mit kleinen, doch tadellos runden arabischen Perlen, dann kamen immer größere und größere indische, schließlich waren die Perlen, die zuunterst über der Brust hingen, bohnengroß, und ganz in der Mitte befanden sich drei schwarze von auffallender Größe und schönstem Glanze. Das herrliche und kostbare Geschenk verdunkelte ganz und gar die vor ihm gleichsam verlegen wirkenden Gaben meines Bruders. Mit einem Worte: Wir ungeschlachten Mannsbilder, wir fanden alle des Vaters Geschenk für Maschenka herrlich, auch gefiel uns das Wort, das der Alte bei Übergabe des Halsbandes sagte. Der Vater Maschenkas sagte nämlich, als er diese Kostbarkeit übergeben hatte: ›Hier, Töchterchen, hast du ein Stück, das durch einen Zauberspruch geweiht ist: Es bleibt unverweslich, mag man es auch verwesen lassen; kein Dieb wird es stehlen; stiehlt er es aber, wird er daran keine Freude haben. Es ist etwas – Ewiges.‹

Jedoch die Frauen sehen alles von einem eigenen Standpunkt an, so brach Maschenka, als sie das Halsband empfing, in Tränen aus, meine Frau jedoch konnte nicht an sich halten, und als sie einen geeigneten Augenblick erwischte, machte sie Nikolai Iwanowitsch sogar in der Fensternische Vorwürfe, die er, nun wir verwandt waren, auch anhörte. Die Vorwürfe aber wegen des Perlengeschenkes bekam er deshalb zu hören, weil Perlen Tränen bedeuteten und verkündeten, darum würden Perlen nie zu Neujahrsgeschenken verwandt.

Nikolai Iwanowitsch indessen erwiderte gewandt und

witzig. ›Das ist‹, so sprach er, ›vor allem ein leeres Vorurteil, und würde mir jemand die Riesenperle schenken, die die Fürstin Jussupow bei Gorgubus kaufte, so nähme ich sie gleich. Ich, meine Gnädigste, habe seinerzeit ebenfalls auf alle diese Feinheiten geachtet und weiß, was man nicht schenken darf. Man darf einem Mädchen keine Türkise schenken, weil sie nach Ansicht der Perser Gebeine derjenigen sind, die an Liebe gestorben; verheirateten Damen aber darf man keine Amethyste mit sogenannten Liebespfeilen schenken; nichtsdestoweniger habe ich versucht, dergleichen Amethyste zu verschenken, und die Damen haben sie angenommen.‹

Meine Frau lächelte. Er aber fuhr fort: ›Ich werde versuchen, auch Ihnen einen solchen zu schenken. Was aber die Perlen anlangt, so muss man wissen, dass zwischen Perlen und Perlen ein Unterschied ist. Nicht jede Perle wird mit Tränen gewonnen; es gibt persische Perlen, Perlen aus dem Roten Meere, es gibt auch Perlen aus stillen Wassern – *d'eau douce* –, die gewinnt man ohne Tränen. Die empfindsame Maria Stuart trug nur Perlen dieser Art, und zwar aus den schottischen Flüssen, sie brachten ihr aber kein Glück. Ich weiß sehr wohl, was zu schenken ist – und das schenke ich meiner Tochter. Sie aber erschrecken sie nur. Dafür werde ich Ihnen nichts mit einem Liebespfeil schenken, ich werde Ihnen nur einen kühlen Mondstein verehren. Du aber, mein Kind, weine nicht und verjage dir den Gedanken, dass Perlen Tränen brächten; dieser Perlenschmuck ist nicht von der Art. Ich werde dir am Tage nach der Hochzeit das Geheimnis dieses Perlenschmuckes verraten, und dann wirst du sehen, dass du gar keinen Anlass hast zu irgendeiner abergläubischen Furcht.‹

So beruhigte man sich denn, der Bruder und Maschenka wurden nach Epiphanias getraut, und am Tage darauf fuhr ich mit meiner Frau zum Besuche des jungen Paares. Wir trafen das Ehepaar in ungemein vergnügter Stimmung an. Mein Bruder selbst tat uns die Tür der Wohnung auf, die er sich für die Hochzeit im Gasthof gemietet hatte, und empfing uns ganz strahlend mit unbeherrschtem Gelächter.

Das erinnerte mich an einen alten Roman, in welchem von einem Neuvermählten die Rede ist, der vor lauter Glück den Verstand verloren hat. Dieses äußerte ich dem Bruder, der aber entgegnet:

›Kannst du dir's nur vorstellen, mir ist wahrhaftig und wirklich etwas zugestoßen, das derart ist, dass man seinem Verstande nicht mehr trauen kann. Mein Familienglück, das mit dem heutigen Tage begonnen, hat mir nicht nur überraschende Freuden seitens meiner lieben Frau eingetragen, sondern auch ein überraschendes Glück seitens meines Schwiegervaters.‹

›Was ist dir denn begegnet?‹

›Tritt nur ein; ich erzähl dir's.‹

Die Frau flüstert mir ins Ohr: ›Gewiss hat der alte Nichtsnutz sie übers Ohr gehauen.‹

Ich antworte: ›Das geht *mich* nichts an.‹

Wir treten ein, der Bruder aber gibt mir eine Postkarte, die ihm in der Frühe die Stadtpost zugetragen hatte, auf der Postkarte aber lesen wir Folgendes: ›Lasst euch durch das Vorurteil in Sachen des Perlenschmuckes nicht erschrecken; der Perlenschmuck ist falsch.‹

Meine Frau setzte sich nur so hin.

›Nein, ist das ein Schuft!‹, spricht sie.

Mein Bruder aber wies sie mit einer Kopfgebärde seitwärts ins Schlafzimmer, in dem Maschenka sich noch anzog, und spricht: ›Du tust unrecht. Der Alte hat höchst ehrenwert gehandelt. Ich hab diese Karte bekommen, sie gelesen und habe losgelacht … Das ist ja nichts Betrübliches für mich: ich habe ja weder eine Mitgift gesucht noch um eine solche gebeten, ich habe nur nach einer Frau gesucht; also ist für mich nichts Betrübliches dabei, dass die Perlen im Halsband nicht echt sind, sondern falsch. Mag also das Halsband nicht dreißigtausend Rubel, sondern ganz einfach nur dreihundert wert sein, ist mir das nicht völlig gleich, falls nur meine Frau glücklich wird? … Eines nur machte mir Sorge: wie soll ich das Mascha mitteilen? Hierüber begann ich nachzudenken und setzte mich hin, mit dem Gesichte zum Fenster, hatte aber nicht bemerkt, dass ich die Zimmertür abzuschließen vergessen hatte. Nach einigen Minuten wende ich mich um und sehe auf einmal: Hinter meinem Rücken steht mein Schwiegervater und hält in der Hand irgendetwas in ein Tüchlein gewickelt.

›Guten Morgen‹, spricht er, ›Schwiegersöhnchen.‹

Ich sprang auf, umarmte ihn und sagte: ›Das ist lieb! Wir wollten nach einer Stunde gerade zu Ihnen fahren, und nun kommen Sie selber … Das ist gegen jeden Brauch … lieb und wert.‹

›Nun‹, antwortete er, ›machen wir uns an das Rechnen. Wir sind jetzt *eine* Familie. Ich war eben in der Messe, habe gebetet und bringe euch ein geweihtes Abendmahlsbrot.‹

Ich umarmte ihn abermals und küsste ihn.

›Hast du meine Postkarte erhalten?‹, fragte er.

›Natürlich‹, antwortete ich, ›ich habe sie erhalten.‹ Und ich hub zu lachen an.

Er sieht mich an. ›Weshalb‹, spricht er, ›lachst du?‹

›Wie könnte ich anders. Das ist ja so lustig!‹

›Lustig?‹

›Natürlich.‹

›Gib mir die Perlen.‹

Das Halsband lag daneben auf dem Tische in seinem Futteral; ich gab es ihm.

›Hast du ein Vergrößerungsglas?‹

Ich antwortete, ich hätte keines.

›In diesem Falle habe ich eins. Ich habe aus alter Gewohnheit immer ein solches bei mir. Sieh dir den Verschluss unterhalb des Schiebers an.‹

›Wozu sollte ich's?‹

›Nein, sieh nur hin. Du denkst vielleicht, ich hätte dich angeführt.‹

›Das denke ich durchaus nicht.‹

›Trotzdem sieh nur hin, sieh nur hin.‹

Ich nahm das Vergrößerungsglas und sehe: Auf dem Verschluss, an völlig unbemerkter Stelle, steht eine mikroskopische Inschrift mit französischen Buchstaben: ›Bourguignon‹.

›Hast du dich nun überzeugt‹, fragte er, ›dass das wirklich falsche Perlen sind?‹

›Ich sehe es.‹

›Und was wirst du mir nun sagen?‹

›Dasselbe wie zuvor. Das heißt: das geht mich nichts an, und ich werde Sie nur um eines bitten.‹

›Bitt nur, bitt nur.‹

›Erlauben Sie mir, nichts davon Mascha zu sagen.‹

›Warum?‹

›Ja … so …‹

›Nein, zu welchem Zwecke? Du willst sie wohl nicht betrüben?‹

›Unter anderem auch deshalb.‹

›Weshalb denn noch?‹

›Außerdem noch, weil ich nicht will, dass in ihrem Herzen auch nur die leiseste Regung wider ihren Vater aufkäme.‹

›Wider ihren Vater?‹

›Ja.‹

›Nun, für den Vater bedeutet sie jetzt schon ein abgeschnittenes Stück Brot, das sich mit dem Laibe nie vereinen wird. Für sie ist jetzt die Hauptsache – ihr Mann.‹

›Nein, nein‹, sage ich, ›das Herz ist keine Straßenherberge; in ihm ist Raum. Eine Liebe gilt dem Vater, dem Gatten eine andere; außerdem ist der Ehemann, der glücklich sein will, verpflichtet, dafür zu sorgen, dass er seine Frau hochachten kann. Und darum hat er ihre Liebe zu den Eltern und ihre Ehrfurcht vor ihnen zu bewahren.‹

›Ei, ei! Du bist mir aber ein Praktikus.‹

Und er begann wortlos auf dem Schemel, auf dem er Platz genommen hatte, zu trommeln, dann erhob er sich und spricht: ›Ich, lieber Schwiegersohn, habe mir mein Vermögen durch eigenes Bemühen erworben, doch mit den verschiedensten Mitteln. Von einer höheren Warte aus gesehen waren sie vielleicht nicht alle sehr löblich, doch so war nun einmal meine Zeit, und ich verstand nicht anders zu verdienen. Ich traue den Menschen nicht gar sehr; von der Liebe aber habe ich nur in Romanen gehört, wie man dort darüber liest, jedoch in der Wirklichkeit habe ich nur beobachtet, dass alle nichts als Geld wollen. Zweien meiner Schwiegersöhne habe ich kein Geld gegeben, und das hat sich als richtig herausgestellt: Sie sind mir böse und lassen ihre Frauen nicht zu mir. Ich weiß nicht, wer von uns der Anständigere ist, sie oder ich? Ich gebe ihnen kein Geld, und sie verderben lebende Herzen. Ich werde ihnen auch kein Geld geben, dies aber werde ich mir nehmen und dir geben. Ja, sogar jetzt gleich will ich es dir geben.‹ – ›Und nun, bitte, sieh mal her.‹

Und der Bruder zeigte uns drei Verschreibungen über je fünfzigtausend Rubel.

›Ist das wirklich‹, frage ich, ›alles für deine Frau?‹

›Nein‹, antwortet er, ›er gab Mascha fünfzigtausend, ich aber sage ihm: Wissen Sie, Nikolai Iwanowitsch, das wird eine kitzelige Sache werden. Mascha wird es peinlich sein, dass sie von Ihnen eine Mitgift bekommen soll, die Schwestern aber keine … das wird ganz bestimmt den Neid und die Feindschaft ihrer Schwestern hervorrufen … Nein, Gott habe es selig, dieses Geld, behalten Sie es, und wenn künftig einmal ein glücklicher Zufall sie mit Ihren anderen Töchtern versöhnen sollte, dann geben Sie ihnen allen das Gleiche. Das wird uns dann allen Freude machen … Doch nur für uns … nein!‹

Er erhob sich von Neuem, ging abermals im Zimmer auf

und ab, blieb dann vor der Tür zum Schlafzimmer stehen und rief: ›Marja!‹

Mascha hatte bereits ihr Morgengewand an und erschien. ›Ich wünsche dir Glück‹, sprach er.

Sie küsste ihm die Hand.

›Nun, willst du glücklich werden?‹

›Gewiss will ich's, Papa, und hoffe es.‹

›Gut, du hast, liebes Kind, dir einen guten Gatten gewählt.‹

›Ich, Papa, habe gar nicht gewählt. Gott hat ihn mir gegeben.‹

›Gut, gut; Gott hat gegeben, ich aber werde noch etwas dazugeben; ich möchte deinem Glücke noch etwas dazugeben. Da hast du drei Verschreibungen, alle über die gleiche Summe. Die eine ist für dich, die anderen zwei für deine Schwestern. Gib *du* sie ihnen, sage, *du* schenktest sie ihnen.‹

›Papa!‹

Mascha fiel ihm anfangs um den Hals, dann ließ sie sich aber plötzlich niederfallen und umfasste mit Freudentränen seine Knie. Ich blicke hin – auch *er* weint.

›Steh auf, steh auf‹, spricht er. ›Du bist heute, wie es so im Volke heißt, die Fürstin. Dir steht es nicht an, dich vor mir bis zum Boden zu verbeugen.‹

›Doch, ich bin so glücklich … für meine Schwestern!‹

›So ist es. Auch ich bin glücklich. Jetzt kannst du sehen, dass du gar keinen Grund hattest, dich vor dem Perlenhalsband zu fürchten. Ich bin gekommen, dir sein Geheimnis zu verraten; die Perlen, die ich dir geschenkt habe, sind falsch, mich hat mit ihnen schon vor langen Jahren ein Herzensfreund betrogen – und was für ein Freund gar, kein gewöhnlicher, sondern einer, der aus dem Blute Ruriks und dem Blute Gedimins zusammengegossen war. Du aber hast einen schlichtherzigen Mann, dessen Gemüt echt ist, bekommen – den kann man unmöglich betrügen, das brächte die Seele nicht über sich.‹

»Das ist meine ganze Geschichte«, schloss unser Gesprächsgenosse, »und wirklich denke ich, dass sie, obwohl sie zeitgemäß ist und nicht erfunden, den Vorschriften und der Form der üblichen Weihnachtserzählungen entspricht.«

ANTON TSCHECHOW

Wanka

Der neunjährige Wanka Schukow, der vor drei Monaten zum Schuster Aljachin in die Lehre gegeben worden war, legte sich in der Weihnachtsnacht nicht schlafen. Er wartete, bis die Meistersleute und die Gesellen zur Mitternachtsmesse aufbrachen, dann holte er aus dem Schrank des Meisters ein Tintenfass und einen Federhalter mit einer verrosteten Feder hervor, breitete ein zerknittertes Blatt Papier vor sich aus und begann zu schreiben. Doch bevor er den ersten Buchstaben hinsetzte, blickte er mehrmals ängstlich zur Tür und zum Fenster, schielte verstohlen zum dunklen Heiligenbild, zu dessen beiden Seiten die Regale mit den Leisten standen, und seufzte. Das Papier lag auf der Bank, er selbst aber kniete davor.

»Liebes Großväterchen Konstantin Makarytsch!«, schrieb er. »Ich schreibe Dir einen Brief. Ich beglückwünsche Dich zum Weihnachtsfest und wünsche Dir Gottes Segen. Vater und Mutter hab ich keine mehr, Du allein nur bist mir geblieben.«

Wanka richtete seinen Blick auf das dunkle Fenster, in welchem sich der Widerschein seiner Kerze schimmernd spiegelte, und stellte sich lebhaft seinen Großvater Konstantin Makarytsch vor, der als Nachtwächter bei den Herrschaften Schiwarjow in Diensten stand. Dieser war ein kleiner, hagerer, doch ungemein flinker und behänder Alter von etwa fünfundsechzig Jahren, mit einem ewig lachenden Gesicht und trunkenen Augen. Tagsüber schlief er in der Gesindeküche oder witzelte mit den Köchinnen, nachts aber schritt er, in einen weiten Pelzmantel gehüllt, um das Gehöft und schlug mit seiner Klapper. Hinter ihm trotteten mit hängendem Kopf die alte Kaschtanka und der Rüde Wjun, so genannt wegen seiner schwarzen Farbe und seinem langen Körper, der an den eines Wiesels gemahnte. Dieser Wjun war ungewöhnlich ehrerbietig und anhänglich, blickte die Seinen und die Fremden gleichermaßen schmeichlerisch an, genoss aber keinen Kredit. Hinter seiner Ehrerbietigkeit und Unterwürfigkeit verbarg sich jesuitische Tücke. Niemand verstand es so gut wie er, sich im richtigen Augenblick heranzuschleichen und einen am Bein zu packen, heimlich in den Eiskeller einzudringen oder dem Bauern ein Hühnchen zu stehlen. Schon mehrmals hatte man ihm die Hinterbeine gebrochen, schon zweimal hatte man ihn gehängt, jede Woche prügelte man ihn fast zu Tode, doch er lebte noch immer.

Jetzt steht der Großvater gewiss am Tor, kneift die Augen zusammen beim Anblick der leuchtend roten Fenster der Dorfkirche, stapft mit seinen Filzstiefeln und bringt das Gesinde zum Lachen. Die Klapper hat er am Gürtel befestigt. Nun klatscht er in die Hände, krümmt sich vor Kälte und kneift unter greisenhaftem Gekicher bald das Zimmermädchen, bald die Köchin.

»Wie wär's denn mit einer kleinen Prise Tabak?«, fragt er die Weiber und streckt ihnen seine Tabaksdose hin.

Die Weiber schnupfen und niesen. Der Großvater gerät darüber in eine unbeschreibliche Begeisterung, lacht schallend und schreit: »Loslassen, es friert an!« Dann gibt er auch den Hunden zu schnupfen. Kaschtanka niest, verzieht das Schnäuzchen und geht beleidigt beiseite. Wjun aber wedelt vor lauter Ehrerbietigkeit nur mit dem Schwanz. Das Wetter ist prächtig. Die Luft ist still, klar und frisch. Und trotz der nächtlichen Finsternis sieht man das ganze Dorf mit seinen weißen Dächern und Rauchfäden über den Schornsteinen, sieht man die vom Reif versilberten Bäume und Schneewehen. Der Himmel ist mit fröhlich blinkenden

Sternen dicht übersät, und die Milchstraße zeichnet sich so deutlich ab, als hätte man sie vor den Festtagen gewaschen und mit Schnee abgerieben ...

Wanka seufzte, tauchte die Feder ins Tintenfass und fuhr fort zu schreiben:

»Gestern gab's Schelte. Der Meister zog mich an den Haaren auf den Hof hinaus und schlug mit dem Knieriemen auf mich ein, weil ich sein Kindchen in der Wiege hätte schaukeln müssen und dabei unversehens eingeschlafen war. Und letzte Woche hatte mir die Frau Meister befohlen, einen Hering zu putzen, und wie ich mit dem Schwanz anfing, nahm sie den Hering und begann mich mit seinem Maul in die Fresse zu hauen. Die Gesellen machen sich über mich lustig, schicken mich um Branntwein in die Kneipe und heißen mich bei den Meistersleuten Gurken stehlen. Der Meister aber schlägt mich dann kurz und klein. Und zu essen gibt's auch nichts. Am Morgen Brot, zu Mittag Grütze und am Abend wieder Brot. Kohlsuppe und Tee, das löffeln die Meistersleute schon selber. Schlafen muss ich im Flur, wenn aber denen ihr Kindchen weint, so schlaf ich überhaupt nicht, weil ich es wiegen muss. Liebes Großväterchen, tu mir den Gefallen und hol mich von hier heim ins Dorf, ich kann mir selbst nicht helfen ... Ich küsse Dir die Füßchen und werde ewig bei Gott für Dich beten, nur bring mich von hier fort, sonst sterbe ich noch ...«

Wanka verzog den Mund, rieb sich mit seiner schwarzen Faust die Augen und schluchzte.

»Ich werde Dir den Tabak zerkleinern«, fuhr er fort, »werde beten für Dich, und sollte etwas vorfallen, so prügle mich wie die Ziege von Sidor. Hast Du aber keine Beschäftigung für mich, so werde ich beim Gutsverwalter um Christi willen bitten, seine Stiefel putzen zu dürfen, oder ich verding mich statt Fedka als Hirtenjunge. Liebes Großväterchen, es bleibt mir kein Ausweg, nur der Tod allein. Gern wäre ich zu Fuß heimgelaufen, doch hab ich keine Stiefel und fürchte den Frost. Wenn ich einmal groß bin, werd ich Dich ernähren und nicht zulassen, dass man Dich beleidigt. Und wenn Du stirbst, werde ich für Dein Seelenheil beten, wie für das von Mütterchen Pelageja.

Moskau ist eine große Stadt. Da gibt es lauter Herrenhäuser und viele Pferde, Schafe aber gibt es keine, und die Hunde sind freundlich. Die Kinder ziehen hier nicht mit dem Weihnachtsstern herum, und im Kirchenchor lassen sie einen nicht singen. Und einmal sah ich in einem Laden im Fenster, da werden Angelhaken gleich mit der Angelschnur feilgeboten, für jeden Fisch und sehr brauchbar. Da war ein Angelhaken, mit dem man einen Wels von einem Pud halten könnte. Und ich sah auch Läden mit allerlei Gewehren, wie sie unser Gutsherr besitzt, ein jedes hundert Rubel wert … In den Fleischerläden aber gibt es Birkhühner, Haselhühner und Hasen, doch wo sie geschossen werden, das sagt dir kein Verkäufer.

Liebes Großväterchen, wenn bei den Herrschaften der Weihnachtsbaum stehen wird mit dem Naschwerk, so nimm eine goldene Nuss für mich und versteck sie in der grünen kleinen Truhe. Bitte unser Fräulein Olga Ignatjewna darum und sag, es sei für Wanka.«

Ein Schauer überfiel ihn, er seufzte und richtete den Blick erneut aufs Fenster. Er erinnerte sich, wie der Großvater jeweils den Tannenbaum für die Herrschaften im Walde holen gegangen war und den Enkel mitgenommen hatte. Eine fröhliche Zeit war das gewesen! Der Großvater ächzte, der Frost ächzte, und auch Wanka musste ächzen, wenn er die beiden ansah. Bevor der Großvater die Tanne fällte, rauchte er in aller Ruhe seine Pfeife zu Ende, schnupfte ausgiebig Tabak und machte sich über den kleinen Wanka lustig, der ganz durchgefroren war … Die reifbedeckten jungen Tannen stehen reglos da und warten ab, welche von ihnen an die Reihe kommt. Da taucht, Gott weiß woher, ein Hase auf und flitzt wie ein Pfeil über die Schneewehen … Der

Großvater gerät außer sich und ruft: »Halt ihn, halt ihn …
so halt ihn doch! Ach, dieser gestutzte Teufel!«

Den gefällten Tannenbaum schleppte der Großvater ins
Herrenhaus, und schon machten sich alle daran, ihn zu
schmücken … Am eifrigsten bemühte sich Fräulein Olga
Ignatjewna, Wankas Liebling! Als Wankas Mutter Pelageja
noch am Leben war und als Stubenmädchen bei den Herrschaften diente, pflegte Olga Ignatjewna Wanka mit Bon-
bons zu füttern. Und da sie sich langweilte, brachte sie ihm
das Lesen und Schreiben bei und lehrte ihn bis hundert
zählen und sogar Quadrille tanzen. Doch als Pelageja starb,
steckte man Wanka zum Großvater in die Gesindeküche,
und aus der Küche wurde er nach Moskau zum Schuster
Aljachin geschafft …

»Komm mich holen, liebes Großväterchen«, fuhr Wanka
fort. »Bei Christus unserm Herrn bitt ich Dich darum,
bring mich weg von hier. Hab Erbarmen mit mir armem
Waisenkind – sonst wird man mich weiter prügeln, und ich
will doch so schrecklich gern essen, und es ist alles so traurig, dass es nicht zu beschreiben ist, ich weine immerfort.
Und neulich hat mich der Meister mit dem Schuhleisten so
auf den Kopf geschlagen, dass ich hingefallen bin und nur
mit Mühe wieder zur Besinnung kam. Mein Leben ist dahin, schlimmer als das eines Hundes … Richte Grüße aus
an Aljona, an den einäugigen Jegorka und an den Kutscher,
und meine Harmonika – gib sie keinem. Ich verbleibe Dein
Enkel Iwan Schukow. Liebes Großväterchen, komm.«

Wanka faltete das vollgeschriebene Blatt viermal und
steckte es in einen Briefumschlag, den er am Tag zuvor für
eine Kopeke erstanden hatte … Nach kurzem Überlegen
tauchte er die Feder ein und schrieb die Adresse: »Ins Dorf
zum Großväterchen«.

Dann kratzte er sich nachdenklich und fügte hinzu:
»Konstantin Makarytsch«. Zufrieden, dass man ihn beim
Schreiben nicht gestört hatte, stülpte er die Mütze auf und

lief, ohne sich das Pelzmäntelchen umzuwerfen, im bloßen Hemd auf die Straße …

Die Verkäufer im Fleischerladen, die er tags zuvor gefragt hatte, hatten ihm gesagt, die Briefe würden in Briefkästen eingeworfen und von klingelnden Postpferden und betrunkenen Kutschern über die ganze Erde verteilt. Und so lief Wanka zum erstbesten Briefkasten und ließ den kostbaren Brief in den Spalt gleiten …

Von süßen Hoffnungen gewiegt, lag er eine Stunde später bereits im tiefsten Schlaf … Ihm träumte von einem Ofen. Auf dem Ofen sitzt der Großvater, lässt die nackten Beine baumeln und liest den Köchinnen Wankas Brief vor … Um den Ofen streicht Wjun und wedelt mit dem Schwanz …

Anton Tschechow

Die Nacht auf dem Friedhof

»Erzählen Sie uns etwas Unheimliches, Iwan Iwanytsch!«

Iwan Iwanytsch zwirbelte seinen Schnurrbart, hüstelte, gab einen schmatzenden Laut von sich, rückte näher an die Damen heran und begann:

»Meine Geschichte fängt an, wie im Grunde die besten russischen Geschichten anfangen: Ich war, ich muss es gestehen, betrunken … Ich hatte Silvester bei einem meiner ältesten Freunde gefeiert, viel getrunken und mich volllaufen lassen wie vierzigtausend Brüder. Zu meiner Rechtfertigung muss ich sagen, dass ich mich wahrlich nicht zum Vergnügen betrank. Sich über etwas so Unsinniges wie den Anbruch eines neuen Jahres zu freuen ist meiner Meinung nach absurd und des menschlichen Verstandes unwürdig. Das neue Jahr taugt so wenig wie das alte, mit dem einzigen Unterschied, dass das alte Jahr schlecht war und das neue immer noch schlechter ist … Ich denke, man sollte Silvester nicht vergnügt sein, sondern sich grämen, weinen und versuchen, sich das Leben zu nehmen. Man darf nicht vergessen, je jünger das Jahr, desto näher der Tod, desto kahler die Glatze, tiefer die Falten, älter die Frau, desto mehr Kinder und desto weniger Geld.

Ich hatte mich also aus Kummer betrunken. Als ich meinen Freund verließ, schlug die Uhr der Kathedrale gerade zwei. Draußen herrschte das abscheulichste Wetter. Selbst der Teufel hätte nicht sagen können, ob es Herbst oder Winter war. Ringsherum eine Finsternis, man konnte nicht die Hand vor den Augen sehen: Du schaust und schaust, nichts zu erkennen, als habe man dich in eine Dose mit Schuhwichse gesperrt. Es goss wie aus Kübeln … Ein kalter und scharfer Wind brachte schreckliche Töne hervor: Er heulte, weinte, ächzte, winselte, als würde eine Hexe das Orchester der Natur dirigieren. Unter den Füßen seufzte kläglich der Matsch; die Laternen schauten trübe drein wie verweinte Witwen … Die arme Natur erlebte ihren Kehraus … Kurzum, es war ein Wetter, über das sich Diebe und Räuber gefreut hätten, nicht aber ich, ein friedlicher, betrunkener Bürger. Mich versetzte es in eine traurige Stimmung …

Das Leben ist eine Last, philosophierte ich, als ich schwankend durch den Dreck stolperte. Ein leeres und einförmiges Dahinvegetieren … eine Fata Morgana … Tag für Tag, Jahr für Jahr vergeht, und du bleibst derselbe Esel, der du immer warst. Weitere Jahre werden vergehen, und du wirst noch immer derselbe Iwan Iwanowitsch sein, der trinkt und isst und schläft. Schließlich wird man dich Hohlkopf im Grab verscharren, wird auf deine Kosten den Leichenschmaus verzehren und sagen: Er war ein guter Mensch, schade nur, dass der Hund so wenig Geld hinterlassen hat!

Ich ging von der Meschtschanskaja zur Presnja, für einen Betrunkenen eine beachtliche Strecke … Als ich meinen Weg durch die dunklen, engen Gassen suchte, traf ich keine Menschenseele und hörte keinen menschlichen Laut. Da ich Angst hatte, meine Galoschen könnten volllaufen, ging ich anfangs auf dem Trottoir, doch dann, als trotz meiner Vorsicht die Galoschen kläglich zu quietschen begannen, wich ich auf die Straße aus: Hier waren die Chancen geringer, gegen einen Pfosten zu stoßen oder in den Graben zu fallen …

Mein Weg war eingehüllt in eine kalte, undurchdringliche Finsternis; anfangs sah ich am Weg noch trübe brennende Laternen, dann aber, als ich zwei, drei Gassen durchquert hatte, verschwand auch diese Annehmlichkeit. Ich musste aufs Geratewohl weitergehen … Ich starrte ins Dunkel, hörte über mir das klägliche Geheul des Windes und beschleunigte meine Schritte. Mein Herz wurde mehr und mehr von einer unerklärlichen Angst ergriffen. Diese Angst verwandelte sich in Entsetzen, als ich bemerkte, dass ich mich verirrt hatte und vom Wege abgekommen war.

›Kutscher!‹, schrie ich.

Es kam keine Antwort. Da beschloss ich, einfach geradeaus weiterzugehen, immer der Nase nach, in der Hoffnung, früher oder später auf eine Hauptstraße zu gelangen, wo es Laternen und Droschken gab. Ich sah mich nicht um, vermied es ängstlich, zur Seite zu blicken, und begann zu laufen … Mir entgegen wehte ein scharfer, kalter Wind, in die Augen peitschte heftiger Regen. Ich lief bald auf dem Trottoir, bald auf der Straße. Wie mein Schädel nach den zahlreichen Zusammenstößen mit Pfosten und Laternenpfählen unversehrt bleiben konnte, ist mir vollkommen unbegreiflich.«

Iwan Iwanytsch trank ein Gläschen Wodka, zwirbelte die andere Seite seines Schnurrbarts und fuhr fort:

»Ich weiß nicht mehr, wie lange ich so gelaufen bin … Ich erinnere mich nur noch, dass ich schließlich stolperte und schmerzhaft an einen seltsamen Gegenstand stieß … Sehen konnte ich ihn nicht, doch als ich ihn befühlte, schien er mir kalt, feucht und glatt geschliffen … Ich setzte mich drauf, um auszuruhen … Ich will Ihre Geduld nicht allzu sehr auf die Probe stellen, ich sage nur: Als ich etwas später ein Streichholz anzündete, um mir eine Zigarette anzustecken, da stellte ich fest, dass ich auf einem Grabstein saß …

Ich, der ich um mich herum nichts als Finsternis sah und nicht einen menschlichen Laut hörte, erblickte nun einen Grabstein, schloss vor Entsetzen die Augen und sprang auf … Als ich einen Schritt von dem Stein fortging, stieß ich auf einen anderen Gegenstand … Und stellen Sie sich mein Entsetzen vor! Es war ein Holzkreuz …

Mein Gott, ich bin auf den Friedhof geraten!, dachte ich, bedeckte mein Gesicht mit den Händen und ließ mich auf dem Grabstein nieder. Statt zur Presnja zu gehen, bin ich auf dem Wagankowo gelandet!

Ich fürchte weder Friedhöfe noch Tote! … Ich bin frei von Vorurteilen und lange schon den Märchen der Kinderfrauen entwachsen, doch als ich mich in tiefer Nacht zwischen den stummen Gräbern wiederfand, der Wind ächzte und mir Gedanken durch den Kopf gingen, einer düsterer als der andere, spürte ich, wie sich mir die Haare sträubten und mir ein kalter Schauer über den Rücken lief …

Das kann nicht sein!, versuchte ich mich zu beruhigen. Das ist eine optische Täuschung, eine Halluzination … All das scheint mir nur so, weil der Wein in meinem Kopf spukt … Ich Feigling!

Als ich mir so Mut machte, hörte ich leise Schritte … Jemand kam langsam näher, aber … das waren keine menschlichen Schritte … für einen Menschen zu leise und leicht … Ein Toter, dachte ich.

Schließlich kam dieser geheimnisvolle Jemand dicht heran, berührte mein Knie und seufzte … Dann hörte ich ein Klagegeheul … Es war schrecklich, grabesdumpf und ging durch Mark und Bein … Es ist schon unheimlich, die Kinderfrau vom Klagegeheul der Toten erzählen zu hören, aber wie ist es dann erst, wenn man das Heulen in Wirklichkeit hört! Ich erstarrte vor Entsetzen … Der Wein wich jäh aus meinem Kopf, und von meiner Trunkenheit blieb keine Spur … Mir schien, wenn ich die Augen öffnete und riskierte, in die Finsternis zu schauen, würde ich ein bleichgelbes, knöchernes Gesicht sehen und ein halbvermodertes Leichengewand …

Lieber Gott, lass es bald Morgen werden, betete ich.

Doch bis es Morgen wurde, musste ich ein unsagbares, nicht zu beschreibendes Grauen erleben. Ich saß auf dem Grabstein und horchte auf das Klagegeheul des dem Grab Entstiegenen, da plötzlich hörte ich wieder Schritte. Jemand kam, schwer und gleichmäßig ausschreitend, direkt auf mich

zu … Als er neben mir stand, seufzte der andere Grabbe-
wohner, und einen Augenblick später legte sich mir eine
kalte, knöcherne Hand schwer auf die Schulter … Ich ver-
lor das Bewusstsein.«

Iwan Iwanytsch trank ein Gläschen Wodka und seufzte.

»Und weiter?«, fragten ihn die Damen.

»Ich kam zu mir in einem kleinen quadratischen Raum …
In das einzige vergitterte Fensterchen drang schwach die
Morgendämmerung … Nun, dachte ich, das heißt also, die
Toten haben mich in ihre Gruft geschleppt. Doch wie groß
war meine Freude, als ich hinter der Wand menschliche
Stimmen hörte:

›Wo hast du ihn gefunden?‹, fragte eine Bassstimme.

›Neben der Belobryssow'schen Monumentenhandlung,
Euer Wohlgeboren‹, antwortete ein anderer Bass, ›da, wo
Grabsteine und Kreuze ausgestellt sind. Ich gucke, da sitzt
er und umarmt einen Grabstein, und neben ihm heult so
ein Köter … Wahrscheinlich war er betrunken …‹

Am Morgen, als ich ausgeschlafen hatte, entließ man
mich.«

ANTON TSCHECHOW

Das Ausrufezeichen

In der Weihnachtsnacht ging der Kollegiensekretär Efim
Fomitsch Perekladin beleidigt, ja sogar tief verletzt zu Bett.

»Lass mich in Ruhe, du Teufelin!«, brüllte er seine Frau
wütend an, die ihn fragte, warum er wohl so finster drein-
schaue.

Die Sache war die, er war eben erst von einem Besuch zurückgekehrt, wo viele unangenehme und für ihn beleidigende Dinge gesagt worden waren. Anfangs hatte man ganz
allgemein über den Nutzen der Bildung gesprochen, dann
aber war man unmerklich zu der Bildung der Beamtenschaft
übergegangen, wobei starkes Bedauern, viele Vorwürfe und
sogar Spötteleien über das niedrige Niveau geäußert wurden. Und dann war man, wie das in allen russischen Gesell-
schaften so üblich ist, von allgemeinen auf persönliche Dinge
gekommen.

»Nehmen wir doch zum Beispiel nur mal Sie, Efim Fomitsch«, wandte sich ein junger Mann an Perekladin. »Sie
bekleiden einen ansehnlichen Posten … aber was für eine
Bildung haben Sie genossen?«

»Gar keine. Aber von uns wird auch keine Bildung verlangt«, antwortete Perekladin sanft. »Man muss richtig schreiben, das genügt …«

»Wo haben Sie denn richtig schreiben gelernt?«

»Aus Gewohnheit … In vierzig Dienstjahren kann man
sich das schon aneignen … Zu Anfang war es natürlich
schwer, ich habe Fehler gemacht, aber dann habe ich mich
eingewöhnt … und es geht …«

»Und die Interpunktionszeichen?«

»Auch mit den Interpunktionszeichen komme ich zurecht ... Ich setze sie richtig.«

»Hm ...!«, meinte der junge Mann verlegen. »Aber Gewohnheit ist etwas ganz anderes als Bildung. Es reicht nicht, dass Sie die Interpunktionszeichen richtig setzen ... reicht nicht! Man muss sie bewusst setzen! Sie setzen ein Komma und müssen sich bewusst sein, warum Sie es setzen ... ja! Aber diese Ihre unbewusste ... reflektorische Rechtschreibung ist keinen Pfifferling wert. Das ist eine rein mechanische Produktion und nichts weiter.«

Perekladin hatte geschwiegen und sogar sanft gelächelt (der junge Mann war der Sohn eines Staatsrats und hatte selbst Anrecht auf den Rang der X. Klasse), aber jetzt, wo er schlafen ging, war er voller Empörung und Zorn.

Vierzig Jahre bin ich im Dienst, dachte er, und niemand hat mich je einen Dummkopf genannt, aber jetzt, sieh mal einer an, was sich da für ein Kritiker findet! Unbewusst ...! Lefrektorisch! Mechanische Produktion ... Ach du, der Teufel soll dich holen! Ich verstehe vielleicht mehr als du, wenn ich auch nicht auf deinen Universitäten war!

Nachdem Perekladin in Gedanken alle ihm bekannten Schimpfworte an die Adresse des Kritikers gerichtet und sich unter der Bettdecke erwärmt hatte, beruhigte er sich.

Ich weiß ... verstehe schon ..., dachte er beim Einschlafen. Ich werde keinen Doppelpunkt setzen, wo ein Komma hingehört, also tue ich es bewusst und dann verstehe ich es. Ja ... So ist es, junger Mann ... Man muss erst eine gewisse Zeit leben und dienen, dann erst kann man über Ältere urteilen ...

Vor den geschlossenen Augen des einschlafenden Perekladin flog durch eine Schar dunkler, lächelnder Wolken wie ein Meteor ein feuriges Komma vorbei. Ihm folgten ein zweites und ein drittes, und bald war der ganze grenzenlose dunkle Hintergrund, den seine Phantasie vor ihm ausbreitete, mit dichten Schwärmen fliegender Kommas bedeckt … Nehmen wir nur mal diese Kommas … dachte Perekladin, während er fühlte, wie der ihn überkommende Schlaf seine Glieder wohlig ermatten ließ. Ich kenne sie ausgezeichnet. Für jedes kann ich einen Platz finden, wenn du es willst … und … und bewusst, nicht so … Prüf mich, und du wirst sehen … Kommas setzt man an verschiedenen Stellen, wo es nötig ist und auch wo es unnötig ist. Je unklarer so ein Papier ist, desto mehr Kommas sind nötig. Man stellt sie vor ›welcher‹ und vor ›dass‹. Wenn auf so einem Papier die Beamten aufgezählt werden, muss man den einen von dem anderen durch ein Komma trennen … Ich weiß das!

Die goldenen Kommas drehten sich im Kreis und flogen davon. An ihre Stelle traten feurige Punkte …

Und einen Punkt setzt man ans Ende eines Schriftstückes … Wo man eine große Atempause machen muss, um den Zuhörer anzusehen, dort steht ebenfalls ein Punkt. Nach allen langen Stellen ist ein Punkt nötig, damit der Sekretär beim Lesen nicht sabbelt. Aber sonst wird nirgends ein Punkt gesetzt …

Wieder kamen Kommas angeflogen … Sie vermischten sich mit den Punkten, drehten sich im Kreise – Perekladin erblickte eine Unmenge von Semikolons und Doppelpunkten …

Auch die kenne ich … dachte er. Wo ein Komma zu wenig ist, ein Punkt aber zu viel, dort braucht man ein Semikolon. Vor ›aber‹ und ›folglich‹ setze ich immer ein Semikolon … Na, und der Doppelpunkt? Den Doppelpunkt setzt man nach den Worten ›wurde beschlossen‹, ›wurde entschieden‹ …

Die Semikolons und die Doppelpunkte erloschen. Jetzt kamen die Fragezeichen an die Reihe. Diese kamen aus den Wolken gesprungen und begannen Cancan zu tanzen …

Was ist das schon: ein Fragezeichen! Meinetwegen können auch tausend davon da sein, ich finde für alle einen

Platz. Sie werden immer gesetzt, wenn man eine Frage stellen oder zum Beispiel Erkundigungen über ein Schriftstück einziehen will: ›Wohin wurde der Rest der Beträge für das Jahr Soundso übertragen?‹, oder: ›Hält es die Polizeiverwaltung nicht für möglich, die bewusste Ivanova …?‹, und so weiter.

Die Fragezeichen winkten beifällig mit ihren Haken, streckten sich augenblicklich wie auf Kommando und verwandelten sich in Ausrufezeichen …

Hm …!

Dieses Interpunktionszeichen wird oft in Briefen gebraucht. ›Mein gnädiger Herr!‹ oder ›Euer Exzellenz, Vater und Wohltäter…!‹ Aber wann braucht man es in Akten?

Die Ausrufezeichen reckten sich noch mehr und blieben erwartungsvoll stehen …

In Akten werden sie gesetzt, wenn … sozusagen … dieses … wie heißt es? Hm … Wirklich, wann setzt man sie in Akten? Warte mal … Gott erleuchte mich … Hm …!

Perekladin öffnete die Augen und drehte sich auf die andere Seite. Aber kaum hatte er die Augen wieder geschlossen, als auf dem dunklen Hintergrund von Neuem die Ausrufezeichen erschienen.

Hol sie der Teufel … Wann muss man sie denn setzen? Er dachte nach und bemühte sich, die ungebetenen Gäste aus seiner Phantasie zu verscheuchen. Sollte ich das vergessen haben? Entweder habe ich es vergessen, oder aber … ich habe sie niemals gesetzt …

Perekladin begann sich den Inhalt aller Schriftstücke ins Gedächtnis zurückzurufen, die er im Laufe seiner vierzigjährigen Dienstzeit geschrieben hatte. Aber so viel er auch nachdachte, wie sehr er auch seine Stirn runzelte, in seiner Vergangenheit fand er kein einziges Ausrufezeichen.

Na so ein Kasus! Vierzig Jahre habe ich geschrieben und kein einziges Mal ein Ausrufezeichen gesetzt … Hm … Aber wann wird denn nun dieser lange Satan gesetzt?

Hinter einer Reihe feuriger Ausrufezeichen tauchte die hämisch lachende Fratze des jungen Kritikers auf. Die Zeichen selbst grinsten und verschmolzen zu einem einzigen großen Ausrufezeichen.

Perekladin schüttelte den Kopf und öffnete die Augen.

Weiß der Teufel …, dachte er. Morgen muss ich zum Frühgottesdienst, und mir geht diese Teufelei nicht aus dem Kopf … Pfui! Aber … wann wird es denn nun gesetzt? Da hast du die Gewohnheit! Da hast du das Aneignen! In vierzig Jahren kein einziges Ausrufezeichen! Was?

Perekladin bekreuzigte sich und schloss die Augen, aber er öffnete sie sofort wieder; auf dem dunklen Hintergrund stand noch immer das große Zeichen …

Pfui! So kann ich die ganze Nacht nicht einschlafen. – »Marfusa!«, wandte er sich an seine Frau, die oft damit prahlte, dass sie in einem Pensionat einen Kursus absolviert hatte. »Weißt du denn nicht, mein Herzchen, wann in den Schriftstücken ein Ausrufezeichen gesetzt wird?«

»Und ob ich das weiß! Nicht umsonst habe ich sieben Jahre in einem Pensionat studiert. Die ganze Grammatik kenne ich auswendig. Dieses Zeichen wird bei Anreden, Ausrufen und bei Ausdrücken der Begeisterung, der Entrüstung, der Freude, des Zornes und anderer Gefühlsäußerungen gesetzt.«

Soso …, dachte Perekladin. Begeisterung, Entrüstung, Freude, Zorn und andere Gefühlsäußerungen …

Der Kollegiensekretär wurde nachdenklich … Vierzig Jahre hatte er Schriftstücke geschrieben, Tausende, Zehntausende, aber er konnte sich an keine Zeile erinnern, die Begeisterung, Entrüstung oder etwas Derartiges ausgedrückt hätte …

Und andere Gefühlsäußerungen …, dachte er. Aber braucht man denn in Akten Gefühle? Akten kann auch ein gefühlloser Mensch schreiben …

Die Fratze des jungen Kritikers blickte wieder hinter

dem feurigen Zeichen hervor und lächelte hämisch. Perekladin erhob sich und setzte sich im Bett auf. Der Kopf schmerzte ihm, auf seine Stirn trat kalter Schweiß … In der Ecke schimmerte freundlich das Ikonenlämpchen, die Möbel sahen festlich und sauber aus, überall spürte man Wärme und die Anwesenheit einer Frauenhand, aber der armen Schreiberseele war es kalt und ungemütlich, als sei er an Typhus erkrankt. Das Ausrufezeichen stand nicht mehr vor seinen geschlossenen Augen, sondern vor ihm im Zimmer, neben dem Toilettentisch seiner Frau, und blinzelte ihm spöttisch zu …

»Schreibmaschine! Maschine!«, flüsterte die Vision und blies den Beamten mit trockner Kälte an. »Gefühlloser Klotz!«

Der Beamte kroch unter die Decke, aber auch dort erschien ihm die Vision; er schmiegte sein Gesicht an die Schulter seiner Frau, aber hinter der Schulter sah er das Gleiche … Die ganze Nacht quälte sich der arme Perekladin, aber auch am Tage verließ ihn die Vision nicht. Er sah sie überall: in den Stiefeln, die er anzog, in der Untertasse mit dem Tee, in dem Stanislausorden …

Und andere Gefühlsäußerungen, dachte er. Es stimmt schon, man hatte kein Gefühl … Ich werde gleich zu meinem Vorgesetzten gehen und mich eintragen … aber wird denn das mit Gefühl gemacht? Man tut es eben, ohne Überlegung … Eine Gratulationsmaschine …

Als Perekladin auf die Straße trat und nach einer Droschke rief, schien es ihm, als käme statt des Kutschers ein Ausrufezeichen angefahren.

Im Vorzimmer seines Vorgesetzten erblickte er statt des Portiers das gleiche Zeichen … Und das alles sprach ihm von Begeisterung, von Entrüstung und Zorn … Der Federhalter mit der Feder sah auch wie ein Ausrufezeichen aus. Perekladin nahm ihn, tauchte die Feder in die Tinte und schrieb sich ein: »Kollegiensekretär Efim Perekladin!!!«

Und als er diese drei Zeichen setzte, war er begeistert, entrüstet, erfreut und kochte vor Wut.

»Da hast du's! Da hast du's!«, brummte er und drückte die Feder aufs Papier.

Das feurige Zeichen gab sich zufrieden und verschwand.

Maxim Gorki

Von einem Knaben und einem Mädchen, die nicht erfroren sind

In den Weihnachtserzählungen ist es von alther üblich, jährlich mehrere arme Knaben und Mädchen erfrieren zu lassen. Der Knabe oder das Mädchen einer angemessenen Weihnachtserzählung steht gewöhnlich vor dem Fenster eines großen Hauses, ergötzt sich am Anblick des brennenden Weihnachtsbaumes in einem luxuriösen Zimmer und erfriert dann, nachdem es viel Unangenehmes und Bitteres empfunden hat.

Ich verstehe die guten Absichten der Autoren solcher Weihnachtserzählungen, ungeachtet der Grausamkeit, welche die handelnden Personen betrifft; ich weiß, dass sie, diese Autoren, die armen Kinder erfrieren lassen, um die reichen Kinder an ihre Existenz zu erinnern; aber ich persönlich kann mich nicht dazu entschließen, auch nur einen einzigen armen Knaben oder ein armes Mädchen erfrieren zu lassen, auch zu solch einem sehr achtbaren Zweck nicht.

Ich selbst bin nicht erfroren und auch nicht beim Erfrieren eines armen Knaben oder Mädchens dabei gewesen und fürchte, allerhand lächerliche Dinge zu sagen, wenn ich die Empfindungen beim Erfrieren beschreibe; und außerdem ist es peinlich, ein lebendes Wesen erfrieren zu lassen, nur um ein anderes lebendes Wesen an seine Existenz zu erinnern.

Das ist es, weshalb ich es vorziehe, von einem Knaben und einem Mädchen zu erzählen, die nicht erfroren sind.

Es war am Heiligabend ungefähr um sechs Uhr. Der Wind wehte und wirbelte hier und da durchsichtige Schneewölkchen auf. Diese kalten Wölkchen von nicht greifbarer Gestalt, schön und leicht wie zusammengeknüllter Mull, flogen überall umher, gerieten den Fußgängern ins Gesicht und stachen ihnen mit Eisnadeln in die Wangen, bestäubten den Pferden die Köpfe, die sie laut wiehernd schüttelten und die warme Dampfwolken ausstießen. Die Telegrafendrähte waren mit Reif behängt, sie sahen wie Schnüre aus weißem Plüsch aus. Der Himmel war wolkenlos und funkelte von vielen Sternen. Sie glänzten so hell, als ob jemand sie zu diesem Abend mit Bürste und Kreide sorgfältig geputzt hätte, was natürlich unmöglich war.

Auf der Straße ging es laut und lebhaft her. Traber sausten dahin, Fußgänger kamen, von denen einige eilten, andere ruhig dahinschritten. Dieser Unterschied lag sichtlich darin begründet, dass die Ersteren etwas vorhatten und sich Sorgen machten oder keine warmen Mäntel besaßen, die Letzteren aber weder Geschäfte noch Sorgen hatten und nicht nur warme Mäntel, sondern sogar Pelze trugen.

Dem einen dieser Leute, die keine Sorgen hatten und dafür Pelze mit üppigem Kragen, einem von diesen Herrschaften, die langsam und wichtig dahinschritten, rollten zwei kleine Lumpenbündel direkt vor die Füße und begannen, sich vor ihm herumdrehend, zweistimmig zu jammern.

»Lieber, guter Herr«, klagte die hohe Stimme eines kleinen Mädchens.

»Euer Wohlgeboren«, unterstützte es die heisere Stimme eines Knaben.

»Geben Sie uns armseligen Kindern etwas!«

»Ein Kopekchen für Brot! Zum Feiertage!«, schlossen sie beide vereint.

Das waren meine kleinen Helden – arme Kinder: der Knabe Mischka Pryschtsch und das Mädchen Katjka Rjabaja[1].

---

1 Da ich das wohlerzogene Publikum nicht schockieren möchte, schlage ich vor, meine kleinen Helden in Michel und Katrin umzubenennen.

Der Herr ging weiter, sie aber liefen behände vor seinen Füßen hin und her, wobei sie ihm beständig im Wege waren, und Katjka flüsterte vor Aufregung keuchend immer wieder: »Geben Sie uns doch etwas!«, während Mischka sich bemühte, den Herrn so viel wie möglich am Gehen zu hindern.

Und da, als er ihrer endlich überdrüssig geworden war, schlug er seinen Pelz auseinander, nahm sein Portemonnaie heraus, führte es an seine Nase und schnaufte. Darauf entnahm er ihm eine Münze und steckte sie in eine der sehr schmutzigen kleinen Hände, die sich ihm entgegenstreckten.

Die beiden Lumpenbündel gaben augenblicklich dem Herrn im Pelz den Weg frei und fanden sich plötzlich in einem Torweg, wo sie eng aneinandergedrückt eine Zeitlang schweigend die Straße auf und ab blickten.

»Er hat uns nicht gesehen, der Teufel!«, flüsterte der arme Knabe Mischka boshaft triumphierend.

»Er ist um die Ecke herum zu den Droschkenkutschern gegangen«, antwortete seine kleine Freundin. »Wie viel hat er denn gegeben, der Herr?«

»Einen Zehner«, sagte Mischka gleichmütig.

»Und wie viel sind es jetzt im Ganzen?«

»Sieben Zehner und sieben Kopeken!«

»Oh, schon so viel! … Gehen wir bald nach Hause? Es ist so kalt.«

»Dazu ist noch Zeit!«, sagte Mischka skeptisch. »Sieh zu, drängele dich nicht gleich vor; wenn dich die Polente sieht, packt sie dich und zaust dich … Dort schwimmt eine Barke! Los!«

Die Barke war eine Dame in einer Rotonde, woraus zu ersehen ist, dass Mischka ein sehr boshafter, unerzogener und älteren Leuten gegenüber unehrerbietiger Knabe war.

»Liebe gnädige Frau«, begann er zu jammern.

»Geben Sie etwas, um Christi willen!«, rief Katjka.

»Drei Kopeken hat sie spendiert! Sieh mal an! Die Teufelsfratze!«, schimpfte Mischka und schlüpfte wieder in den Torweg.

Und die Straße entlang stoben nach wie vor leichte Schneewölkchen, und der kalte Wind wurde immer rauer. Die Telegrafenstangen summten dumpf, der Schnee knirschte unter den Schlittenkufen, und in der Ferne hörte man ein frisches, helles weibliches Lachen.

»Wird Tante Anfissa heute auch betrunken sein?«, fragte Katjka, sich fester an ihren Kameraden schmiegend.

»Warum denn nicht! Warum sollte sie nicht trinken! Genug davon!«, antwortete Mischka wichtig.

Der Wind wehte den Schnee von den Dächern und begann leise ein Weihnachtsliedchen zu pfeifen; irgendwo winselte eine Türangel. Darauf erklang das Klirren einer Glastür, und eine helle Stimme rief:

»Droschke!«

»Lass uns nach Hause gehen!«, schlug Katjka vor.

»Nun, jetzt fängst du noch an zu jammern!«, fuhr der ernste Mischka sie an. »Was gibt es denn schon zu Hause?«

»Dort ist's warm«, erklärte sie kurz.

»Warm!«, äffte er ihr nach. »Und wenn sich wieder alle versammeln, und du musst tanzen – ist es dann schön? Oder wenn sie dich mit Schnaps vollpumpen und dir wieder schlecht wird … und da willst du nach Hause!«

Er reckte sich mit dem Ausdruck eines Menschen, der seinen Wert kennt und von seiner richtigen Ansicht fest überzeugt ist. Katjka gähnte fröstelnd und hockte in einem Winkel des Torweges nieder.

»Schweig lieber … und wenn es kalt ist – halt aus … das schadet nichts. Wir werden schon wieder warm werden. Ich kenne das schon! Ich will …«

Er hielt inne, er wollte seine Kameradin zwingen, sich dafür zu interessieren, was er wollte. Sie aber zeigte nicht das geringste Interesse und zog sich immer mehr zusammen. Da warnte Mischka sie besorgt:

»Pass auf, dass du nicht einschläfst, sonst erfrierst du! Katjuschka?!«

»Nein, mir fehlt nichts«, antwortete sie zähneklappernd.

Wenn Mischka nicht da gewesen wäre, wäre sie vielleicht auch erfroren; aber dieser erfahrene Bursche hatte sich fest vorgenommen, sie an der Ausführung dieser in der Weihnachtszeit üblichen Tat zu hindern.

»Steh lieber auf, das ist besser. Wenn du stehst, bist du größer, und der Frost kann dich nicht so leicht bezwingen. Mit Großen kann er nicht fertig werden. Zum Beispiel die Pferde – die frieren niemals. Aber der Mensch ist kleiner als das Pferd … er friert … Steh doch auf! Wir wollen es bis zu einem Rubel bringen – und dann marsch nach Hause!«

Am ganzen Körper zitternd, stand Katjka auf.

»Es ist schrecklich kalt«, flüsterte sie.

Es wurde in der Tat immer kälter, und die Schneewölkchen verwandelten sich nach und nach in herumwirbelnde dichte Knäuel. Sie drehten sich auf der Straße, hier als weiße Säulen, dort als lange Streifen lockeren Gewebes, mit Brillanten besät. Es war hübsch anzusehen, wenn solche Streifen sich über den Laternen schlängelten oder an den hell erleuchteten Fenstern der Geschäfte vorüberflogen. Dann sprühten sie als vielfarbige Funken auf, die kalt waren und die Augen mit ihrem Glanz blendeten.

Obgleich das alles schön war, interessierte es meine beiden kleinen Helden absolut nicht.

»Hu-hu!«, sagte Mischka, indem er die Nase aus seiner Höhle hinaussteckte. »Da kommen sie geschwommen! Ein ganzer Haufen! … Katjka, schlaf nicht!«

»Gnädige Herrschaften!«, begann das kleine Mädchen mit zitternder und unsicherer Stimme zu jammern, während es auf die Straße kullerte.

»Geben Sie uns armen … Katjuschka, lauf!«, kreischte Mischka auf.

»Ach, ihr, ich werde euch«, zischte ein langer Polizist, der plötzlich auf dem Bürgersteig erschienen war.

Aber sie waren bereits verschwunden. Sie waren wie zwei große, zottige Knäuel fortgekullert und verschwunden.

»Sie sind fortgelaufen, die kleinen Teufel!«, sagte der Polizist vor sich hin, lächelte gutmütig und blickte die Straße entlang.

Und die kleinen Teufel rannten und lachten aus vollem Halse. Katjka fiel immer wieder hin, weil sie sich in ihren Lumpen verwickelte, und rief dann:

»Lieber Gott! Schon wieder …«, und sah sich beim Aufstehen ängstlich lächelnd um.

»Kommt er hinterher?«

Mischka lachte, sich die Seiten haltend, aus vollem Halse und bekam einen Nasenstüber nach dem andern, weil er fortwährend mit Vorübergehenden zusammenstieß.

»Nun aber genug! Hol dich der Teufel! Wie sie herumkullert! Ach du dumme Trine! Plumps! Mein Gott, schon wieder plumpst sie hin, das ist ja zu komisch!«

Katjkas Hinfallen stimmte ihn heiter.

»Jetzt wird er uns nicht mehr einholen, sei nur ruhig! Er ist nicht schlecht, das ist einer von den Guten … Der andere, der von damals, hat gleich gepfiffen … Ich renne los – und dem Polizisten direkt gegen den Bauch! Und mit der Stirn an seinen Knüppel …«

»Ich weiß noch, du bekamst eine Beule …«, und Katjka lachte wieder hellauf.

»Nun, schon gut!«, sagte Mischka ernst. »Du hast genug gelacht! Hör jetzt, was ich dir sage.«

Sie gingen nun im bedächtigen Schritt ernster und besorgter Leute nebeneinanderher.

»Ich hab dich belogen, der Herr hat mir zwei Zehner gegeben, und vorher habe ich dich auch belogen, damit du nicht sagen solltest, es sei Zeit, nach Hause zu gehen. Heute haben wir einen guten Tag! Weißt du, wie viel wir gesammelt haben? Einen Rubel und fünf Kopeken! Das ist viel!«

»Ja-a-a!«, flüsterte Katjka. »Für so viel Geld kann man sogar Schuhe kaufen ... auf dem Trödelmarkt.«

»Nun, Schuhe! Schuhe stehle ich für dich ... warte nur ... ich habe es schon lange auf ein Paar abgesehen ... ich werde sie schon stibitzen. Aber weißt du was, wir wollen gleich in eine Schenke gehen ... ja?«

»Tantchen wird wieder davon erfahren, und dann setzt es was, wie das vorige Mal«, sagte Katjka nachdenklich; aber in ihrem Ton klang schon Vorfreude auf die Wärme.

»Dann setzt es was? Nein, das wird nicht geschehen! Wir wollen uns eine Schenke suchen, wo uns niemand kennt.«

»Ach so«, flüsterte Katjka hoffnungsvoll.

»Also vor allem wollen wir ein halbes Pfund Wurst kaufen, das macht acht Kopeken; ein Pfund Weißbrot für fünf Kopeken. Das sind dreizehn Kopeken! Dann zwei Stück Kuchen zu drei Kopeken – das sind sechs Kopeken und im Ganzen schon neunzehn Kopeken! Dann zahlen wir für zweimal Tee sechs Kopeken ... das macht einen Fünfundzwanziger! Siehst du! Dann bleiben uns ...«

Mischka schwieg und blieb stehen. Katjka schaute ihm ernst und fragend ins Gesicht.

»Das ist aber schon sehr viel«, wiederholte sie schüchtern.

»Sei still ... warte ... Das macht nichts, es ist nicht viel, es ist sogar noch wenig. Dann essen wir noch was für acht Kopeken ... dann sind es im Ganzen dreiunddreißig! Essen wir drauflos! Ist ja Weihnachten. Dann bleiben ... bei fünfundzwanzig Kopeken acht Zehner und bei dreiunddreißig etwas über sieben Zehner übrig! Siehst du, wie viel! Hat sie noch mehr nötig, die Hexe? ... Hei! ... Geh mal schneller!«

Sie fassten sich an den Händen und hopsten auf dem Bürgersteig weiter. Der Schnee flog ihnen ins Gesicht und in die Augen. Mitunter wurden sie von einer Schneewolke vollständig bedeckt; sie hüllte die beiden kleinen Gestalten in einen durchsichtigen Schleier, den sie in ihrem Streben nach Wärme und Nahrung rasch zerrissen.

»Weißt du«, begann Katja, vom schnellen Gehen keuchend, »ob du willst oder nicht, aber wenn sie es erfährt, werde ich sagen, dass du das alles … ausgedacht hast … Tu, was du willst! Du wirst schließlich fortlaufen … aber ich habe es schlechter … mich kriegt sie immer … und schlägt mich mehr als dich … sie mag mich nicht. Pass auf, ich werde alles sagen!«

»Nur zu, sag es nur!«, nickte ihr Mischka zu. »Wenn sie uns auch durchprügelt – es wird schon wieder heilen. Das macht nichts … Sag es nur …«

Er war von Mut erfüllt und ging einher, pfeifend den Kopf zurückgeworfen. Sein Gesicht war schmal, und seine Augen hatten einen unkindlich schlauen Ausdruck, seine Nase war spitz und ein wenig gebogen.

»Da ist sie, die Schenke! Es sind sogar zwei! In welche wollen wir gehen?«

»Los, in die niedrige. Und zuerst in den Laden … komm!« Und nachdem sie im Laden alles, was sie sich vorgenommen, gekauft hatten, traten sie in die niedrige Schenke.

Sie war voller Dampf und Rauch und einem sauren, betäubenden Geruch. Im dichten, rauchigen Nebel saßen an den Tischen Droschkenkutscher, Landstreicher und Soldaten, zwischen den Tischen liefen unglaublich schmutzige Bediente umher, und alles schrie, sang und schimpfte.

Mischka fand mit scharfem Blick in einer Ecke ein leeres Tischchen und ging geschickt lavierend darauf zu, nahm schnell seinen Mantel ab und begab sich zum Büfett. Schüchtern um sich blickend, begann auch Katjka ihren Mantel auszuziehen.

»Onkelchen«, sagte Mischka, »kann ich zwei Glas Tee bekommen?« Er schlug leicht mit der Faust auf das Büfett.

»Tee möchtest du haben? Bitte sehr! Gieß dir selbst ein und hol dir auch selbst kochendes Wasser … sieh aber zu, dass du nichts zerbrichst! Sonst werde ich dich …«

Aber Mischka war schon nach dem heißen Wasser fortgerannt.

Nach zwei Minuten saß er mit seiner Kameradin ehrbar am Tisch, im Stuhl zurückgelehnt, mit der wichtigen Miene eines Droschkenkutschers nach tüchtiger Arbeit – und drehte sich bedächtig eine Zigarette aus Machorka. Katjka schaute ihn voller Bewunderung für seine Haltung in einem öffentlichen Lokal an. Sie konnte sich noch gar nicht an den lauten, betäubenden Lärm der Schenke gewöhnen und erwartete im Stillen, dass man sie beide »am Kragen nehmen« oder dass noch etwas Schlimmeres geschehen werde. Aber sie wollte ihre geheimen Befürchtungen nicht vor Mischka aussprechen und versuchte, indem sie ihr blondes Haar mit den Händen glättete, sich unbefangen und ruhig umzuschauen. Diese Bemühungen ließen ihre schmutzigen Backen immer wieder erröten, und sie kniff ihre blauen Augen verlegen zusammen. Aber Mischka belehrte sie bedächtig, bemüht, in Ton und Rede den Hausmann Signej nachzuahmen, der ein sehr ernster Mensch, wenn auch ein Trinker war und vor kurzer Zeit wegen Diebstahl drei Monate im Gefängnis gesessen hatte.

»Da bettelst du zum Beispiel … Aber wie du bettelst, das taugt nichts, offen gesagt. ›Ge-e-eben Sie, ge-e-eben Sie uns etwas!‹ Ist denn das die Hauptsache? Du musst dem Menschen vor den Füßen sein, mach es so, dass er Angst hat, über dich zu fallen …«

»Ich werde das tun …«, stimmte Katjka demütig zu.

»Nun, siehst du …«, nickte ihr Kamerad gewichtig. »So muss es auch sein. Und dann noch eins: Wenn zum Beispiel Tante Anfissa … was ist denn diese Anfissa? Erstens eine Trinkerin! Und außerdem …«

Und Mischka verkündete aufrichtig, was Tante Anfissa außerdem noch war.

Im völligem Einverständnis mit Mischkas Bezeichnung nickte Katjka mit dem Kopf.

»Du folgst ihr nicht … das muss man anders machen. Sage zu ihr: ›Liebes Tantchen, ich werde brav sein … ich werde Ihnen gehorchen …‹ Schmier ihr also Honig ums Maul. Und dann tu, was du willst … So musst du es machen …«

Mischka schwieg und kratzte sich gewichtig den Bauch, wie es Signej immer tat, wenn er zu reden aufhörte. Damit war sein Thema erschöpft.

Er schüttelte den Kopf und sagte:

»Nun wollen wir essen …«

»Ja, los!«, stimmte Katjka bei, die schon längst gierige Blicke auf Brot und Wurst geworfen hatte.

Dann begannen sie ihr Abendessen zu verspeisen inmitten des feuchten, übelriechenden Dunkels der mit berußten Lampen schlecht beleuchteten Schenke, im Lärm zynischer Schimpfreden und Lieder. Sie aßen beide mit Gefühl, Verstand und Bedacht, wie echte Feinschmecker. Und wenn Katjka aus dem Takt kommend heißhungrig ein großes Stück abbiss, wodurch sich ihre Backen blähten und ihre Augen komisch hervortraten, brummte der bedächtige Mischka spöttisch:

»Schau mal einer an, Mütterchen, wie du über das Essen herfällst!«

Das machte sie verlegen und sie bemühte sich, beinahe erstickend, die wohlschmeckende Kost rasch zu zerkauen.

Nun, das ist auch alles. Jetzt kann ich sie ruhig ihren Weihnachtsabend zu Ende feiern lassen. Glauben Sie mir, sie werden nun nicht mehr erfrieren! Sie sind am richtigen Platz … Wozu sollte ich sie erfrieren lassen …?

Meiner Meinung nach ist es äußerst töricht, Kinder erfrieren zu lassen, welche die Möglichkeit haben, auf gewöhnliche und natürliche Weise zugrunde zu gehen.

Alexander I. Kuprin

Der Wunderdoktor

Die folgende Erzählung ist nicht die Frucht mühsamer Erfindung. Alles, was ich beschreibe, hat sich vor etwa dreißig
Jahren in Kiew ereignet. Bis auf den heutigen Tag werden
alle Einzelheiten in den Überlieferungen jener Familie, von
der die Rede ist, bewahrt und heilig gehalten. Ich habe nur
die Namen einiger handelnder Personen dieser rührenden
Geschichte verändert und der mündlichen Erzählung
schriftliche Form verliehen.

»Grischa, ach, Grischa! Guck doch mal, das Ferkel da! …
Es lacht … Jaha … und im Maul, sieh doch, sieh doch nur,
im Maul hat es einen Grashalm, ja, bei Gott, einen Grashalm! … Nein, so ein Spaß!«

Die beiden Jungen, die vor dem großen, aus einer einzigen Scheibe bestehenden Schaufenster eines Delikatessge-
schäftes standen, brachen in ein ausgelassenes Gelächter aus,
stießen einander die Ellbogen in die Seiten und tänzelten
und hüpften wegen der grimmigen Kälte. Sie standen schon
länger als fünf Minuten vor dieser prächtigen Auslage, die
Gemüt und Magen gleichermaßen anregte. Beleuchtet vom
hellen Licht der Deckenlampen, türmten sich hier ganze
Berge roter, fester Äpfel und Apfelsinen, regelrechte Pyra-
miden von Mandarinen ragten empor, die zartgoldig durch
ihr seidenes Einwickelpapier schimmerten, auf Platten und
in Schüsseln lagen riesengroße geräucherte und marinierte
Fische, die ihre Mäuler widerwärtig weit aufrissen und
Glotzaugen machten, und weiter hinten prunkten, von
Wurstgirlanden umgeben, angeschnittene saftige Schinken
mit einer dicken, rosigen Fettschicht … Zahllose Gläschen

und Büchschen mit gesalzenen, gekochten, geschmorten und geräucherten Vorspeisen vollendeten dieses effektvolle Bild, bei dessen Anblick die beiden Jungen die zwölf Grad unter null und den wichtigen Auftrag vergaßen, der ihnen von ihrer Mutter erteilt worden war – ein Auftrag, der so unerwartet und so kläglich geendet hatte. Der ältere Junge riss sich als Erster von der berückenden Darbietung los. Er zupfte seinen Bruder am Ärmel und mahnte:

»Nun, Wolodja, komm, gehen wir …«

Beide stießen gleichzeitig einen tiefen Seufzer aus (der Ältere war erst zehn Jahre alt, und alle beide hatten, außer einer wässerigen Kohlsuppe, seit dem Morgen nichts gegessen) und warfen einen letzten gierigen Blick auf die Delikatessauslage, dann liefen sie hurtig die Straße entlang. Manchmal sahen sie durch die angelaufenen Fensterscheiben eines Hauses einen Weihnachtsbaum, der aus der Ferne wie eine riesige Traube hell erleuchteter Flecke wirkte. Manchmal hörten sie sogar die Klänge einer lustigen Polka … Mannhaft verjagten sie den verlockenden Gedanken: für ein paar Sekunden stehenzubleiben und das Gesicht gegen die Scheibe zu drücken.

Je länger die Jungen gingen, desto einsamer und dunkler wurden die Straßen. Prächtige Läden, glänzende Christbäume, Kutschpferde, die unter ihren blauen und roten Netzen dahinjagten, das Knirschen der Schlittenkufen, der festliche Trubel der Menschenmenge, das fröhliche Getöse der Zurufe und Gespräche, die vom Frost geröteten, lachenden Gesichter eleganter Damen – das alles blieb hinter ihnen zurück. Es dehnten sich öde, einsame, krumme, enge Gassen, finstere, unbeleuchtete Hügel … Schließlich erreichten sie ein windschiefes, baufälliges, etwas abseits gelegenes Haus. Sein Fundament – eigentlich der Keller – war aus Stein, der obere Teil aus Holz. Sie durchschritten den engen, mit Eis überzogenen schmutzigen Hof, der allen Hausbewohnern als Kloake diente, stiegen in den Keller hinunter, schlichen sich in der Dunkelheit durch den niedrigen Korridor und suchten, mit den Händen tappend und tastend, ihre Tür.

Schon länger als ein Jahr wohnte die Familie Merzalow in diesem Kellergeschoss, und die beiden Knaben hatten Zeit genug gehabt, sich an diese verrußten, vor Feuchtigkeit weinenden Mauern wie auch an die nassen Lumpen zu gewöhnen, die auf einer quer durchs Zimmer gezogenen Leine trockneten; und an diesen schrecklichen Gestank aus Petroleumqualm, schmutziger Kinderwäsche und Ratten – dem echten, unverfälschten Geruch der Armut. Aber heute, nach allem, was sie auf den Straßen gesehen, nach dem festlichen Jubel, den sie überall verspürt hatten, krampften sich ihre kleinen Kinderherzen vor schmerzendem Leid zusammen. In einer Ecke, auf einem schmutzigen breiten Bett, lag ein Mädchen von sieben Jahren; ihr Gesicht glühte, ihr Atem ging kurz und mühsam, die weitgeöffneten, glänzenden Augen starrten ins Leere. Neben dem Bett brüllte mit sich überschlagender Stimme und fast erstickend in einer an der Decke hängenden Wiege ein Säugling.

Eine hochgewachsene hagere Frau mit ausgemergeltem, müdem und gramverzehrtem Gesicht lag vor dem kranken Mädchen auf den Knien, rückte ihr das Kissen zurecht, vergaß aber darüber nicht, mit einem Stoß ihres Ellbogens die Wiege in Bewegung zu halten. Als die Jungen eintraten und hinter ihnen die kalte Luft in weißen Schwaden in den Keller drang, wandte die Frau beunruhigt ihren Kopf.

»Nun? Was ist?«, fragte sie stockend und ungeduldig.

Die Knaben schwiegen. Nur Grischa schnäuzte sich geräuschvoll die Nase am Ärmel seines Mantels, der aus einer alten, wattierten Jacke umgearbeitet worden war.

»Habt ihr den Brief überbracht? Grischa, ich frage dich, hast du den Brief abgegeben?«

»Ja, ich habe ihn abgegeben«, antwortete Grischa mit vom Frost heiserer Stimme.

»Nun, und was dann? Was hast du zu ihm gesagt?«

»Alles, was du mir aufgetragen hast. ›Hier‹, sprach ich, ›ein Brief von Merzalow, Ihrem früheren Verwalter.‹ Aber er schimpfte uns nur aus: ›Schert euch fort von hier‹, sagte er, ›ihr Gesindel!‹«

»Ja, wer war denn das? Wer hat denn mit euch gesprochen? Sprich vernünftig, Grischa!«

»Der Portier war es, der mit uns sprach. Wer denn sonst? Ich sagte zu ihm: ›Nehmen Sie diesen Brief, Onkelchen, und übergeben Sie ihn. Ich werde hier unten auf Antwort warten.‹ Aber er sagte: ›Da kannst du lange warten. Der Herr hat gerade Zeit, euren Brief zu lesen.‹«

»Nun, und du?«

»Ich sagte ihm alles, was du mir eingeprägt hattest. ›Wir haben nichts zu essen‹, sagte ich. ›Maschutka ist krank … sie liegt im Sterben.‹ Ich sagte: ›Sobald Papa eine Stelle findet, wird er sich dankbar erweisen, Saweli Petrowitsch, ja, er wird sich Ihnen erkenntlich zeigen, bei Gott!‹ Und plötzlich bimmelt die Klingel und bimmelt, und er sagt zu uns: ›Schert euch schleunigst zum Teufel, damit nichts von eurem Gestank hierbleibt!‹ Und Wolodjka hat er sogar ins Genick geschlagen.«

»Ja, ins Genick«, bestätigte Wolodjka, der der Erzählung des Bruders aufmerksam gefolgt war, und kratzte sich am Hinterkopf.

Der ältere Junge wühlte pötzlich besorgt in den Tiefen seiner Manteltaschen. Als er schließlich einen zerknitterten Umschlag daraus hervorgezogen hatte, legte er ihn auf den Tisch und sagte:

»Da ist er, der Brief!«

Weiter fragte die Mutter nichts. Lange Zeit waren in dem schwülen, muffigen Raum nur das Gebrüll des Säuglings und die kurzen, hastigen Atemzüge Maschutkas zu hören, die mehr einem gleichmäßigen, eintönigen Gestöhn glichen. Plötzlich wandte die Mutter sich um und sagte:

»Dort steht noch etwas Kohlsuppe, sie ist vom Mittagessen übrig geblieben. Vielleicht esst ihr sie. Nur ist sie kalt, ich habe nichts zum Wärmen …«

In diesem Augenblick ließen sich im Korridor unsichere Schritte vernehmen und das Tasten einer Hand, die in der Dunkelheit die Tür suchte. Die Mutter und die beiden Knaben, alle drei blass vor gespannter Erwartung, blickten in jene Richtung.

Merzalow trat ein. Er trug einen Sommermantel und Filzhut und war ohne Galoschen. Seine Hände waren von der Kälte geschwollen und blau angelaufen, die Augen lagen tief in den Höhlen, die Wangen waren wie bei einem Toten bis zum Zahnfleisch eingefallen. Er sagte kein Wort zu seiner Frau, sie stellte ihm keine Frage, sie verstanden einander in jener Verzweiflung, die sie sich gegenseitig an den Augen ablasen.

In diesem schrecklichen, verhängnisvollen Jahr war Unglück über Unglück beharrlich und erbarmungslos auf Merzalow und seine Familie hereingebrochen. Zuerst war er selbst an Bauchfelltyphus erkrankt, und für seine Heilung waren alle seine kümmerlichen Ersparnisse draufgegangen. Dann, als er genesen war, erfuhr er, dass sein Arbeitsplatz, ein bescheidener Posten als Hausverwalter, der ihm fünfundzwanzig Rubel im Monat eingebracht hatte, schon von einem anderen besetzt worden war … Es kam die verzweifelte, krampfhafte Jagd nach Gelegenheitsarbeit, nach Abschreibarbeit, nach einem bescheidenen Pöstchen, die Verpfändung und Wiederverpfändung der Habseligkeiten, der Verkauf aller alten Kleidungsstücke. Und obendrein wurden nun die Kinder krank. Vor drei Monaten war das eine Mädelchen gestorben, jetzt lag das andere bewusstlos im Fieber. Jelisaweta Iwanowna musste gleichzeitig das kranke Töchterchen pflegen, den Säugling stillen und fast bis ans andere Ende der Stadt laufen, wo sie im Tagelohn Wäsche wusch.

Der ganze heutige Tag war damit ausgefüllt gewesen, unter Aufwendung übermenschlicher Kräfte von irgendwoher ein paar Kopeken für Maschutkas Medizin aufzutreiben. Zu diesem Zweck war Merzalow fast in der ganzen Stadt herumgelaufen, aufdringlich bittend und sich überall erniedrigend. Jelisaweta Iwanowna war zu ihrer Herrschaft gegangen, die Kinder waren mit einem Brief zu jenem Herrn geschickt worden, dessen Haus Merzalow früher verwaltet hatte … Aber alle redeten sich darauf heraus, dass sie wegen der Feiertage entweder alle Hände voll zu tun oder kein Geld hätten. Manche, wie zum Beispiel der Portier des ehemaligen Arbeitgebers, hatten die Bittsteller ganz einfach davongejagt.

Zehn Minuten lang brachte niemand ein Wort hervor. Dann erhob Merzalow sich jäh von der Truhe, auf der er gesessen hatte. Mit einer entschlossenen Bewegung drückte er seinen schäbigen Filzhut tiefer in die Stirn.

»Wohin willst du?«, fragte Jelisaweta Iwanowna besorgt.

Merzalow, der schon die Türklinke in der Hand hielt, drehte sich um.

»Ganz gleich, wohin. Mit dem Dasitzen ist uns auch nicht geholfen«, antwortete er heiser. »Ich gehe noch einmal, und sei es, um Almosen zu erbitten.«

Nachdem er auf die Straße hinausgetreten war, ging er ziellos weiter. Er suchte nichts, noch erhoffte er sich etwas. Er hatte schon längst jenes schmerzhafte Stadium der Not und des Elends hinter sich, in dem man davon träumt, auf der Straße eine Brieftasche mit Geld zu finden oder die unvermutete Erbschaft eines weitläufigen Verwandten anzutreten. Jetzt beherrschte ihn der ununterdrückbare Wunsch zu laufen, ganz gleich wohin, zu laufen, ohne sich umzusehen, nur um nicht länger die stille Verzweiflung der hungrigen Familie mit ansehen zu müssen.

Betteln? Um Almosen bitten? Er hatte dieses Mittel heute schon zweimal probiert. Beim ersten Mal hatte ihm ein

Herr in einem Waschbärpelz die Belehrung zuteil werden lassen, dass man arbeiten müsse und nicht betteln, und beim zweiten Mal hatte man ihm gedroht, ihn auf die Polizeiwache zu schaffen.

Ohne es zu merken, war Merzalow ins Zentrum der Stadt gelangt, an den Zaun eines öffentlichen Parks. Da er die ganze Zeit über hatte bergan gehen müssen, war er atemlos und fühlte sich müde. Mechanisch bog er in das Pförtchen ein, durchwanderte eine schneeverwehte, lange Lindenallee und ließ sich schließlich an ihrem Ende auf einer niedrigen Gartenbank nieder.

Hier war es still und feierlich. Die Bäume, eingehüllt in ihre weißen Schneegewänder, träumten in regloser Erhabenheit. Hier und da löste sich von den oberen Zweigen ein Schneeklümpchen, und man konnte hören, wie es im Fallen knisterte und sich an andere Äste festklammerte. Die tiefe Stille und die erhabene Ruhe, die den Garten bewachten, weckten plötzlich in Merzalows gequälter Seele einen unstillbaren Durst nach ebensolcher Ruhe, nach ebensolcher Stille.

»Sich hinlegen und einschlafen«, dachte er, »und die Frau, die hungrigen Kinder und die kranke Maschutka vergessen!« Merzalow schob die Hand unter die Weste und tastete nach dem hinlänglich dicken Strick, der ihm als Gürtel diente. Der Gedanke an Selbstmord bildete sich ganz klar und deutlich in seinem Kopf heraus. Aber dieser Gedanke erschreckte ihn nicht. Nicht einen Augenblick lang schauderte ihm vor dem Unbekannten. Statt langsam zugrunde zu gehen – war es da nicht besser, einen kürzeren Weg zu wählen? Er wollte schon aufstehen, um seine entsetzliche Absicht in die Tat umzusetzen, als vom Ende der Allee her das Knirschen von Schritten zu hören war, das sich in der frostkalten Luft klar und deutlich näherte.

Erbittert wandte Merzalow sich um. Jemand kam die Allee herauf. Zuerst war das Feuer einer erst aufglimmenden, dann erlöschenden Zigarre zu sehen. Allmählich konnte Merzalow einen Greis von kleinem Wuchs erkennen, der eine warme Pelzmütze, einen Pelzmantel und hohe Galoschen trug. Als er die kleine Gartenbank erreicht hatte, sprach der Unbekannte Merzalow jäh an, wobei er seine Mütze leicht berührte: »Gestatten Sie, dass ich Platz nehme?«

Absichtlich schroff wandte Merzalow sich von dem Unbekannten ab und rückte ganz an den Rand der Bank.

Fünf Minuten vergingen in beiderseitigem Schweigen. Der Unbekannte rauchte seine Zigarre und (Merzalow spürte das) beobachtete seinen Nachbarn.

»Was für eine herrliche Nacht«, begann der Unbekannte auf einmal zu sprechen. »Frost … Stille … Welche Pracht, dieser russische Winter!«

Seine Stimme klang weich, einschmeichelnd. Merzalow schwieg und drehte sich nicht um.

»Hier habe ich für ein paar mir bekannte Kinderchen Geschenke gekauft«, fuhr der Unbekannte fort. (Er hielt einige Pakete in Händen.) »Aber unterwegs konnte ich nicht umhin, einen Umweg zu machen, um durch den Garten zu gehen: Es ist ja so schön hier.«

Merzalow war im Allgemeinen bescheiden und verlegen im Umgang mit Menschen, doch bei den letzten Worten des Unbekannten packte ihn plötzlich ein Anfall verzweifelter Wut. Mit einer jähen Bewegung wandte er sich plötzlich zu dem Alten und schrie, keuchend und unsinnig mit den Händen fuchtelnd:

»Geschenke! Geschenke! Für Kinder, die Sie kennen? … Aber bei mir zu Hause verrecken in ebendieser Minute meine Kinder vor Hunger … Geschenke! … Meiner Frau ist die Milch versiegt, und der Säugling hat den ganzen Tag nichts bekommen … Geschenke!«

Merzalow hatte erwartet, dass der alte Mann sich nach diesem wüsten, mit Erbitterung hervorgestoßenen Geschimpfe erheben und fortgehen würde, aber er hatte sich geirrt. Der Greis beugte sein kluges, ernstes, von einem grauen Backenbart umrahmtes Gesicht zu ihm hin und sagte in freundlichem, aber ernstem Ton:

»Warten Sie! Regen Sie sich nicht auf! Erzählen Sie alles der Reihe nach und so knapp wie möglich. Vielleicht können wir uns zusammen etwas ausdenken für Sie.«

Im Gesichtsausdruck des Unbekannten lag etwas so Beruhigendes und Vertraueneinflößendes, dass Merzalow sogleich, ohne das Geringste zu verbergen, seltsam erregt und hastig seine Geschichte erzählte. Er berichtete von seiner Krankheit, vom Verlust seiner Stellung, vom Tod des einen Kindes, von allem Unglück und Missgeschick, das ihm bis zum gegenwärtigen Tag widerfahren war. Der Unbekannte hörte zu, ohne ihn auch nur mit einem Wort zu unterbrechen, und schaute ihm dabei immer forschender und durchdringender in die Augen, gleichsam als wünschte er in die tiefste Tiefe dieser gequälten, empörten Seele einzudringen. Plötzlich sprang er mit einer raschen, ganz jugendlichen Bewegung von seinem Platz auf und packte Merzalow bei der Hand. Merzalow blieb nichts anderes, als ebenfalls aufzustehen.

»Gehen wir!«, drängte der Unbekannte, indem er Merzalow hinter sich herzog. »Gehen wir schneller! Ihr Glück, dass Sie einem Arzt begegnet sind. Natürlich kann ich mich für nichts verbürgen, aber gehen wir!«

Merzalow und der Doktor betraten den Keller. Jelisaweta Iwanowna lag auf dem Bett neben ihrem kranken Töchterchen und hatte ihr Gesicht in die schmutzigen, fleckigen Kissen vergraben. Die Jungen saßen immer noch am selben Platz. Sie weinten, geängstigt durch das lange Ausbleiben des Vaters und die Reglosigkeit der Mutter. Mit den schmutzigen Fäusten verschmierten sie ihre Tränen im Gesicht.

Beim Betreten des Raumes warf der Doktor seinen Mantel ab und stand nun in einem altmodischen, ziemlich abgetragenen Gehrock da. Er trat auf Jelisaweta Iwanowna zu, sie aber hob nicht einmal den Kopf.

»Nun lassen Sie's gut sein, meine Liebe«, fing der Doktor zu sprechen an, indem er der Frau sanft über den Rücken strich. »Stehen Sie auf und zeigen Sie mir die Kranke!«

Und so wie kurz zuvor im Garten den Mann, veranlasste das Einschmeichelnde und Überzeugende, das aus seiner Stimme herausklang, jetzt Jelisaweta Iwanowna, sich augenblicklich vom Bett zu erheben und widerspruchslos zu tun, was der Doktor ihr sagte.

Zwei Minuten später heizte Grischa den Ofen schon mit Holzscheiten, nach denen der Wunderdoktor ihn zum Nachbarn geschickt hatte. Wolodja blies aus Leibeskräften in die Flamme des Samowars, um sie zu entfachen. Jelisaweta Iwanowna machte Maschutka eine wärmende Kompresse … Nach einer kurzen Weile erschien auch Merzalow wieder. Für drei Rubel, die er von dem Doktor bekommen hatte, war es ihm in dieser Zeit gelungen, Tee, Zucker und Brötchen zu kaufen und in der nächsten Kneipe warmes Essen zu besorgen. Der Doktor saß am Tisch und schrieb etwas auf einen Fetzen Papier, den er aus seinem Notizbuch gerissen hatte. Als er fertig war und statt einer Unterschrift ein eigentümliches Häkchen daruntergekritzelt hatte, deckte er das Geschriebene mit einem Teeschälchen zu und sagte:

»Mit diesem Zettel hier gehen Sie zur Apotheke. Geben Sie ihr alle zwei Stunden einen Teelöffel voll. Das wird bei der Kleinen den Schleim lösen. Fahren Sie fort, warme Kompressen zu machen … Außerdem – auch wenn es Ihrer Tochter bessergehen sollte – rufen Sie morgen in jedem Falle den Doktor Afrossimow. Er ist ein tüchtiger Arzt und ein guter Mensch. Ich werde ihn sogleich informieren. Und jetzt verabschiede ich mich von Ihnen, meine Herrschaften. Gebe Gott, dass das kommende Jahr ein wenig nachsichtiger mit Ihnen ist als das vergangene. Aber die Hauptsache: Lassen Sie niemals den Mut sinken!«

Nachdem er Merzalow und Jelisaweta Iwanowna, die beide vor Verwunderung noch nicht ganz zu sich gekommen waren, die Hand gedrückt und im Vorbeigehen Wolodja, der mit offenem Mund dastand, auf die Backe geklopft hatte, fuhr der Doktor rasch mit den Füßen in seine tiefen Galoschen und mit den Armen in den Mantel. Merzalow kam erst dann wieder zu sich, als der Doktor schon draußen auf dem Korridor war. Er stürzte ihm nach.

Da er aber in der Finsternis nichts sehen konnte, rief Merzalow aufs Geratewohl:

»Doktor! Doktor! Warten Sie doch! Sagen Sie mir Ihren Namen, Doktor, damit meine Kinder für Sie beten können!« Und er griff mit den Händen in die Luft, wie um den unsichtbaren Doktor festzuhalten. Aber da sagte vom anderen Ende des Korridors her die ruhige, altersschwache Stimme:

»Ach, was denken Sie sich nur … Kehren Sie mal schleunigst in Ihr Zimmer zurück!«

Als Merzalow dorthin zurückgekehrt war, erwartete ihn eine Überraschung: Unter dem Teeschälchen lag, zusammen mit dem Rezept des Wunderdoktors, ein auf eine beträchtliche Summe lautender Scheck. Am selben Abend noch erfuhr Merzalow den Namen seines unverhofften Wohltäters. Auf dem Etikett der Apotheke, das an dem Fläschchen mit der Medizin befestigt war, stand von der Hand des Apothekers geschrieben: »Laut Verordnung von Professor Pirogow[1]«.

Ich habe diese Geschichte, und zwar mehrmals, aus dem Munde von Grigori Jemeljanowitsch Merzalow vernommen – desselben Grischa, der an dem von mir beschriebenen Weihnachtsabend so reichliche Tränen vergossen hatte. Jetzt hat er einen ziemlich hohen, verantwortlichen Posten bei einer Bank. Er gilt als ein Muster an Ehrbarkeit und steht

---

1 Berühmter russischer Chirurg (1810–1881)

in dem Ruf, Mitgefühl mit den Nöten der Armen zu haben. Und jedes Mal, wenn er seine Erzählung von dem Wunderdoktor beendet hatte, fügte er mit zitternder, tränenerstickter Stimme hinzu:

»Seit dieser Zeit war es, als wäre ein wohltätiger Engel in unsere Familie herabgestiegen. Alles änderte sich. Anfang Januar fand mein Vater eine Anstellung, und unsere Maschutka kam wieder auf die Beine. Mir und meinem Bruder gelang es, einen Platz auf einem Gymnasium zu erhalten. Einfach ein Wunder hat dieser heilige Mann vollbracht. Wir haben unseren Wunderdoktor seit jener Zeit nur ein einziges Mal wiedergesehen, und das war, als man seinen Leichnam auf sein Gut Wischnja überführte. Und auch da haben wir ihn nicht gesehen, weil das Große, Machtvolle und Heilige, das zu seinen Lebzeiten in ihm geleuchtet und gelebt hatte, unwiederbringlich verloschen war.«

ALEXANDER I. KUPRIN

Der Klavierspieler

Die zwölfjährige Tina Rudnewa platzte wie eine Bombe ins Zimmer, wo ihre älteren Schwestern sich mit Hilfe zweier Kammermädchen für den heutigen Abend ankleideten. Aufgeregt, atemlos, vom schnellen Laufen rosig angehaucht, mit auseinanderstiebenden Löckchen auf der Stirn, glich sie in diesem Augenblick einem niedlichen Knaben.

»Mesdames, aber wo bleibt denn der Klavierspieler? Ich habe mich bei allen im Hause erkundigt, doch niemand weiß etwas. Der eine sagt: ›Mir hat man nichts befohlen …‹, der andere: ›Das ist nicht meine Sache …‹ Bei uns ist es immer und immer wieder so«, ereiferte sich Tina, indem sie mit den Absätzen auf den Fußboden stampfte. »Immer wird irgendetwas verwechselt, durcheinandergebracht oder vergessen, und dann fängt man an, die Schuld auf den anderen zu schieben …«

Die älteste der Schwestern, Lydia Arkadjewna, stand, seitwärts gewandt und ihren schönen, entblößten Hals zurückbiegend, vor dem Trumeau und kniff ihre kurzsichtigen Augen leicht zusammen. Sie war gerade dabei, sich eine Teerose ins Haar zu stecken. Sie ertrug keinerlei Lärm und behandelte das »Kroppzeug« mit kalter und höflicher Geringschätzung. Tinas Spiegelbild im Trumeau betrachtend, bemerkte sie missgestimmt:

»Du machst natürlich mehr Unordnung als alle anderen im Hause. Wie viele Male habe ich dich schon gebeten, nicht wie eine Wahnsinnige ins Zimmer zu stürzen!«

Tina knickste spöttisch und zeigte dem Spiegel die Zunge.

Dann wandte sie sich der anderen Schwester zu, vor der sich auf dem Fußboden eine Modistin zu schaffen machte, indem sie mit der Hand den unteren Saum des blauen Rockes umnähte. »Nun, natürlich«, plapperte Tina, »von unserer Prinzessin ›Lachtnicht‹ kriegt man nichts anderes als Belehrungen zu hören. Tanja, Täubchen, bring das doch, bitte, in Ordnung. Mir gehorcht ja doch niemand, man lacht bloß, wenn ich etwas sage … Tanja, lass uns, bitte, gehen, es ist ja gleich sechs Uhr, und in einer Stunde soll der Christbaum angezündet werden …«

Erst in diesem Jahre war es Tina gestattet worden, beim Anputzen des Baumes zugegen zu sein. Noch im Jahr zuvor hatte man sie um diese Zeit mit der noch jüngeren Schwester Katja und mit ihren Altersgenossinnen im Kinderzimmer eingeschlossen und ihr dabei weisgemacht, im Saal sei gar kein Tannenbaum, sondern es kämen »nur die Parkettbohner«. Darum war es verständlich, dass Tina sich jetzt, da sie so außergewöhnliche Vorrechte erhalten hatte, die sie mit den älteren Schwestern gewissermaßen auf eine Stufe stellten, mehr aufregte als alle anderen und für zehn herumlief und herumwirtschaftete, dabei jede Minute irgendwem zwischen die Beine geriet und den allgemeinen Trubel, der an Feiertagen gewöhnlich im Rudnew'schen Hause herrschte, bis zum Äußersten steigerte.

Die Familie Rudnew war eine der sorglosesten, geselligsten und lebhaftesten Moskaus, eine von denen, die von alters her in der Umgebung von Presnja und Konjuschniki wohnen und einstmals Moskau seinen Ruf als gastfreundliche Stadt verschafft haben. Das Haus der Rudnews – ein baufälliges altes Haus aus der Zeit vor Jekaterina, mit Löwen vor dem Tor, einem weiten Einfahrtshof und massiven weißen Säulen am Haupteingang – wimmelte das ganze Jahr über von Menschen, vom frühen Morgen bis in die späte Nacht hinein. Ohne jede vorherige Benachrichtigung, »als Überraschung«, kamen Gäste von benachbarten

Gütern angefahren, weitläufige Verwandte, die noch niemand je gesehen und von deren Existenz man bis dahin nicht das Geringste geahnt hatte, und blieben monatelang. Zu Arkascha und Mitja kamen dutzendweise Kameraden und Freunde und wechselten mit den Jahren nur ihre Hülle: Anfangs waren es Gymnasiasten und Kadetten, dann Junker und Studenten und schließlich Offiziere oder elegante Stutzer und übertrieben ernsthaft aussehende Rechtsanwaltsgehilfen. Die Mädchen bekamen ständig Besuch von Freundinnen aller möglichen Altersstufen, angefangen mit Katjas Altersgefährtinnen, die ihre Puppen mitbrachten, und endend mit Lydias Freundinnen, die über Marx und das Agrarsystem sprachen und mit ihr zusammen an höheren Frauenkursen teilzunehmen beabsichtigten. Wenn sich an Fest- und Feiertagen diese fröhliche, übermütige Jugend in dem großen Rudnew'schen Hause versammelte, bildete sich eine Atmosphäre von naiver, poetischer und ausgelassener Verliebtheit.

Solche Festtage waren Tage der vollkommenen Anarchie, was die Dienstboten regelmäßig zur Verzweiflung brachte. Jede zeitliche Ordnung, die, wie es sich gehörte, durch Tee, Frühstück, Mittagessen und Nachtmahl bestimmt war, geriet dann zu einem geräuschvollen und unordentlichen Durcheinander. Sobald die einen ihr Mittagessen beendeten, schickten sich die anderen erst an, ihren Morgentee zu trinken, und die Dritten waren den ganzen Tag nicht aufzufinden: Sie hatten sich auf der Eisbahn im Zoologischen Garten verloren, ausgestattet mit einem Berg von Butterbroten. Der Tisch wurde niemals abgeräumt, und das Büfett blieb offen vom Morgen bis zum Abend. Nichtsdestotrotz passierte es, dass die Jugend, wenn sie nach dem Eislaufen oder nach Schlittenfahrten Hunger verspürte, zu ganz ungewöhnlichen Tageszeiten eine Abordnung in die Küche zu Akinfytsch schickte, mit der Bitte, er möge »irgendetwas Schmackhaftes« zubereiten. Akinfytsch, ein alter Trunkenbold, aber großer Kenner auf seinem Gebiet, sträubte sich gewöhnlich erst lange und schimpfte auf die Abordnung, bis diese sich auf spitzfindige Schmeicheleien verlegte: Wirklich gute Köche, sagte man, seien in Moskau nicht mehr zu finden, und nur bei den alten habe sich noch der unantastbare Respekt vor der Heiligkeit der kulinarischen Kunst erhalten, und so weiter … Es pflegte damit zu enden, dass Akinfytsch, an seiner empfindlichsten Stelle gekitzelt, kapitulierte und, indem er die Schärfe seiner Messer am Daumen prüfte, mit gespielter Strenge sagte:

»Na, also schön … genug mit dem Gesinge … wie viele seid ihr dort, ihr Dohlen?«

Irina Alexejewna Rudnewa – die Hausfrau – verließ fast niemals ihre Zimmer, außer bei besonders feierlichen offiziellen Gelegenheiten. Sie war eine geborene Fürstin Osnobischin, der letzte Spross des bekannten und reichen Geschlechts, und hatte sich ein für alle Mal die Meinung gebildet, dass die Gesellschaft ihres Mannes und ihrer Kinder doch allzu »mesquin«[1] und »brutal« sei; darum ignorierte sie sie und zerstreute sich durch Visiten beim Erzbischof und in Gesellschaft mit Leuten ihresgleichen, fossilen Nachkommen von Geschlechtern, deren Stammbaum bis ins graue Altertum zurückreichte. Übrigens hatte Irina Alexejewna durchaus nicht aufgehört, auf ihren Gatten eifersüchtig zu sein, hatte dazu wohl auch allen Grund, denn Arkadi Nikolajewitsch war ein in ganz Moskau bekannter Gourmand, Spieler und großzügiger Mäzen der Ballettkunst, und bis heute noch, ungeachtet seiner fünfzig Jahre, hatte er den verdienten Ruf eines Günstlings, Huldigers und Fraueneroberers durchaus nicht eingebüßt. Sogar jetzt war es noch möglich, ihn einen schönen Mann zu nennen, wenn er, zehn Minuten nach Vorstellungsbeginn alle Aufmerksamkeit auf sich ziehend, den Zuschauerraum des

---

1 frz.: armselig

Großen Theaters betrat – elegant, selbstbewusst und das rassige, leicht angegraute Haupt, das seine stattliche Figur krönte, stolz erhoben.

Arkadi Nikolajewitsch ließ sich selten daheim blicken, weil er stets im Englischen Klub speiste und an den Abenden ebendorthin fuhr, um Karten zu spielen, wenn es im Theater nicht gerade ein interessantes Ballett gab. In seiner Eigenschaft als Familienoberhaupt beschäftigte er sich ausschließlich damit, bald diese, bald jene Liegenschaft wieder und wieder zu verpfänden, ohne Rücksicht auf die Zukunft und mit der Unbekümmertheit eines vom Schicksal verhätschelten Grandseigneurs. Gewöhnt, vom Morgen bis zum Abend in der großen Welt zu verkehren, liebte er es, wenn es auch bei ihm zu Hause geräuschvoll und lebhaft zuging. Von Zeit zu Zeit gefiel er sich darin, der Jugend durch irgendein unerwartetes Amüsement eine Überraschung zu bereiten und selbst daran teilzunehmen. Das geschah meist am Tage nach einem großen Spielgewinn im Klub.

»Junge Republikaner«, sagte er dann beim Betreten des Gastzimmers mit strahlend frischem Aussehen und bezauberndem Lächeln, »es scheint, ihr schlaft bald alle ein bei euren ernsten Gesprächen. Wer will mit mir in die Stadt fahren? Draußen ist es herrlich: Sonne, Schnee und Frost. Die an Zahn- und Weltschmerz Leidenden bitte ich, unter der Aufsicht unserer ehrwürdigen Olimpiada Sawitschna zu Hause zu bleiben.«

Man schickte wegen der Trojka zu Etschkin, jagte Hals über Kopf zum Twerski-Stadttor, speiste zu Mittag im »Mauretania« oder »Strelna« und kehrte spät am Abend zurück, zum größten Missvergnügen von Irina Alexejewna, die sich von diesen »Eskapaden in einem schlechten Ton« angewidert fühlte. Aber die jungen Leute amüsierten sich nirgendwo so toll wie bei diesen »Eskapaden« unter der Anführung von Arkadi Nikolajewitsch.

Regen Anteil nahm Arkadi Nikolajewitsch alle Jahre

auch an der Weihnachtsbescherung. Dieses Fest der Kinder bereitete ihm aus irgendeinem Grunde ein eigentümliches Wohlbehagen. Keiner der Hausgenossen verstand sich besser als er darauf, für jeden ein passendes Geschenk auszudenken, und darum beriefen sich die älteren Kinder in schwierigen Fällen auf seine Erfindungsgabe.

»Papa, nun, was sollen wir Kolja Radomski schenken?«, fragten die Töchter Arkadi Nikolajewitsch. »Er ist schon so groß, besucht die oberste Klasse des Gymnasiums … Man kann ihm kein Spielzeug mehr schenken.«

»Warum denn auch ein Spielzeug?«, erwiderte Arkadi Nikolajewitsch. »Am besten kauft man für ihn ein hübsches Zigarettenetui. Der Jüngling wird sich durch ein so solides Geschenk geschmeichelt fühlen. Jetzt kriegt man sehr hübsche Zigarettenetuis bei Lukutin. Und, beiläufig gesagt, gebt diesem Kolja zu verstehen, dass er sich nicht zu genieren braucht, in meiner Gegenwart zu rauchen. Vorhin erst, als ich ins Besuchszimmer trat, versteckte er seine Zigarette im Ärmel.«

Arkadi Nikolajewitsch hatte es gern, wenn die Weihnachtsbescherung besonders schön ausfiel, und stets lud er dazu das Rjabow-Orchester ein. Aber in diesem Jahre[2] hatte es mit der Musik gleich eine ganze Reihe fataler Missverständnisse gegeben. Nach Rjabow hatte man aus irgendeinem Grund erst sehr spät geschickt; sein Orchester, das er an den Feiertagen zu dritteln pflegte, erwies sich als schon vergeben. Der Maestro aber hatte aufgrund seiner langen Bekanntschaft mit dem Hause Rudnew versprochen, die Angelegenheit dennoch irgendwie zu arrangieren, in der

---

2 Die Geschehnisse unserer Erzählung trugen sich im Jahre 1885 zu. Beiläufig sei erwähnt, dass die Fabel auf wirklichen Tatsachen beruht, die dem Autor in Moskau von einem guten Bekannten der Familie, die in der Erzählung den frei erfundenen Namen Rudnew trägt, zugetragen wurden.

Hoffnung, dass man in irgendeinem anderen Hause die Weihnachtsfeier auf einen anderen Tag verlegen würde. Doch infolge unbekannter Ursachen zog er die Antwort hinaus, und als man sich anschickte, sich anderswo umzusehen, da war in ganz Moskau kein einziges Orchester mehr aufzutreiben. Arkadi Nikolajewitsch war darüber in Zorn geraten und hatte befohlen, einen guten Klavierspieler ausfindig zu machen. Aber wem er diesen Auftrag erteilt hatte, dessen erinnerte er sich jetzt selbst nicht mehr. Dieser Jemand hatte wahrscheinlich den erhaltenen Auftrag auf einen anderen abgewälzt, dieser andere auf einen Dritten, nachdem er wie gewöhnlich den Sinn verdreht hatte, und der Dritte hatte ihn schließlich in dem allgemeinen Durcheinander gänzlich vergessen …

Unterdessen hatte es die hitzige Tina glücklich fertiggebracht, das ganze Haus in Aufregung zu versetzen. Die würdige Haushälterin, die dicke, gutmütige Olimpiada Sawitschna gab auch wirklich zu, dass der gnädige Herr sie beauftragt habe, sich um einen Klavierspieler zu kümmern, falls keine Musik einträfe, und dass sie ebendamals darüber mit dem Kammerdiener Luka gesprochen habe. Luka seinerseits redete sich darauf hinaus, dass es seine Sache sei, Arkadi Nikolajewitsch zu bedienen, nicht aber in der Stadt nach einem Klavierspieler zu suchen. Auf den Lärm hin kam aus den Zimmern der Fräulein das Stubenmädchen Dunjascha herbeigelaufen, eine lebhafte und wie eine Äffin behände, kokette und schwatzhafte Person, die es für ihre Pflicht hielt, sich in jeden unangenehmen Vorfall unbedingt einzumischen. Obgleich niemand sie gefragt hatte, beteuerte sie nachdrücklich, dass Gott sie auf der Stelle strafen möge, wenn sie auch nur ganz entfernt etwas von dem Klavierspieler gehört hätte. Das Ende dieser heillosen Verwirrung wäre ungewiss, wenn nicht Tatjana Arkadjewna zu Hilfe gekommen wäre, eine üppige, fröhliche Blondine, die wegen ihres ausgeglichenen Charakters und erstaunlichen

Geschicks, alle internen Zwistigkeiten zu schlichten, von der ganzen Dienerschaft vergöttert wurde.

»Mit einem Wort, so werden wir bis morgen zu keinem Ergebnis gelangen«, sagte sie mit ihrer ruhigen Stimme, die, wie die Arkadi Nikolajewitschs, leicht spöttisch klang. »Wie dem auch sei, Dunjascha wird sich sofort aufmachen, einen Klavierspieler zu suchen. Einstweilen wirst du dich ankleiden, Dunjascha, ich werde dir indessen aus der Zeitung Adressen herausschreiben. Du wirst dir Mühe geben, einen in der Nähe ausfindig zu machen, um die Weihnachtsfeier nicht aufzuhalten, weil schon in dieser Minute die Gäste vorzufahren beginnen. Geld für eine Droschke lass dir von Olimpiada Sawitschna geben …«

Sie hatte kaum Zeit gehabt, dies zu sagen, als die Klingel an der Vorzimmertür laut schellte. Tina, schnell wie der Wind, war hingelaufen, einer ganzen Schar von Kindern entgegen, die lächelnd eintraten und den Geruch der Winterluft mit sich brachten, der stark und gesund ist wie der Duft frischer Äpfel. Es stellte sich heraus, dass zwei große Familien – die Lykows und die Maslowskis – einander begegnet waren, als sie gleichzeitig vor dem Tor vorfuhren. Das Vorzimmer war auf einmal erfüllt von Reden, Lachen, Füßegetrappel und dem Schmatzen von Küssen.

Fast ununterbrochen ertönte ein Klingeln nach dem andern. Immer neue und neue Gäste kamen angefahren. Die Fräulein Rudnew hatten kaum Zeit, sie zu empfangen. Die Erwachsenen bat man ins Besuchszimmer, die Kleinen führte man mit Hinterlist ins Kinder- und ins Speisezimmer, um sie dort einzuschließen. Im Saal waren die Lichter noch nicht angezündet. Ein Riesentannenbaum, dessen fantastische Konturen sich schwach im Halbdunkel abzeichneten, stand in der Mitte und erfüllte den Raum mit seinem harzigen Duft. Hier und da blitzte die das Licht der Straßenlaterne reflektierende Vergoldung der Ketten, Nüsse und Pappsachen matt an ihm auf.

Dunjascha war immer noch nicht zurückgekehrt, und Tina, so unruhig wie Quecksilber, glühte vor Aufregung. Zehnmal lief sie zu Tanja, zog sie beiseite und wisperte:

»Tanja, Täubchen. Was werden wir jetzt anfangen?«

Selbst Tanja begann sich Gedanken zu machen; sie wandte sich ihrer älteren Schwester zu und sagte halblaut:

»Ich bin mit meinem Latein auch am Ende. Man müsste Tante Sonja bitten, etwas zu spielen, und dann selbst für sie irgendwie in die Bresche springen.«

»Danke ergebenst«, widersprach Lydia höhnisch. »Tante Sonja wird uns dann das ganze Jahr über mit ihren Gefälligkeiten belästigen. Und du selber spielst so gut, dass es schon besser ist, ganz ohne Musik zu tanzen.«

In dieser Minute kam Luka in seinen sämischledernen Schuhen unhörbar auf Tanja zu. »Gnädiges Fräulein, Dunjascha bittet Sie, für eine Sekunde zu ihr hinauszukommen.«

»Nun, wie steht's? Hat sie jemanden mitgebracht?«, fragten alle drei Schwestern wie aus einem Munde.

»Bitte, meine Herrschaften, geruhen Sie selber zu sehen«, antwortete ausweichend Luka. »Sie sind im Vorzimmer … Nur bezweifle ich … Bitte schön!«

Im Vorzimmer stand Dunjascha, die den schneeverklumpten Pelz noch nicht abgelegt hatte. Hinter ihr machte sich in einer dunklen Ecke eine kleine Gestalt zu schaffen, die ihren Kopf aus einer gelben Kapuze herausschälte.

»Schelten Sie mich nur nicht, gnädiges Fräulein!«, flüsterte Dunjascha, indem sie sich bis ganz dicht an Tanjas Ohr vorbeugte. »Gott soll mich strafen! An fünf Stellen war ich, und nicht einen einzigen Klavierspieler konnte ich auftreiben. Schließlich gabelte ich diesen Jungen auf, aber ich bin selber nicht sicher, ob er was taugt. Straf mich Gott! Nur er allein war noch übrig. Er schwört hoch und heilig, dass er auf Soireen und Hochzeiten gespielt hat, aber kann ich's denn wissen?«

Unterdessen erwies sich die kleine Gestalt, nachdem sie sich von Kapuze und Mantel befreit hatte, als ein blasser, sehr hagerer Knabe in der abgetragenen Uniform eines Realschülers. Da er begriff, dass von ihm die Rede war, drückte er sich in einer sehr linkischen, abwartenden Haltung in seine Ecke und wagte nicht, näher zu treten. Tanja beschloss, indem sie ihn verstohlen beobachtete, dass dieser Knabe recht schüchtern, blass und empfindlich sei. Sein Gesicht war nicht schön, aber ausdrucksvoll und hatte sehr feine Züge; ein paar lockige, dunkle Haarsträhnen, die sich zu beiden Seiten der hohen Stirn zu »Nestern« ringelten, verliehen ihm etwas Naives, aber die großen grauen Augen – viel zu groß für dieses hagere Kindergesicht – blickten klug, streng und ganz unkindlich ernst in die Welt. Auf den ersten Blick hätte man den Knaben auf elf bis zwölf Jahre geschätzt.

Nicht weniger verlegen als er, machte Tatjana ein paar Schritte auf ihn zu und fragte ihn etwas unschlüssig:

»Sie sagen, Sie haben schon auf Soireen gespielt?«

»Ja, das habe ich«, antwortete er mit einer Stimme, die von Frost und Schüchternheit ein bisschen heiser war. »Für Sie klingt das vielleicht unwahrscheinlich, weil ich so klein bin ...«

»Ach nein, ganz und gar nicht. Sie werden wohl dreizehn Jahre alt sein ...«

»Vierzehn.«

»Das ist natürlich ganz gleich, aber ich fürchte, dass es Ihnen sehr schwerfallen wird, wenn Sie es nicht gewohnt sind.«

Der Junge hüstelte.

»O nein, machen Sie sich deswegen keine Sorgen ... Ich bin es bereits gewohnt. Ich habe schon ganze Abende hindurch spielen müssen, fast ohne Unterbrechung ...«

Tanja blickte fragend ihre ältere Schwester an. Lydia Arkadjewna, die sich durch ihre seltsame Herzlosigkeit gegen alles Bedrückte, Untergebene und Demütige auszeichnete, fragte mit gewohnt verachtungsvoller Miene:

»Können Sie Quadrille spielen, junger Mann?«

Der Knabe neigte seinen Oberkörper vor, als wollte er sich verbeugen.

»Ja, kann ich.«

»Und Walzer auch?«

»Jawohl.«

»Und vielleicht auch Polka?«

Der Knabe errötete plötzlich heftig, antwortete aber zurückhaltend:

»Gewiss, Polka auch.«

»Und Lancier?«, fuhr Lydia fort, ihn zu reizen. »*Laissez donc, Lydie, vous êtes impossible*«[3], bemerkte Tatjana Arkadjewna streng.

Die großen Augen des Knaben blitzten zornig und spöttisch auf. Sogar das gespannte Linkische seiner Haltung verschwand.

»Wenn Sie nichts dagegen haben«, wandte er sich bestimmt an Lydia, »so spiele ich, außer Polkas und Quadrillen, alle Sonaten von Beethoven, Walzer von Chopin und Rhapsodien von Liszt.«

»Das kann ich mir schon vorstellen!«, sagte Lydia spöttisch, durch diese Antwort gekränkt. Der Junge richtete seine Augen auf Tanja, in der er instinktiv seine Verteidigerin erriet, und jetzt nahmen diese ungeheuer großen Augen einen flehenden Ausdruck an.

»Bitte, ich bitte Sie, gestatten Sie mir, irgendetwas vorzuspielen …«

Die feinfühlige Tanja begriff, welch eine wunde Stelle Lydia bei dem empfindlichen Knaben berührt hatte, und er tat ihr leid. Tina aber begann auf der Stelle, zu hüpfen und

---

3 »Hören Sie auf, Lydia, Sie sind unmöglich!« (französisch)

in die Hände zu klatschen, vor Freude darüber, dass diese widerliche, stolze Lydia einen Nasenstüber erhalten würde.

»Natürlich, Tanja, natürlich! Lass ihn vorspielen!«, bat sie die Schwester inständig, und plötzlich packte sie mit dem ihr eigenen Ungestüm den kleinen Klavierspieler an der Hand und zog ihn in den Saal, wobei sie wiederholte: »Sie werden vorspielen, und sie wird mit langer Nase dastehen …«

Das unerwartete Erscheinen Tinas, die den verlegen lächelnden Realschüler hinter sich herzog, rief allgemeines Befremden hervor. Die Erwachsenen gingen, einer nach dem andern, hinüber in den Saal, wo Tina, nachdem sie den Knaben auf dem verstellbaren Sessel hatte Platz nehmen lassen, an dem prachtvollen Schröder'schen Pianoforte die Kerzen anzündete.

Der Realschüler nahm auf gut Glück eins der dicken, in Chagrinleder gebundenen Notenalben und schlug es auf. Darauf wandte er sich zur Tür, in der Lydia stand und sich in ihrem weißen Atlaskleid scharf gegen den schwarzen Hintergrund abhob, und fragte: »Sind Sie mit der Ungarischen Rhapsodie Nr. 2 von Franz Liszt einverstanden?«

Lydia schob verächtlich ihre Unterlippe vor und schwieg. Der Knabe legte behutsam die Hände auf die Tastatur, schloss für einen Moment die Augen, und unter seinen Fingern erklangen die feierlichen, majestätischen Anfangsakkorde der Rhapsodie. Es war seltsam, zuzusehen und zu hören, wie dieses kleine Menschenkind, dessen Kopf kaum hinter dem Notenpult hervorlugte, dem Instrument so mächtige, kühne und volle Klänge entlockte. Und sein Gesicht, als hätte es sich mit einem Schlage verändert, hellte sich auf und wurde fast schön. Die blassen Lippen öffneten sich etwas, die Augen weiteten sich noch mehr und glänzten tief und feucht. Der Saal hatte sich allmählich mit Zuhörern gefüllt. Sogar Arkadi Nikolajewitsch, der Musik liebte und sich darauf verstand, kam aus seinem Arbeitszimmer. Er stellte sich neben Tatjana und fragte sie leise ins Ohr: »Wo habt ihr diesen Knirps hergeholt?«

»Das ist der Klavierspieler des heutigen Abends«, antwortete Tatjana Arkadjewna leise. »Nicht wahr, er spielt ausgezeichnet.«

»Der Klavierspieler? Dieser Kleine? Wirklich?«, verwunderte sich Rudnew. »Hör doch, was für ein Meister! Aber es wäre ja gewissenlos, ihn zu zwingen, zum Tanz aufzuspielen.«

Als Tatjana dem Vater erzählte, was sich im Vorzimmer ereignet hatte, schüttelte Arkadi Nikolajewitsch den Kopf.

»Ja, so ist's … Man darf doch den Kleinen nicht kränken. Mag er spielen! Aber dann werden wir uns irgendetwas ausdenken.«

Als der Schüler die Rhapsodie beendet hatte, klatschte Arkadi Nikolajewitsch als Erster in die Hände. Auch die anderen schickten sich an, zu applaudieren. Der Knabe rutschte von seinem hohen Sessel herunter, rot im Gesicht und aufgeregt. Mit den Augen suchte er Lydia, die aber war schon nicht mehr im Saal.

»Sie spielen herrlich, mein Lieber! Sie haben uns ein großes Vergnügen verschafft!«, sagte, freundlich lächelnd, Arkadi Nikolajewitsch, indem er zu dem kleinen Musikanten hintrat und ihm die Hand entgegenstreckte. »Nur, ich fürchte … ich weiß nicht, wie ich Sie nennen soll …«

»Asagarow, Juri Asagarow.«

»Ich habe Angst, mein lieber Juri, es könnte Ihnen schaden, den ganzen Abend zu spielen. Also, wissen Sie, genieren Sie sich nicht und sagen Sie, wenn Sie müde werden. Bei uns hier findet sich schon jemand, der auf dem Klavier klimpern kann. So, und nun spielen Sie uns einmal irgendeinen Marsch!«

Unter den lauten Klängen des Marsches aus *Faust* wurden eilig die Kerzen am Weihnachtsbaum angezündet. Dann öffnete Arkadi Nikolajewitsch eigenhändig die Tür zum Speisezimmer, wo die Kinderschar, ganz verdutzt durch das helle Licht und die auf sie einstürmende Musik, wie versteinert dastand, naiv, verwundert und in komischen Posen. Anfangs schüchtern, traten sie, eins nach dem anderen, in den Saal und gingen mit ehrfürchtiger Neugier um den Tannenbaum herum, indem sie ihre lieben Mäuler emporreckten.

Doch nach ein paar Minuten, als die Geschenke schon verteilt waren, war der Saal mit unvorstellbarem Lärm, mit Gequietsche und Gequieke und mit glücklichem, schallendem Kinderlachen erfüllt. Die Kinder waren wie trunken vom Kerzenglanz des Weihnachtsbaumes, vom Harzduft, von der schmetternden Musik und den herrlichen Geschenken. Den Älteren wollte es nicht gelingen, sie zu einem Reigen um den Christbaum zu sammeln, weil bald das eine, bald das andere aus dem Kreis ausbrach und zu seinen Spielsachen lief, die es irgendwem zur vorübergehenden Aufbewahrung anvertraut hatte.

Nach der Aufmerksamkeit, die ihr Vater dem kleinen Asagarow hatte zukommen lassen, beschloss Tina, den Jungen unter ihren Schutz zu nehmen, und wandte sich nun mit ihrem freundlichsten Lächeln an ihn:

»Bitte, spielen Sie uns eine Polka!«

Asagarow begann zu spielen, und vor seinen Augen drehten sich weiße, blaue und rote Kleidchen, kurze Röckchen, unter denen weiße Spitzenhöschen hervorlugten, und Blond- und Schwarzköpfchen mit Mützen aus Seidenpapier. Während er spielte, lauschte er dem gleichmäßigen Scharren der vielen Füßchen zum Takt seiner Musik, als ihn plötzlich eine sich durch den ganzen Saal ausbreitende Aufregung veranlasste, den Kopf zur Eingangstür umzudrehen.

Ohne mit dem Spielen aufzuhören, sah er, wie ein betagter Herr den Saal betrat. Wie durch einen Zauber hefteten sich alle Augenpaare auf ihn. Der Ankömmling war mittelgroß und von ziemlich breiter Statur, aber nicht dick. Er bewegte sich mit einer solchen Eleganz, mit so unfassbar lässiger und dabei doch majestätischer Schlichtheit, wie sie nur weltgewandten Männern eigen ist. Man merkte sogleich, dass dieser Mann sich in einem kleinen Besuchszimmer ebenso frei fühlte wie vor einer tausendköpfigen Menge und in den Sälen eines Königspalastes. Das Auffälligste an ihm war sein Antlitz – eines jener Gesichter, die sich einem auf den ersten Blick für immer ins Gedächtnis einprägen: Eine hohe, eckige Stirn war von strengen, fast zornigen Falten durchfurcht; die tief in ihren Höhlen liegenden Augen blickten schwer, müde und unzufrieden hinter den herabhängenden Lidern hervor; die schmalen Lippen waren energisch und fest aufeinandergepresst und deuteten auf einen eisernen Willen im Charakter des Unbekannten, und der kräftig und hart sich vorschiebende Unterkiefer drückte etwas Herrisches und Beharrliches aus. Dieser allgemeine Eindruck wurde durch das dichte, nachlässig zurückgebürstete Haar vollendet, das diesem charakteristischen, stolzen Kopf etwas Löwenhaftes verlieh …

Juri Asagarow zog im Geiste den Schluss, dass der Neuankömmling ein sehr bedeutender Herr sein müsse, weil sogar die prüden alten Damen ihn voller Hochachtung anlächelten, als er in Begleitung des strahlenden Arkadi Nikolajewitsch den Saal betrat. Nachdem er ein paar allgemeine Verbeugungen gemacht hatte, ging der Unbekannte mit Rudnew in dessen Arbeitszimmer, und Juri hörte noch, wie er im Gehen zu dem Hausherrn, der ihn um irgendetwas bat, sagte:

»Bitte, mein allerwertester Arkadi Nikolajewitsch, bedrängen Sie mich nicht mit Ihren Bitten. Sie wissen ja, wie schwer es mir fällt, Sie durch eine Absage zu betrüben …«

»Wenigstens etwas, Anton Grigorjewitsch. Und für mich und die Kinder wird es für immer ein historisches Ereignis sein«, fuhr der Hausherr zu bitten fort.

Gerade jetzt forderte man Juri auf, einen Walzer zu spielen, und er hörte darum nicht, was der, den man Anton Grigorjewitsch nannte, antwortete. Er spielte der Reihe nach Walzer, Polkas und Quadrillen, aber das majestätische Gesicht des unbekannten Gastes wollte ihm nicht aus dem Sinn gehen. Umso erstaunter war er, ja, erschrocken, als er jemandes Blick auf sich ruhen fühlte; und als er sich nach rechts umdrehte, gewahrte er, dass Anton Grigorjewitsch ihn teilnahmslos und mit ungeduldiger Miene betrachtete und dabei auf das hörte, was ihm Rudnew ins Ohr flüsterte.

Juri begriff, dass von ihm die Rede war, und er wandte sich mit einer Bestürzung von ihnen ab, die einem furchtbaren Schrecken sehr nahe kam.

Aber gerade da, in ebendieser Minute (so schien es ihm im Nachhinein, bereits als Erwachsener, wenn er seine damaligen Empfindungen überprüfte), schlug Anton Grigorjewitschs kühle, gebieterische Stimme an sein Ohr:

»Spielen Sie, bitte, noch einmal die Rhapsodie Nr. 2!«

Er fing an zu spielen, erst schüchtern und unsicher und weit schlechter als beim ersten Mal; doch allmählich kehrten Mut und Begeisterung zurück. Die Anwesenheit jenes herrischen, ungewöhnlichen Menschen erfüllte auch seine Seele aus irgendeinem Grund plötzlich mit künstlerischer Erregung und verlieh seinen Fingern eine außerordentliche Geschmeidigkeit und Folgsamkeit. Er selbst spürte, dass er noch nie in seinem Leben so gut gespielt hatte wie diesmal und wahrscheinlich auch nicht so bald wieder so spielen würde.

Juri sah nicht, wie sich Anton Grigorjewitschs finstere Miene erhellte und wie nach und nach der strenge Ausdruck von seinen Lippen wich; als er aber unter allgemeinem Beifall geendet hatte und sich nach jener Seite umwandte, konnte er diesen fesselnden, merkwürdigen Menschen nirgends mehr erblicken. Dafür trat mit vielsagendem Lächeln und geheimnisvoll emporgezogenen Brauen Arkadi Nikolajewitsch Rudnew auf ihn zu.

»Also, mein lieber Asagarow«, sagte, fast flüsternd, Arkadi Nikolajewitsch, »nehmen Sie diesen Briefumschlag, stecken Sie ihn in die Tasche und verlieren Sie ihn ja nicht – es ist Geld darin. Und Sie selber gehen sofort ins Vorzimmer hinaus und ziehen sich an. Anton Grigorjewitsch wird Sie fahren …«

»Aber ich kann doch noch den ganzen Abend lang spielen«, wollte der Knabe sagen.

»Pst!« Rudnew schloss die Augen. »Haben Sie ihn wirklich nicht erkannt? Haben Sie wirklich nicht erraten, wer er ist?«

Verlegen sperrte Juri seine großen Augen immer weiter auf. Wer konnte er denn sein, dieser ungewöhnliche Mensch?

»Mein Lieber, das war Rubinstein. Begreifen Sie? Anton Grigorjewitsch Rubinstein! Und ich, mein Teuerster, ich beglückwünsche Sie und freue mich, dass Ihnen bei der Weihnachtsbescherung in meinem Hause ganz zufällig so ein Geschenk zuteil geworden ist. Er interessiert sich für Ihr Spiel …«

Der Schüler in der schäbigen Uniform ist heute bereits in ganz Russland bekannt als einer der talentiertesten Komponisten, der ungewöhnliche Gast aber ist längst für immer dahingegangen, um sich von seinem stürmischen Leben auszuruhen, dem Leben eines Märtyrers und Triumphators. Aber niemals und niemandem hat Asagarow jemals offenbart, welche heiligen Worte sein großer Lehrer ihm in jener frostigen Weihnachtsnacht anvertraute, als er mit ihm im Schlitten nach Hause fuhr.

LEONID ANDREJEW

Der kleine Engel

1

Manchmal wollte Saschka einfach nicht mehr tun, was man als leben bezeichnet: sich nicht mehr morgens mit kaltem Wasser waschen, in dem dünne Eisstückchen schwimmen, nicht mehr ins Gymnasium gehen und zuhören müssen, wie ihn alle ausschimpfen, nicht mehr länger die Schmerzen im Kreuz und im ganzen Körper spüren, wenn ihn die Mutter den ganzen Abend knien lässt. Aber weil er erst dreizehn Jahre alt war und nicht wusste, wie man aufhören könnte zu leben, wenn man es möchte, besuchte er weiter das Gymnasium und kniete auch weiterhin, und ihm war, als werde das Leben niemals ein Ende nehmen. Ein Jahr wird vergehen und noch eins, und noch eins, und er wird ewig ins Gymnasium gehen und zu Hause knien. Und da Saschka eine widerspenstige und mutige Seele besaß, konnte er dem Bösen nicht ruhig zusehen und rächte sich am Leben: Er verprügelte die Klassenkameraden, sagte den Vorgesetzten Grobheiten, zerfetzte die Lehrbücher und belog den ganzen Tag über die Lehrer oder die Mutter, nur den Vater belog er nicht. Als man ihm bei einer Schlägerei die Nase verletzte, zerkratzte er sie absichtlich noch mehr und brüllte, ohne eine Träne zu vergießen, so laut, dass sich alle unangenehm berührt fühlten, die Stirn runzelten und sich die Ohren zuhielten. Wenn er genug gebrüllt hatte, verstummte er schlagartig, streckte die Zunge heraus und zeichnete in seinem Schulheft eine Karikatur auf sich selbst, wie er brüllt, auf den Klassenaufseher, wie er sich die Ohren zuhält, und auf den angstschlotternden Sieger. Das ganze Heft war voll von Karikaturen, und am häufigsten wiederholte sich folgendes Bild: Eine dicke, untersetzte Frau verdrischt mit einer Nudelrolle einen streichholzdünnen Jungen. Darunter stand in großen, unregelmäßigen schwarzen Buchstaben geschrieben: »Entschuldige dich, du Hundesohn«, und die Antwort: »Nie und nimmer, und wenn du platzt.« Vor Weihnachten jagte man Saschka aus dem Gymnasium, und als ihn die Mutter verprügeln wollte, biss er sie in den Finger. Nun war er frei, und er hörte auf, sich früh zu waschen, stromerte den ganzen Tag mit anderen Kindern herum und verdrosch sie; das Einzige, was er fürchtete, war der Hunger, weil ihm die Mutter überhaupt nichts mehr zu essen gab, nur der Vater stibitzte für ihn heimlich einen Kanten Brot und Kartoffeln. Unter diesen Umständen schien Saschka ein Weiterleben durchaus möglich.

Am Freitag vor dem Heiligen Abend hatte Saschka mit den Kindern gespielt, bis sie nach Hause gingen und sich die rostige, frostklamme Gartentür knarrend hinter dem Letzten geschlossen hatte. Es dunkelte bereits, und von den Feldern, wo die Sackgasse endete, wälzte sich grauer Schneenebel heran; in einem niedrigen schwarzen Gebäude, das quer zur Straße stand, hatte man am Tor ein rötliches, ruhig brennendes Licht angezündet. Der Frost wurde stärker, und als Saschka in den Lichtkreis der Laterne trat, bemerkte er trockene Schneeflocken, die langsam in der Luft schwebten. Er musste nach Hause.

»Wo treibst du dich die halbe Nacht herum, du Hundesohn!«, schrie ihn die Mutter an, drohte mit der Faust, doch sie schlug nicht zu. Ihre Ärmel waren hochgekrempelt und entblößten weiße, dicke Arme, und auf ihrem flachen Gesicht ohne jegliche Augenbrauen standen Schweißtropfen. Als Saschka an ihr vorbeiging, spürte er den üblichen Schnapsgeruch. Die Mutter kratzte sich mit dem kurzen, schmutzigen Nagel des dicken Zeigefingers den Kopf, und weil sie nicht dazu kam zu schimpfen, spuckte sie nur aus und schrie: »Heda, Statistiker, hab dir was zu sagen!«

Saschka schniefte nur verächtlich und verschwand hinter dem Verschlag, wo das schwere Atmen des Vaters Iwan Sawwitsch zu hören war. Er fror ununterbrochen und suchte sich zu erwärmen, indem er auf der glühenden Ofenbank saß, die Hände, mit den Handflächen nach unten, unter den Körper geschoben.

»Saschka! Die Swetschnikows haben dich zum Heiligen Abend eingeladen. Das Dienstmädchen war da«, flüsterte er.

»Schwindelst du auch nicht?«, fragte Saschka ungläubig.

»Bei Gott. Diese Hexe da nebenan sagt absichtlich nichts, aber sie hat schon deine Jacke zurechtgelegt.«

»Und du schwindelst wirklich nicht?« Saschka konnte sich nicht genug wundern.

Die steinreichen Swetschnikows, die ihn auf das Gymnasium geschickt hatten, wollten ihn doch nach seinem Schulausschluss überhaupt nicht mehr sehen. Der Vater schwor noch einmal hoch und heilig, und Saschka begann zu überlegen.

»Rück ein Stück, hast dich ganz schön breitgemacht!«, sagte er zum Vater, sprang auf die kurze Ofenbank und fügte hinzu: »Zu diesen Teufeln geh ich nicht. Sie werden sich noch mehr aufblasen, wenn ich zu ihnen komme. Verdorbener Lausebengel«, sagte er gedehnt durch die Nase. »Dabei sind sie selber ganz schöne Fieslinge, mit ihren feisten Fressen.«

»Ach Saschka, Saschka!« Der Vater kauerte sich vor Kälte zusammen. »Du bringst dich noch um Kopf und Kragen.«

»Und du? Hast du dich auch um Kopf und Kragen gebracht?«, erwiderte Saschka grob. »Solltest lieber den Mund halten: hast Angst vor einem Weib. Maulheld!«

Der Vater saß stumm da und fröstelte. Schwaches Licht drang oben durch den breiten Spalt, wo der Verschlag nicht bis zur Decke reichte, und legte sich als heller Fleck auf seine hohe Stirn, unter der sich tiefe schwarze Augenhöhlen abzeichneten. Iwan Sawwitsch hatte einst tüchtig getrunken, und damals fürchtete und hasste ihn seine Frau. Doch als er dann Blut zu spucken begann und aufhören musste mit Trinken, fing sie damit an und gewöhnte sich nach und nach an den Schnaps. Und sie rächte sich für alles, was ihr der hochgewachsene, schmalbrüstige Mann angetan hatte, der unbegreifliches Zeug daherredete, wegen Aufsässigkeit und Trunksucht aus dem Dienst gejagt wurde und ebenso langhaarige hochmütige Randalierer angeschleppt brachte, wie er selber einer war. Im Gegensatz zu ihrem Mann wurde sie gesünder und kräftiger, je mehr sie trank, und ihre Fäuste wurden immer schwerer. Jetzt sagte sie, was sie wollte, holte sich Männer und Frauen, wie sie wollte, und sang lauthals mit ihnen fröhliche Lieder. Er aber lag stumm hinter dem Verschlag, ständig fröstelnd, und dachte über die Ungerechtigkeit und die Schrecken des menschlichen Daseins nach. Und mit wem Iwan Sawwitschs Frau auch sprach, stets beklagte sie sich darüber, dass sie auf der ganzen Welt keine ärgeren Feinde habe als ihren Mann und ihren Sohn: beide seien hochmütig und »Statistiker«.

Nach einer Stunde sagte die Mutter zu Saschka: »Und ich sage dir, du gehst!« Bei jedem Wort schlug Feoktista Petrowna auf den Tisch, sodass die abgewaschenen Gläser hochsprangen und klirrend aneinanderstießen.

»Und ich sage dir, ich gehe nicht!«, antwortete Saschka kaltblütig, und seine Mundwinkel zuckten, als wollte er die Zähne fletschen. Im Gymnasium hatte man ihn wegen dieser Angewohnheit als Wolf bezeichnet.

»Ich schlage dich windelweich!«, schrie die Mutter.

»Tu's doch!«

Feoktista Petrowna wusste, dass sie den Sohn, der sie schon einmal gebissen hatte, nicht mehr verprügeln konnte, und wenn sie ihn auf die Straße jagte, würde er sich herumtreiben und eher erfrieren, als zu den Swetschnikows zu gehen; also berief sie sich auf die Autorität ihres Mannes.

»Das nennt sich Vater und kann die Mutter nicht einmal vor Beleidigungen bewahren.«

»Wirklich, Sanka, du solltest hingehen, was sträubst du dich denn?«, kam es von der Ofenbank. »Vielleicht bringen sie dich wieder unter. Es sind doch wirklich gute Leute.«

Saschka stieß ein verächtliches Lachen aus. Der Vater war vor langem, noch vor Saschkas Geburt, Hauslehrer bei den Swetschnikows gewesen, und seit der Zeit war er der Meinung, es seien die besten Menschen der Welt. Damals arbeitete er noch als Statistiker in der Semstwoverwaltung und rührte keinen Tropfen an. Der Bruch erfolgte, als er die von ihm schwangere Tochter seiner Wohnungsvermieterin heiratete, zu trinken begann und so herunterkam, dass man ihn betrunken in der Gosse auflas und aufs Polizeirevier brachte. Doch die Swetschnikows unterstützten ihn weiterhin finanziell, und Feoktista Petrowna, obwohl sie sie hasste, ebenso wie die Bücher und alles, was mit der Vergangenheit ihres Mannes zusammenhing, war stolz auf die Bekanntschaft und prahlte damit.

»Vielleicht bringst du auch mir etwas vom Christbaum mit«, fuhr der Vater fort.

Es war eine List, und Saschka durchschaute sie und verachtete den Vater wegen seiner Schwäche und der Lüge, aber er wollte dem kranken und bedauernswerten Mann tatsächlich gern etwas mitbringen; schon lange hatte er keinen guten Tabak mehr.

»Na, meinetwegen!«, brummte er. »Gib mir schon die Jacke. Hast du die Knöpfe angenäht? Ich kenn dich ja schließlich!«

2

Die Kinder wurden noch nicht in den Saal gelassen, wo die Weihnachtstanne stand, und so saßen sie im Kinderzimmer und schnatterten. Saschka hörte mit verächtlicher Herablassung ihrem naiven Geschwätz zu und tastete in der Hosentasche nach den Zigaretten, die er aus dem Arbeitszimmer des Hausherrn hatte stibitzen können, die aber inzwischen zerbrochen waren. Da kam Kolja, der Jüngste der Swetschnikows, auf ihn zu und blieb reglos und mit erstauntem Gesicht vor ihm stehen, die Fußspitzen nach innen gekehrt und den Finger im Mundwinkel. Vor sechs Monaten hatte er sich nach beständigen Ermahnungen von der Unsitte getrennt, den Finger in den Mund zu stecken, aber völlig auf diese Geste verzichten konnte er noch nicht. Er hatte weißblondes Haar, das an der Stirn kurz geschnitten war, aber sonst lockig bis auf die Schultern fiel; dem ganzen Aussehen nach gehörte er zu der Kategorie von Kindern, auf die es Saschka besonders abgesehen hatte.

»Bist du der undankbare Junge?«, fragte er Saschka. »Meine Miss hat es mir gesagt. Ich dagegen bin ein artiges Kind.«

»Umso besser!«, sagte Saschka und betrachtete Koljas Samthöschen und den großen Umlegekragen.

»Möchtest du das Gewehr? Da!« Und er streckte ihm ein Gewehr entgegen, an dem ein Korken festgebunden war. Saschka spannte die Feder, zielte auf die Nase des ahnungslosen Kolja und drückte ab. Der Korken prallte gegen Koljas Nase, sprang ab und baumelte am Faden. Koljas himmelblaue Augen wurden noch größer und füllten sich mit Tränen. Der Finger wanderte vom Mund zu der rot angelaufenen Nase. Kolja blinzelte heftig mit den Wimpern und flüsterte: »Du bist böse, ein böser Junge.«

Eine junge, schöne Frau mit glatt zurückgekämmtem Haar, das die Ohren fast verdeckte, trat ein. Es war die Schwester der Hausfrau, die Saschkas Vater einst unterrichtet hatte.

»Dieser hier ist es«, sagte sie und zeigte Saschka einem glatzköpfigen Herrn, der sie begleitete. »Mach einen Diener, Sascha, man darf nicht so unhöflich sein.«

Doch Saschka machte weder vor ihr noch vor dem glatzköpfigen Herrn einen Diener. Die schöne Dame ahnte nicht, dass er so manches wusste. Er wusste, dass sein bedauernswerter Vater sie geliebt, sie aber einen anderen geheiratet hatte, und obwohl das geschah, nachdem Vater selbst schon verheiratet war, konnte Saschka ihr die Untreue nicht verzeihen.

»Ach, dieser unvernünftige Junge«, seufzte Sofja Michailowna, »Platon Michailowitsch, können Sie ihn nicht irgendwo unterbringen? Mein Mann meint, eine Berufsschule wäre für ihn besser geeignet als das Gymnasium. Sascha, möchtest du auf eine Berufsschule gehen?«

»Nein«, antwortete Saschka kurz angebunden, als er die Worte »mein Mann« hörte.

»Was dann, Freundchen, möchtest du etwa Schafe hüten?«, fragte der Herr.

»Ganz bestimmt nicht.« Saschka war beleidigt.

»Also, was möchtest du dann?«

Saschka wusste nicht, was er wollte.

»Ist mir egal« – und nach kurzem Nachdenken: »meinetwegen auch Schafe hüten.«

Der glatzköpfige Herr musterte den sonderbaren Knaben befremdet. Als seine Augen von den geflickten Schuhen zu Saschkas Gesicht wanderten, steckte ihm dieser, für eine Sekunde, die Zunge heraus, sodass Sofja Dmitrijewna gar nichts bemerkte und die Erregung des älteren Herrn für sie völlig unverständlich war.

»Ich gehe natürlich auch gern auf die Berufsschule«, lenkte Saschka bescheiden ein.

Die schöne Dame war hocherfreut und dachte seufzend darüber nach, welche Macht doch eine alte Liebe über die Menschen besitzt.

»Es wird sich wohl kaum eine freie Stelle finden«, bemerkte der bejahrte Herr reserviert, ohne Saschka anzublicken, und fuhr sich über die Härchen im Nacken. »Aber wir wollen mal sehen.«

Die Kinder waren aufgeregt und lärmten, sie warteten voll Ungeduld auf den Weihnachtsbaum. Das Beispiel mit dem Gewehr, das Saschka Respekt vor seinem Mut und den Ruf eines ausgekochten Lausebengels eingebracht hatte, fand Nachahmer, und etliche Stupsnäschen waren schon gerötet. Die Mädchen pressten beide Hände an die Brust und bogen sich vor Lachen, wenn ihre Verehrer, voll Verachtung gegenüber Angst und Schmerz, aber mit böse gerunzelter Stirn, einen Schuss mit dem Korken abbekamen. Doch da plötzlich öffnete sich die Tür, und eine Stimme sagte: »Kommt herein, Kinder! Aber leise, leise!«

Mit aufgerissenen Augen und angehaltenem Atem betraten die Kinder artig, paarweise, den hellerleuchteten Saal und gingen still um den funkelnden Tannenbaum herum. Er warf sein schattenloses, strahlendes Licht auf ihre Gesichter mit den kugelrunden Augen und Mündern. Eine Minute lang herrschte die Stille einer tiefen Verzauberung, auf die ein ganzer Chor von Bewunderungsrufen folgte. Eines der Mädchen konnte sich vor Begeisterung nicht fassen und hüpfte unentwegt und stumm auf ein und demselbem Fleck; das kleine Zöpfchen mit einer eingeflochtenen blauen Schleife wippte auf ihren Schultern. Saschka war finster und traurig – in seinem kleinen verletzten Herzen ging etwas Unschönes vor sich. Die Weihnachtstanne blendete ihn mit ihrer Schönheit und dem aufdringlichen Glanz der unzähligen Kerzen, aber sie war ihm fremd und feindlich, ebenso wie die sich rings um ihn drängenden sauberen, herausgeputzten Kinder, und er wollte dem Baum einen Stoß versetzen, damit er auf all die hellen Köpfchen fiele. Ihm war, als fassten eiserne Hände nach seinem Herzen und pressten aus ihm den letzten Blutstropfen heraus.

Saschka versteckte sich hinter dem Klavier in einem entfernten Winkel, zerkrümelte gedankenlos die letzten Zigaretten in der Hosentasche und dachte darüber nach, dass er zwar Vater, Mutter und ein Zuhause hatte, ihm aber dennoch so war, als könne er nirgendwohin gehen. Er versuchte an das Federmesser zu denken, das er sich vor kurzem eingetauscht hatte und an dem er sehr hing, aber das Messerchen war inzwischen dünn und stumpf und hatte nur noch einen halben, gelbgewordenen beinernen Griff. Morgen würde er es zerbrechen, und dann hatte er überhaupt nichts mehr.

Plötzlich aber leuchteten Saschkas schmale Augen erstaunt auf, und sein Gesicht nahm augenblicklich den gewohnten Ausdruck von Draufgängertum und Forschheit an. Auf der ihm zugewandten Seite der Weihnachtstanne, die schwächer beleuchtet war und die Kehrseite darstellte, erblickte er, was er im Bild seines Lebens bisher vermisst hatte und ohne das es ringsum so leer war, als seien die ihn umgebenden Menschen gar nicht lebendig. Es war ein kleiner Wachsengel, der nachlässig im dichten Gestrüpp der dunklen Zweige aufgehängt war und durch die Luft zu schweben schien. Seine durchsichtigen libellenartigen Flügelchen bebten von dem Licht, das auf sie fiel, und er wirkte so lebendig, als wolle er gleich wegfliegen. Die rosigen kleinen Hände mit den kunstvoll gekneteten Fingerchen waren himmelwärts gestreckt, und ihnen nach reckte sich das Köpfchen, mit blonden Haaren wie auf Koljas Kopf. Aber er hatte etwas, das Koljas Gesicht und all den anderen Gesichtern und Dingen fehlte. Das Gesicht des kleinen Engels strahlte weder vor Freude, noch war es von Traurigkeit umflort; es trug vielmehr den Stempel eines anderen Gefühls, das sich weder in Worte noch in Gedanken fassen lässt, sondern nur einem verwandten Empfinden verständlich ist. Saschka war sich nicht bewusst, welche geheime Kraft ihn zu dem kleinen Engel zog, aber er spürte, dass er ihn schon immer gekannt und geliebt hatte, ja dass er ihn mehr liebte als das Federmesser, mehr als den Vater und mehr als alles Übrige. Voller Erstaunen, Unruhe und unbegreiflichem Glück faltete er die Hände auf der Brust und flüsterte: »Du lieber, lieber kleiner Engel!«

Und je aufmerksamer er ihn betrachtete, desto bedeutsamer, ausdrucksvoller wurde der kleine Engel. Er war unendlich fern und ähnelte nichts von dem, was ihn umgab. Die andern Spielsachen schienen stolz darauf zu sein, dass sie, aufgeputzt und schöngemacht, an dieser strahlenden Weihnachtstanne hingen, der kleine Engel aber war bekümmert und fürchtete das aufdringliche Licht, und er versteckte sich absichtlich in dem dunklen Grün, damit ihn keiner sähe. Es wäre unsinnig und grausam gewesen, seine zarten Flügelchen zu berühren.

»Du lieber, lieber Engel«, flüsterte Saschka.

Sein Kopf brannte. Er legte die Hände auf den Rücken, und fest entschlossen, für den Engel auf Leben und Tod zu kämpfen, bewegte er sich vorsichtig wie ein Dieb; er vermied es, den Engel anzuschauen, um nicht die Aufmerksamkeit der anderen auf ihn zu lenken, aber er fühlte, dass er noch nicht weggeflogen, dass er noch da war. In der Tür erschien die Hausherrin – eine stattliche große Dame mit einer hellen Aureole grauer hochgesteckter Haare. Die Kinder umringten sie voller Entzücken, nur das kleine Mädchen, das vor Begeisterung auf einem Fleck gehopst war, hing ermüdet an ihrem Arm und blinzelte mit den verschlafenen Äuglein. Auch Saschka trat auf sie zu. Die Kehle war ihm wie zugeschnürt.

»Tante, he du, Tante«, sagte er, bemüht, freundlich zu sprechen, aber es klang noch gröber als sonst. »Tantchen!«

Sie hörte ihn nicht, und Saschka zupfte sie ungeduldig am Kleid.

»Was willst du? Warum zupfst du mich am Kleid?«, fragte die grauhaarige Dame verwundert. »Das gehört sich nicht.«

»Tantchen, ich möchte nur ein einziges Stück vom Tannenbaum – den kleinen Engel.«

»Das geht nicht«, antwortete sie gleichgültig. »Die Sachen werden erst zu Neujahr vom Weihnachtsbaum abgenommen. Und du bist kein kleines Kind mehr und kannst mich ruhig Maria Dmitrijewna nennen.«

Saschka war es, als fiele er in einen Abgrund, und er griff nach dem letzten Strohhalm.

»Ich sehe meine Schuld ein. Ich will wieder zur Schule gehen«, sagte er abrupt.

Aber dieser Satz, der die Lehrer stets versöhnte, zeigte bei der grauhaarigen Dame keinerlei Wirkung.

»Das ist recht von dir, mein Lieber«, sagte sie ebenso gleichgültig.

Da sagte Saschka grob: »Gib mir den Engel.«

»Das geht doch nicht!«, antwortete sie. »Begreifst du das nicht?«

Aber Saschka begriff nichts, und als sich die Dame dem Ausgang zuwandte, folgte ihr Saschka und schaute verständnislos auf ihr schwarzes raschelndes Kleid. In seinem fieberhaft arbeitenden Hirn blitzte die Erinnerung auf, wie ein Mitschüler den Lehrer einmal gebeten hatte, ihm noch eine Drei zu geben, und als der ablehnte, vor ihm auf die Knie gefallen war, die Hände gefaltet und losgeheult hatte. Der Lehrer war böse geworden, aber er gab ihm die Drei. Damals hatte Saschka die Episode in einer Karikatur verewigt, jetzt blieb ihm keine andere Wahl. Er zupfte die Tante am Kleid, und als sie sich umdrehte, fiel er mit lautem Aufprall auf die Knie und faltete die Hände. Weinen aber konnte er nicht.

»Du bist wohl übergeschnappt!«, rief die grauhaarige Dame und sah sich um; zum Glück war niemand in der Nähe. »Was hast du denn?«

Immer noch kniend und die Hände gefaltet, schaute Saschka sie hasserfüllt an und verlangte grob: »Gib mir den Engel!«

Saschkas Augen, die die grauhaarige Dame durchbohrten und ihr die Worte vom Mund reißen wollten, waren so böse, dass die Hausherrin eiligst versicherte: »Ja, ja, du bekommst ihn ja. Was bist du doch für ein dummer Junge. Natürlich bekommst du, worum du mich bittest, aber warum willst du denn nicht bis Neujahr warten? Na, steh schon auf! Und knie nie wieder vor einem Menschen nieder«, sagte sie belehrend, »das ist entwürdigend. Knien darf man nur vor Gott.«

Rede du nur, dachte Saschka, versuchte die Tante zu überholen und trat ihr dabei aufs Kleid.

Als sie das Spielzeug abnahm, starrte Saschka es unverwandt an, zog die Nase schmerzhaft kraus und spreizte die Finger. Ihm schien, die große Dame würde den kleinen Engel zerbrechen.

»Ein schöner Engel«, sagte sie, und ihr tat das hübsche und offensichtlich teure Spielzeug leid. »Wer mag es hierher gehängt haben? Sag mal, wozu brauchst du es? Du bist doch schon ein so großer Junge, was willst du damit? Dort liegen Bücher, mit Bildern darin. Den Engel habe ich Kolja versprochen, er hat mich so darum gebeten«, log sie.

Saschka litt unerträgliche Qualen. Krampfhaft biss er die Zähne zusammen, es war, als knirschte er sogar damit. Die grauhaarige Dame fürchtete nichts so sehr wie eine Szene, und deshalb streckte sie Saschka ganz langsam den Engel hin.

»Hier, nimm, na, nimm schon!«, sagte sie unwirsch. »Was für ein Dickkopf!«

Saschkas Hände, mit denen er nach dem Engel griff, waren fest und gespannt wie zwei Stahlfedern, zugleich aber weich und behutsam, dass der Engel annehmen konnte, er fliege durch die Luft.

»Aach!«, entrang sich ein langer, ersterbender Seufzer Saschkas Brust, und in seinen Augen glitzerten zwei helle Tränen, unbeweglich und das Licht nicht gewohnt. Langsam führte er den Engel an seine Brust, ohne dabei seine leuchtenden Augen von der Hausherrin zu wenden, und er lächelte still und sanft, erstarrt in einem Gefühl überirdischer Freude. Wenn die hauchzarten Flügel des kleinen Engels seine eingefallene Brust berührten, dann, so schien es ihm, würde etwas Freudiges und Lichtes geschehen, wie es das auf der traurigen, sündigen und leidenden Erde noch nie gegeben hatte.

»Aach«, erklang noch einmal der ersterbende Seufzer, als die Flügelchen des Engels Saschkas Brust berührten. Vor dem Strahlen seines Gesichts erlosch selbst der unsinnig herausgeputzte, aufdringlich leuchtende Tannenbaum – die grauhaarige, stattliche Dame lächelte erfreut, das vertrocknete Gesicht des kahlköpfigen Herrn zuckte, und das lebhafte Geschwätz der Kinder verstummte, weil ein Hauch menschlichen Glücks sie berührte. Und in diesem kurzen Augenblick bemerkten alle eine rätselhafte Ähnlichkeit zwischen dem tollpatschigen Gymnasiasten in dem viel zu kleinen Anzug und dem Gesicht des kleinen Engels, das die Hand eines unbekannten Künstlers beseelt hatte.

Doch schon im nächsten Augenblick änderte sich das Bild abrupt. Saschka krümmte sich zusammen, wie ein Panther, der zum Sprung ansetzt, und ließ seinen finsteren Blick über die Anwesenden gleiten, um den herauszufinden, der es wagen würde, ihm den Engel wegzunehmen.

»Ich geh nach Hause«, sagte er dumpf und bahnte sich einen Weg durch die Menge. »Zu meinem Vater.«

3

Die Mutter schlief, erschöpft von der Tagesarbeit und von dem Schnaps, den sie getrunken hatte. In dem kleinen Raum hinter dem Verschlag brannte auf dem Tisch eine Küchenlampe, deren schwaches gelbliches Licht nur mühsam durch das verrußte Glas drang und merkwürdige Schatten auf Saschkas und des Vaters Gesicht warf.

»Ist er nicht schön?«, fragte Saschka flüsternd.

Er hielt den kleinen Engel in einiger Entfernung und ließ den Vater ihn nicht anfassen.

»Ja, er hat etwas ganz Besonderes«, flüsterte der Vater und betrachtete das Spielzeug nachdenklich.

Sein Gesicht drückte die gleiche konzentrierte Aufmerksamkeit und Freude aus wie das von Saschka.

»Schau nur«, fuhr der Vater fort, »gleich wird er fliegen.«

»Hab ich schon gesehen«, antwortete Saschka überheblich. »Meinst du, ich bin blind? Sieh nur auf die Flügel. Ksch, nicht anrühren!«

Der Vater zog die Hand zurück, und mit verschleiertem Blick studierte er den kleinen Engel in allen Einzelheiten, bis Saschka belehrend flüsterte: »Was für eine grässliche Angewohnheit du hast, alles anzufassen. Du kannst ihn doch zerbrechen!«

An der Wand zeichneten sich die verzerrten und reglosen Schatten zweier gebeugter Köpfe ab: eines großen, zerzausten und eines kleinen, rundlichen. In dem großen Kopf vollzog sich etwas Merkwürdiges, Qualvolles, zugleich aber Freudiges. Die Augen betrachteten unverwandt den kleinen Engel, und unter diesem starren Blick wurde er größer und heller, und seine Flügel begannen lautlos zu zittern und zu beben, während alles ringsumher – die rußige Balkenwand, der schmutzige Tisch, Saschka – zu einer gleichmäßigen grauen Masse verschmolz, ohne Schatten und ohne Licht. Und dem gescheiterten Menschen schien es, als höre er eine mitleidige Stimme aus jener wunderschönen Welt, in der er einst gelebt und aus der man ihn vertrieben hatte. Dort wusste man nichts von Schmutz und trostlosem Gezeter, vom bedrückenden, grausam-blinden Kampf egoistischer Wesen; von den Qualen eines Menschen, den man lachend in der Gosse aufliest und der von den groben Händen der Wächter verprügelt wird. Dort war es sauber, fröhlich und hell, und all das Reine war in der Seele jenes weiblichen

Wesens verkörpert, das er mehr als das Leben liebte und das er verloren hatte, während ihm sein nutzloses Leben geblieben war. Zu dem Wachsgeruch, den das Spielzeug ausströmte, mischte sich ein unfassbarer Duft, und dem gescheiterten Menschen war, als berührten den Engel ihre lieben Finger, die er nacheinander hätte küssen mögen, so lange, bis ihm der Tod für immer die Lippen schließen würde. Daher war dieses Spielzeug auch so wunderschön, daher hatte es etwas Besonderes, Anziehendes, das sich nicht in Worte fassen ließ. Der kleine Engel war vom Himmel herabgekommen, wo ihre Seele weilte, und brachte einen Lichtstrahl in die feuchte, rauchige Kammer und in die finstere Seele des Mannes, der alles verloren hatte: Liebe, Glück und das Leben.

Wie die Augen des Vaters, der am Ende seines Lebens stand, leuchteten die Augen des Knaben, der gerade zu leben begann, und liebkosten den kleinen Engel. Für beide verschwanden Gegenwart und Zukunft: der ewig traurige, bedauernswerte Vater und die grobe, unausstehliche Mutter, und das schwarze Meer von Kränkungen, Grausamkeiten, Erniedrigungen und Gehässigkeit. Unklar und verschwommen waren Saschkas Träume, aber umso stärker erregten sie seine aufgewühlte Seele. All das Gute, das über der Welt leuchtete, den Schmerz und die Hoffnung der sich nach Gott sehnenden Seele, nahm der kleine Engel in sich auf, und daher erstrahlte er in einem so milden göttlichen Licht, daher zitterten seine durchsichtigen Libellenflügel in einem so lautlosen Beben.

Vater und Sohn sahen einander nicht; auf unterschiedliche Weise litten, weinten und freuten sich ihre kranken Seelen, aber etwas in ihrem Gefühl ließ ihre Herzen miteinander verschmelzen und den unüberbrückbar scheinenden Abgrund überwinden, der den einen Menschen vom anderen trennt und ihn so einsam, unglücklich und schwach macht. Unwillkürlich legte der Vater seinen Arm um den

Hals des Sohnes, und der ließ ebenso unwillkürlich den Kopf an dessen schwindsüchtige Brust sinken.

»Hat *sie* ihn dir gegeben?«, flüsterte der Vater, ohne die Augen von dem kleinen Engel zu wenden.

»Wer denn sonst? Natürlich sie.«

Der Vater schwieg, und auch Saschka verstummte. Im Nebenraum knarrte und krächzte etwas, verstummte für einen Augenblick, und dann schlug die Uhr behänd und eilig: eins, zwei, drei.

»Saschka, träumst du manchmal?«, fragte der Vater nachdenklich.

»Nein«, gestand der. »Oder doch, einmal habe ich geträumt, ich bin vom Dach gefallen. Wir sind den Tauben hinterhergeklettert, und ich bin runtergeflogen.«

»Ich träume unentwegt. Wunderschöne Träume. Man träumt alles, was gewesen ist, man liebt und leidet wie in wachem Zustand …«

Wieder verstummte er, und Saschka fühlte, wie der Arm, der um seinen Hals lag, zu zittern begann. Immer heftiger wurde das Zittern und Zucken, und in der hellhörigen Stille der Nacht erklang plötzlich das klägliche Aufschluchzen eines unterdrückten Weinens. Saschka zog heftig die Augenbrauen zusammen und wischte sich behutsam, damit der schwere, bebende Arm nichts spürte, eine Träne fort. Es war schon ein merkwürdiger Anblick, dieser große alte Mann, der weinte.

»Ach Sascha, Sascha!«, schluchzte der Vater. »Warum nur ist das alles so?«

»Nicht doch, was soll denn das?«, flüsterte Saschka streng. »Heult wie ein kleines Kind.«

»Ich weine ja gar nicht, ich weine nicht …«, entschuldigte sich der Vater mit einem kläglichen Lächeln.

»Warum nur, warum?«

Feoktista Petrowna drehte sich in ihrem Bett um. Sie seufzte und murmelte laut und mit einer merkwürdigen

Beharrlichkeit: »Halt den Sack fest, halt ihn fest, so halt ihn doch fest …«

Sie mussten schlafen gehen, vorher aber für den kleinen Engel einen Platz für die Nacht finden. Ihn auf die Erde legen war unmöglich; also wurde er an einem Faden an die Ofenröhre gehängt, wo er sich deutlich von den weißen Kacheln abhob. So konnten ihn beide sehen – Saschka und der Vater. Eilig warf der Vater die Lumpen, auf denen er zu schlafen pflegte, in die Ecke, zog sich geschwind aus und legte sich auf den Rücken, um möglichst schnell wieder den Engel anschauen zu können.

»Warum ziehst du dich denn nicht aus?«, fragte er Saschka, wickelte sich frierend in eine zerschlissene Decke und zupfte den Mantel über den Beinen zurecht.

»Lohnt sich nicht. Ich stehe doch bald wieder auf.«

Saschka wollte hinzufügen, dass er überhaupt nicht schlafen wolle, aber noch ehe er es gesagt hatte, war er schon eingeschlafen, so schnell, als wäre er bis auf den Grund eines tiefen, reißenden Flusses gestürzt. Bald darauf schlief auch der Vater ein. Friede und Ruhe lagen auf dem erschöpften Gesicht des Mannes, der sein Leben zu Ende gelebt hatte, und auf dem frischen Gesicht des Jungen, der gerade am Beginn seines Lebens stand.

Der kleine Engel aber, der am heißen Ofen hing, fing an zu schmelzen. Die Lampe, die Saschka unbedingt hatte brennen lassen wollen, erfüllte den Raum mit Petroleumgestank, und durch das verrußte Fenster fiel trauriges Licht auf das Bild der langsamen Zerstörung. Der kleine Engel schien zu beben. Über seine rosigen Beine rollten dicke Wachstropfen und fielen auf die Ofenbank. In den Petroleumgeruch mischte sich der Geruch von geschmolzenem Wachs. Der Engel zuckte mit den Flügeln, als wollte er davonfliegen, dann stürzte er mit leichtem Aufklatschen auf die heiße Ofenplatte. Eine neugierige Küchenschabe krabbelte um die zerfließende Wachsmasse, kletterte auf die hauchdünnen Libellenflügel, zuckte mit den Fühlern und kroch eiligst weiter.

Durch das verhangene Fenster fiel das bläuliche Licht des anbrechenden Tages, und draußen klapperte der verfrorene Wasserträger mit der eisernen Schöpfkelle.

MICHAIL SOSTSCHENKO

Brennholz

Und ich denke immer wieder an das eine
heilige Wort − Brennholz.
ALEXANDER BLOK

Dieser wahre Vorfall ereignete sich am Weihnachtstag. Die
Zeitungen vermeldeten in kleiner Schrift in der Rubrik
mit den Vorkommnissen, dass der Vorfall sich da und da und
zu dem und dem Zeitpunkt ereignet habe. Ich aber bin ein
neugieriger Mensch. Ich begnügte mich nicht mit der kargen Zeitungsnotiz.

Ich lief geschwind zum Ort des Geschehens, fand den
Urheber des Vorfalls, schlich mich in sein Vertrauen ein und
bat ihn, die ganze Geschichte ausführlicher zu erzählen.

Und bei einer Flasche Bier ward mir die ganze Geschichte
erzählt.

Der Leser ist ein misstrauisches Wesen. Er denkt: Wie virtuos dieser Mensch doch lügt.

Aber ich lüge nicht, Leser. Ich kann dir auch jetzt in deine
klaren Augen sehen, lieber Leser, und sagen: »Ich lüge nicht.«
Und überhaupt, ich lüge nie und versuche auch beim Schreiben immer, nichts hinzuzudichten. Ich zeichne mich nicht
durch Fantasie aus. Und mag es deshalb auch nicht, meine
kostbare Lebenskraft an irgendwelche belanglosen Hirngespinste zu vergeuden. Ich weiß, lieber Leser, dass das Leben
weitaus wichtiger ist als die Literatur.

Belieben Sie also diese Geschichte anzuhören, die fast eine
Weihnachtsgeschichte ist.

»Brennholz«, sagte mein Gesprächspartner, »ist was Wertvolles. Vor allem, wenn Schnee fällt und der Frost zwackt, dann gibt es nichts Besseres auf Erden als Brennholz. Brennholz kann man sogar zum Geburtstag schenken.

Ich habe Lisaweta Ignatjewna, meiner Schwägerin, zum Geburtstag ein Bündel Brennholz geschenkt. Pjotr Semjonytsch aber, ihr Mann, der ein aufbrausender Hitzkopf ist, hat mir am Ende der Feier mit einem Holzscheit eins übergezogen, der Hundesohn.

›Wir befinden uns nicht im Jahr 1919‹, sagt er, ›als dass man Brennholz zum Geburtstag schenken könnte.‹

Aber meine Meinung in Bezug auf Brennholz habe ich trotzdem nicht geändert. Brennholz – das ist was Wertvolles und Heiliges. Selbst wenn du auf der Straße, sagen wir, an einem Zaun vorbeikommst und die Kälte so richtig kneift, dann fängst du unwillkürlich an, den Holzzaun unter die Lupe zu nehmen. Und ein Brennholzdieb, das ist eine besondere Spezies. Taschendiebe sind dagegen kleine Fische. Ein Brennholzdieb ist verwegen. Und nie ertappst du ihn auf frischer Tat.

Wir haben den Dieb durch Zufall gefasst.

Das Brennholz war bei uns im Hof aufgeschichtet. Und dieses Gemeinschaftsholz kam uns allmählich abhanden. Jeden Tag fehlten drei, vier Scheite. Serjoga Pjostrikow aus der Vier hat sich am meisten aufgespielt.

›Leute, wir müssen Wache schieben‹, sagt er, ›sonst kriegen wir den Dieb nie zu fassen.‹

Alle waren einverstanden. Wir fingen an, Wache zu schieben. Immer abwechselnd schieben wir Wache, aber das Brennholz kommt weiter abhanden.

Es vergeht ein Monat. Da kommt mein Neffe Mischka Wlassow zu Besuch. ›Onkel, Sie wissen ja, ich bin im Verband der Chemiker. Und Ihnen als Verwandtem kann ich spottbillig eine Stange Dynamit besorgen. Deponieren Sie die Stange in einem Holzscheit und warten Sie ab. Wir Petrosawodsker‹, sagt er, ›machen das bei uns im Hause ständig so, und die Diebe haben Angst davor und hüten sich zu stehlen. Ein prächtiges Mittel‹, sagt er.

›Bring es her, du Satansbraten‹, sage ich. ›Das machen wir gleich heute.‹

Und er bringt es. Ich höhlte schön ein Holzscheit aus und steckte die Stange hinein. Verschloss das Loch mit einem Stückchen Holz. Und warf das Scheit lässig auf den Brennholzstapel. Und warte, was passiert.

Abends gab es im Haus eine Explosion. Die Leute bekamen einen fürchterlichen Schreck, denken, der Teufel was ist passiert, ich aber weiß, was Sache ist. Und die Sache ist – das Dynamit ist in der Vier explodiert, im Ofen von Serjoga Pjostrikow.

Ich sagte wegen alldem nichts weiter zu Serjoga Pjostrikow, warf nur einen betrübten Blick auf sein Schurkengesicht, die verwüstete Wohnung, den Haufen Ziegelsteine anstelle des Ofens und die zerborstenen Türen – und ging schweigend wieder.

Es gab einen Toten. Serjogas Untermieter, der Invalide Gussew, ist vor Schreck gestorben. Ihm ist ein Ziegel auf die Birne geknallt.

Serjoga Pjostrikow und seine ehrenwerte Frau Mama leben bis heute inmitten der Trümmer.

Und gleich im neuen Jahr kommen sie mit der ganzen Familie wegen des Diebstahls und des abhandengekommenen Brennholzes vor Gericht.

Nur eins kränkt und ärgert mich, dass nämlich Mischka Wlassow, dieser Hundesohn, alle Lorbeeren jetzt allein einstreichen will.

Aber ich werde vor Gericht sagen, was sind denn seine Lorbeeren, werde ich sagen, wenn ich sowohl den Holzscheit ausgehöhlt als auch das Dynamit hineingesteckt habe? Soll das Gericht die Lorbeeren verteilen.«

VLADIMIR NABOKOV

Eine Weihnachtserzählung

Es trat Schweigen ein. Anton Golyi, unbarmherzig von der Lampe beleuchtet, dickgesichtig, in einem Russenhemd unter dem schwarzen Jackett, den Kopf beschämt und gespannt gesenkt, begann, die Blätter seines Manuskripts zu sammeln, die er beim Vorlesen hingelegt hatte, wie es gerade gekommen war. Sein Betreuer, der Kritiker von der *Roten Jawa,* klopfte mit dem Blick auf den Boden an seine Taschen, weil er Streichhölzer suchte. Der Schriftsteller Nowodworzew schwieg ebenfalls, aber sein Schweigen war anders – es war ehrwürdig. Mit einem großen Kneifer unter einer ungewöhnlich hohen Stirn, mit zwei Strähnchen schütterer, über den kahlen Kopf gezogener dunkler Haare, die gestriegelten Schläfen angegraut, saß er, die Augen leicht geschlossen, als ob er weiter zuhörte, mit gekreuzten Beinen, eine Hand zwischen dem Knie des einen und der Kniekehle des anderen eingeklemmt. Nicht zum ersten Mal hatte man solche mürrischen, unerfahrenen Schreiber aus den Reihen der Bauern zu ihm gebracht. Und nicht zum ersten Mal dämmerte ihm in ihren unerfahrenen Erzählungen ein – bisher von der Kritik nicht wahrgenommener – Schimmer seines eigenen fünfundzwanzigjährigen Schaffens auf; da sich in der Erzählung Golyis ungeschickt sein eigenes Thema wiederholte, das Thema seiner Erzählung *Grenzen,* die er mit Erregung und Hoffnung geschrieben hatte, die im vergangenen Jahr gedruckt worden war und seinem dauerhaften, aber glanzlosen Ruhm nichts hinzugefügt hatte.

Der Kritiker begann zu rauchen, Golyi stopfte das Manuskript in seine Aktentasche, aber der Hausherr schwieg weiter, nicht, weil er nicht wusste, wie die Erzählung zu beurteilen sei, sondern weil er schüchtern und bange wartete, dass vielleicht der Kritiker die Worte ausspräche, die ihm, Nowodworzew, schwerfielen: Das Thema ist anscheinend von Nowodworzew übernommen. Von Nowodworzew war diesem Typ des schweigenden, uneigennützig seiner Sache ergebenen Arbeiters, der nicht mit seiner Bildung, sondern mit einer inneren, ruhigen Macht einen psychologischen Sieg über den bösen Intelligenzler erringt, Leben eingehaucht worden. Aber der Kritiker, der mit gekrümmtem Rücken auf dem Rand des Ledersofas kauerte wie ein großer trauriger Vogel, schwieg, ohne ihm Hoffnung zu machen.

Nachdem Nowodworzew klargeworden war, dass er die ersehnten Worte nicht zu hören bekommen würde, nachdem er versucht hatte, sich mit dem Gedanken vertraut zu machen, dass man den beginnenden Schriftsteller seinem Urteil anheimstellte und nicht dem von Newerow, nachdem er die Haltung seiner Beine geändert, die andere Hand untergeschoben, sachlich »soso« gesagt und auf die Ader geblickt hatte, die auf der Stirn Golyis anschwoll, begann er leise und flüssig zu sprechen. Er sagte, dass die Erzählung ordentlich gemacht sei, dass man an der Stelle, an der die Bauern auf eigene Kosten mit dem Bau einer Schule begännen, die Kraft des Kollektivs spüre, dass es bei der Beschreibung der Liebe Pjotrs zu Anjuta gewisse Holprigkeiten im Stil gebe, aber man höre den Ruf des Frühlings, den Ruf des gesunden körperlichen Verlangens - und während er sprach, musste er aus irgendeinem Grund die ganze Zeit daran denken, wie er vor kurzem ebenjenem Kritiker einen Brief geschrieben hatte, in dem er daran erinnerte, dass er im Januar auf ein fünfundzwanzigjähriges schriftstellerisches Schaffen zurückblicken könne, aber dass er inständig darum bitte, keine Feier zu seinen Ehren zu veranstalten, da der Union noch weitere Jahre intensiver Arbeit bevorstünden …

»Und der Intelligenzler bei Ihnen ist nicht gelungen«, sagte er. »Man spürt nicht, dass er dem Untergang geweiht ist.«

Aber der Kritiker schwieg. Er war ein knochiger, gebrechlicher, rothaariger Mensch, der angeblich an Schwindsucht litt, wahrscheinlich aber gesund war wie ein Stier. Er hatte in einem Brief geantwortet, dass er diese Entscheidung gutheiße, und dabei war es geblieben. Es musste sich wohl so verhalten, dass er, gewissermaßen als heimliche Entschädigung, Golyi mitgebracht hatte … Und Nowodworzew wurde plötzlich traurig zumute – nicht unangenehm, sondern schlicht traurig –, sodass er stockte und begann, sich mit einem Tuch die Gläser des Kneifers abzuwischen, und seine Augen wurden ganz mild.

Der Kritiker stand auf. »Wohin wollen Sie, es ist noch früh …«, sagte Nowodworzew, stand aber auch auf.

Anton Golyi hüstelte und drückte die Tasche an seine Seite.

»Aus dem wird ganz sicher ein Schriftsteller werden«, sagte der Kritiker gleichgültig, während er im Zimmer auf und ab ging und mit seiner ausgegangenen Zigarette in der Luft herumstocherte. Halblaut mit pfeifendem Ton durch die Zähne vor sich hin säuselnd, beugte er sich über den Schreibtisch, dann blieb er neben dem Regal stehen, auf dem ein solides *Kapital* sein Leben zwischen einem schäbigen Leonid Andrejew und einem namenlosen Buch ohne Rücken fristete; schließlich trat er, immer noch gebeugt, an das Fenster und zog den dunkelblauen Vorhang zur Seite.

»Kommen Sie, kommen Sie!«, sagte Nowodworzew zu Anton Golyi, der sich ruckartig verbeugte und sich dann wacker in die Brust warf. »Schreiben Sie doch noch etwas, bringen Sie es her!«

»Eine Menge Schnee ist gefallen«, sagte der Kritiker, als

er den Vorhang losgelassen hatte. »Heute ist übrigens Heiligabend.«

Er begann, träge nach seinem Mantel und seinem Hut zu suchen. »Zur rechten Zeit ist er gefallen, an diesem Tag, Ihre Bruderschaft hat schnell ihre Weihnachtsfeuilletönchen heruntergeschrieben ...«

»Bei mir war es nicht so«, sagte Nowodworzew.

Der Kritiker brach in Lachen aus. »Egal. Soll er doch eine Weihnachtsgeschichte schreiben. Auf die neue Art.«

Anton Golyi hüstelte in seine Faust. »Und bei uns ...«, begann er mit heiserem Bass und räusperte sich noch einmal.

»Ich meine es ernst«, fuhr der Kritiker fort, während er in den Mantel schlüpfte. »Das kann man meisterlich machen. Danke ... Es ist schon Zeit.«

»Und bei uns«, sagte Anton Golyi, »ist Folgendes passiert. Ein Lehrer. Es kam ihm in den Sinn, für die Feiertage den Kindern einen Tannenbaum aufzubauen. Obendrauf steckte er einen roten Stern.«

»Nein, das passt ganz und gar nicht«, sagte der Kritiker. »In einer kleinen Erzählung wirkt das sehr grob. Man kann es schärfer herausarbeiten. Der Kampf zweier Welten. Alles vor dem Hintergrund des Schnees.«

»Mit Symbolen muss man im Allgemeinen vorsichtig umgehen«, sagte Nowodworzew düster. »Nun, ich habe einen Nachbarn, einen überaus ordentlichen Menschen, einen aktiven Parteimann ... Und doch sagt er Sachen wie ›Golgatha des Proletariats‹ ...«

Als die Gäste gegangen waren, setzte er sich an den Schreibtisch und stützte das Ohr auf seine dicke weiße Hand. Neben dem Tintenfass stand eine Art quadratisches Glas mit drei Federhaltern, die in Kaviarkörnern aus schwarzblauem Glas steckten. Dieses Ding war zehn, fünfzehn Jahre alt – es hatte alle Stürme und Welten überstanden, die um es herum tosten, aber nicht ein einziges gläsernes Körnchen war verlorengegangen. Er zog die Feder heraus, schob ein

Blatt Papier an sich heran, legte noch einige Blätter unter, damit es weich genug zum Schreiben war.

»Aber worüber?«, sagte Nowodworzew laut, schob mit der Hüfte den Stuhl etwas zurück, begann, im Zimmer auf und ab zu gehen. In seinem linken Ohr summte es unerträglich.

»Das hat dieser gemeine Mensch nämlich mit Absicht gesagt«, dachte er, und als wolle er die Schritte wiederholen, die der Kritiker kurz zuvor im Zimmer gemacht hatte, trat er ans Fenster.

»Er erteilt Ratschläge … Dieser höhnische Ton … Wahrscheinlich glaubt er, dass ich nichts Originelles schreiben kann … Und jetzt habe ich mich tatsächlich an eine Weihnachtserzählung gesetzt … Dann wird es ihm selber einfallen: Er kommt eines Tages bei mir vorbei und sagt, so nebenbei: ›Würden Sie, Dmitrij Dmitrijewitsch, den Kampf zwischen dem Alten und dem Neuen vor dem Hintergrund des in Anführungszeichen weihnachtlichen Schnees gestalten? Hätten Sie diese Linie, die Sie in den *Grenzen* so großartig gezogen haben – denken Sie an den Traum Tumanows –, bis zum Ende fortgeführt?‹ Hier ist diese Linie … Und in dieser Nacht wurde das Werk geboren, das …«

Das Fenster ging auf den Hof. Der Mond war nicht zu sehen … nein, nur dort war etwas, wie ein Schein aus einer dunklen Röhre. Im Hof lag Holz aufgeschichtet, bedeckt von einem glitzernden Schneeteppich. In einem Fenster leuchtete ein grüner Lampenschirm, irgendjemand arbeitete an seinem Tisch; wie Perlen glänzten die Kugeln des Rechenbretts. Vom Rande des Dachs fielen plötzlich lautlos einige Schneeklumpen. Und dann wieder Erstarrung.

Er verspürte eine kitzelnde Leere, die bei ihm immer den Wunsch zu schreiben begleitete. In dieser Leere nahm irgendetwas Gestalt an, wuchs. Das Weihnachtsfest, ein neues, besonderes. Dieser alte Schnee und der neue Konflikt …

Hinter der Wand hörte er das vorsichtige Tappen von Schritten. Der Nachbar kam nach Hause, bescheiden, höflich, ein Kommunist bis aufs Knochenmark. Mit dem Gefühl gegenstandsloser Begeisterung, süßer Erwartung setzte sich Nowodworzew erneut an den Tisch. Die Stimmung, die Farben des heranreifenden Werks waren schon in ihm. Er hatte nur noch das Gerüst der Erzählung zu entwerfen – das Thema. Der Tannenbaum – das war es, womit man anfangen musste. Er dachte daran, dass wahrscheinlich in einigen Häusern die Gestrigen, verängstigt, voller Wut, dem Untergang geweiht (so stellte er es sich vor) die heimlich im Wald gefällte Tanne mit Papierchen schmückten. Diesen Flitter gab es jetzt nirgendwo mehr zu kaufen, im Schatten der Isaaks-Kathedrale wurden keine Tannen mehr gestapelt.

Ein weiches, wie in ein Tuch gewickeltes Klopfen. Die Tür öffnete sich einen Spalt weit. Mit ausgesuchter Höflichkeit, ohne den Kopf hereinzustecken, sagte der Nachbar: »Darf ich Sie um ein Federchen bitten? Am besten ein stumpfes, wenn Sie eins haben.« Nowodworzew gab ihm eins.

»Seien Sie bedankt«, sagte der Nachbar und schloss lautlos die Tür.

Diese unbedeutende Unterbrechung schwächte irgendwie das Bild, das schon im Begriff gewesen war, heranzureifen. Er erinnerte sich, dass Tumanow in *Grenzen* die Üppigkeit der früheren Feste beklagt hatte. Schlecht, wenn nur eine Wiederholung herauskäme. Im unpassenden Augenblick kam noch eine andere Erinnerung. Kürzlich, während einer Soiree, sagte irgendeine Dame zu ihrem Mann: »Du hast viel Ähnlichkeit mit Tumanow.« Einige Tage war er sehr glücklich gewesen. Aber dann wurde er mit dieser Dame bekannt gemacht, und es stellte sich heraus, dass Tumanow der Bräutigam ihrer Schwester war. Und das war keineswegs die einzige Täuschung. Ein Kritiker sagte ihm, dass er einen Artikel über die »Tumanowerei« schreiben werde. Es lag etwas unendlich Schmeichelhaftes in diesem neuen Hauptwort. Doch der Kritiker fuhr dann in den Kaukasus, um die georgischen Dichter zu studieren. Und doch gab es etwas Angenehmes. Dieses Register zum Beispiel: Gorki, Nowodworzew, Tschirikow …

In der Autobiographie, die der Gesamtausgabe (sechs Bände, mit Portrait) beigefügt war, hatte er beschrieben, mit welcher Mühe er, der Sohn einfacher Eltern, es in der Welt zu etwas gebracht hatte. In Wirklichkeit war seine Jugend glücklich gewesen …

Gut war dieser Tatendrang, der Glaube, die Erfolge. Vor fünfundzwanzig Jahren war in einer der dicken Zeitschriften seine erste Erzählung erschienen. Korolenko war von ihr sehr angetan gewesen. Er wurde festgenommen. Seinetwegen schloss man eine Zeitung. Seine bürgerlichen Hoffnungen hatten sich erfüllt. Unter den Jungen, unter den Neuen, fühlte er sich leicht, frei. Das neue Leben war seiner Seele von Nutzen, zur rechten Zeit. Sechs Bände. Sein Name bekannt. Aber ein matter Ruhm, ein matter …

Er glitt in Gedanken zurück zum Bild der Tanne – und plötzlich, mir nichts, dir nichts, erinnerte er sich an das Gästezimmer in einem Kaufmannshaus, an ein großes Buch in Goldschrift mit Aufsätzen und Gedichten (zugunsten der Hungernden), das irgendwie mit diesem Haus verbunden war, an die Tanne im Gästezimmer und an die Frau, die er damals liebte, und daran, wie alle Kerzen der Tanne sich mit kristallenem Zittern in ihren weit geöffneten Augen spiegelten, als sie von einem der oberen Zweige eine Mandarine abriss. Das war zwanzig Jahre oder noch länger her – aber wie Kleinigkeiten doch in der Erinnerung haftenbleiben!

Voller Verdruss verließ er diese Erinnerung und stellte

sich wieder, wie gehabt, die Armseligen mit der Tanne vor, die sie jetzt wahrscheinlich schmückten. Die Emigranten weinen um die Tanne herum, zwängen sich in ihre nach Naphthalin riechenden Uniformen, schauen auf den Tannenbaum und weinen. Irgendwo in Paris. Der alte General denkt daran, wie er seinen Gegnern die Zähne einschlug, und schneidet einen Engel aus goldenem Karton aus … Er dachte an einen General, den er wirklich kannte, der jetzt wirklich im Ausland war – und konnte sich überhaupt nicht vorstellen, wie er weinte, auf den Knien vor dem Tannenbaum herumrutschend.

»Also, ich bin auf dem richtigen Weg«, sagte Nowodworzew laut, während er ungeduldig irgendeinen flüchtigen Gedanken verfolgte. Und etwas Neues, Unerwartetes schwebte ihm vor. Eine europäische Stadt, satte Leute in Pelzen. Ein beleuchtetes Schaufenster. Hinter der Scheibe eine riesige Tanne, um deren Fuß Schinken angehäuft waren; und an den Zweigen goldene Früchte. Das Symbol der Sattheit. Und vor dem Schaufenster, auf dem eisigen Bürgersteig …

Und mit feierlicher Erregung, mit dem Gefühl, er habe das Richtige, das einzig Wahre gefunden, er werde etwas ganz Erstaunliches schreiben, er werde wie sonst niemand den Zusammenstoß zweier Klassen, zweier Welten darstellen, begann er zu schreiben. Er schrieb über einen prächtigen Tannenbaum in einem beschämend hell erleuchteten Schaufenster und über einen hungernden Arbeiter, das Opfer einer Aussperrung, der mit hartem und schwerem Blick auf die Tanne schaut.

»Die dreiste Tanne«, schrieb Nowodworzew, »zerfloss in alle Farben des Regenbogens.«

Der dumme Fuß

Das Ende des Jahres 1979 feierten wir auf einer Datscha, etwa 100 km von Moskau entfernt. Am 31. Dezember fragte mich meine sechsjährige Tochter Olga, kaum aus dem Schlaf erwacht, wann Väterchen Frost komme.

»Bald«, sagte ich.

»Und wann ist bald?«, fragte sie.

»Sehr bald«, antwortete ich.

»Und wann ist sehr bald?«, fragte sie.

»Am Abend«, sagte ich.

»Und wann kommt der Abend?«, fragte sie.

»Wenn der Tag vergangen ist«, sagte ich.

»Und wann vergeht der Tag?«, fragte sie.

»Genau bis zum Abend wird der Tag schon vergehen«, sagte ich.

Und sie fragte: »Und wie vergeht er? Hat er denn Beine?«

Unser Gespräch wurde durch Lärm von draußen unterbrochen, und als ich ans Fenster gegangen war, sah ich einen roten Lada mit einem rostigen Gepäckträger auf dem Dach. Auf dem Gepäckträger lag etwas, das in Leintücher gehüllt und mit dicken Schnüren umwickelt war. Alle vier Autotüren öffneten sich gleichzeitig, und raus in den Schnee purzelte die vollständige Familie Saizew: der Mann Sascha, seine Frau Warwara, ihre Tochter Natascha (Olgas Altersgenossin) und ihr Sohn Danja, ein dicker Junge mit dem Spitznamen »unser Bräutigam«.

Die Gäste kletterten unter Gepolter und Geschrei aus dem Auto. Warwara erzählte, wie es ihr eigen war, von allem auf einmal, ungefähr in dieser Zusammensetzung: »Es gibt in ganz Moskau überhaupt kein Waschpulver mehr, bei der Schwiegermutter hat man am Ellenbogen ein eigenartiges Geschwür gefunden, der Institutsdirektor ist gestern Abend ins Zentralkomitee gerufen und von dort aus mit einem Herzinfarkt direkt ins Kremlkrankenhaus gefahren worden, der Kuchen ist wohl ein bisschen angebrannt, über BBC wurde verkündet, dass die Russen noch sehr lange in Afghanistan feststecken würden, bei solchem Glatteis können auf unseren Straßen ja nur Selbstmörder unterwegs sein, und Sascha stand gestern bis um Mitternacht in der Schlange für Tannenbäume und kam dann mit einem Etwas an, ihr werdet es ja gleich selbst sehen, was es ist, fallt nur bloß nicht in Ohnmacht!« Als Sascha das Ding vom Gepäckträger heruntergenommen hatte und das, was ein Tannenbaum hätte sein sollen, ausgepackt hatte, fiel zwar keiner in Ohnmacht, aber Olga fing an zu weinen. Und als wir sie fragten, warum sie denn weinte, sagte sie: »Der Tannenbaum tut mir leid, warum hat man ihn denn rasiert?« Und tatsächlich, es war kein Tannenbaum, sondern eher irgendwelche krummen zusammengewachsenen Äste, von denen ein paar kurze Nadeln abstanden, nicht mehr als bei einem Dreitagebart.

Ich muss zugeben, dass es mich immer erstaunt hatte, und dieses Mal war es keine Ausnahme, wie die sowjetischen Handelsorganisationen, die die größten und ausgedehntesten Waldflächen der Welt, die Taiga eingeschlossen, zur Verfügung hatten, es immer wieder verstanden, solche krummen und nackten Tannen zu finden, oder sie absichtlich zu züchten, dass man sie manchmal nur schwerlich von einem Kaktus unterscheiden konnte.

Kurz gesagt, es wurde beschlossen, in den Wald zu gehen, um einen richtigen Tannenbaum zu finden, der sich nicht zu schämen brauchte, sich selbst so zu nennen. Umso mehr, weil wir in einem Land lebten, in dem der Wald und alle anderen Ressourcen dem Volk gehörten, und wir, als ein

Teil des Volkes, das Recht hatten, uns einen Teil des uns gehörenden Reichtums in Form einer kleinen Tanne zu nehmen.

Doch hier muss man dem unwissenden Leser erklären, und den wissenden muss man daran erinnern, dass sich damals (von heute ganz zu schweigen) in einem Radius von 100 Kilometern um Moskau herum einer der drei bedeutendsten Verteidigungsringe Moskaus befand. Das heißt, dort im Wald verbargen sich Raketen mit allen dazu nötigen Vorrichtungen und natürlich dem dazugehörenden Bedienungspersonal. Und in unserem Wald gab es auch so etwas Ähnliches. Ich hatte es zwar nie mit eigenen Augen gesehen, aber des Öfteren Anzeichen für das Vorhandensein dessen bemerkt. In Gestalt von Spuren schwerer Fahrzeuge, die anscheinend quer durch den Wald fuhren, kleine Bäume überrollend und große mit der Wurzel aus dem Boden reißend, in Gestalt von nächtlichem Brummen irgendwelcher Motoren und in Gestalt von Soldaten, die plötzlich wie aus dem Nichts in unserem Dorfladen auftauchten, um dort eilig Wodka zu kaufen und dann ebenso schnell wieder zu verschwinden. Da war ich offensichtlich auf ein sorgfältig gehütetes Militärgeheimnis gestoßen, das nur den Einwohnern der umliegenden Dörfer, dem Generalstab der sowjetischen Armee und dem amerikanischen Pentagon bekannt war.

Sobald es dunkel geworden war, zogen Sascha und ich unsere Mäntel und Filzstiefel an. Sascha wickelte noch eine Schnur um sich, an die Schnur band er eine Axt, und wir machten uns auf den Weg, wie zwei nächtliche Einbrecher.

Ich hatte damals übrigens ein Paar für das russische Leben noch neuartige Funkgeräte namens »Walkie-Talkie«. Mein amerikanischer Verleger, der mich immer, wenn er nach Moskau kam, mit bei uns noch seltenen und dort schon billigen elektrischen Uhren, Taschenrechnern und ähnlichen

Geräten beschenkte, hatte sie mir irgendwann mitgebracht, ohne zu wissen, dass er mich damit dem Risiko aussetzte, in große Schwierigkeiten zu geraten.

Privatpersonen war es untersagt, Funkgeräte zu besitzen, und deren Besitz zog in unserem Land, in dem Beobachtungsgabe an erster Stelle der Liste von wichtigen menschlichen Charaktereigenschaften stand, unabdinglich den Verdacht der Spionage nach sich. Ich wurde sogar schon ohne jegliche Walkie-Talkies einige Male als möglicher Spitzel des Feindes verdächtigt, nur weil ich eine Sonnenbrille trug, irgendeine Brücke fotografierte oder mit einem Fernglas aus dem Fenster eines Zugabteils schaute. Und als ich mir dann ein kleines Diktiergerät angeschafft hatte und anfing, kleine Anmerkungen vor mich hin murmelnd, spazieren zu gehen, bin ich sogar mehrmals von wohlmeinenden, aufmerksamen Staatsbürgern auf die Milizwache geschleppt worden. Mit dem Diktiergerät hat mich die Miliz dann laufenlassen, doch würde man mit einem Funkgerät festgenommen, sollte man nicht mit Gnade rechnen. Aber mitten im Nichts, wo sich unser Dorf befand, hatte ich keine Angst vor der Miliz und nahm ein Walkie-Talkie-Gerät mit. Das zweite ließ ich bei unseren Frauen und Kindern zu Hause mit dem Versprechen eines detaillierten Berichts zum Verlauf des Geschehens.

Der Himmel war klar und voller Sterne, es war frostig und der Schnee knirschte, genau wie es in solchen Situationen sein muss, unter unseren Füßen.

Wir gingen aus dem Dorf hinaus, und ich gab den ersten Funkspruch ab: »Haben das Hauptquartier verlassen, bewegen uns genau nach Kurs, gute Sichtverhältnisse.« Als wir uns dem Wald näherten, nahm ich wieder Kontakt auf: »Nähern uns dem Ort der Durchführung der Operation.« Später gab ich durch: »Sind ungehindert zum Territorium vorgedrungen.« Nachdem wir eine mehr oder weniger schöne Tanne ertastet hatten, funkte ich: »Haben ein geeignetes Objekt gefunden.« Sascha fing an, den Stamm mit der Axt zu fällen. Ich gab durch: »Die Demontage des Objekts beginnt.« Dann: »Das Objekt ist erfolgreich demontiert worden. Beginnen mit dem Abtransport zum Hauptquartier.«

Als wir den Tannenbaum zu Hause betrachteten, stellte er sich als noch schöner heraus, als wir gedacht hatten. Wir stellten ihn im selbstgemachten Holzkreuz auf, behängten ihn mit Christbaumkugeln, umwickelten ihn mit einer bunten Lichterkette, der Baum glänzte und funkelte, die Kinder waren glücklich und wir auch. Wir setzten uns schon an den Tisch, um das alte Jahr zu verabschieden, als Sascha beschloss, Holz für den Kamin zu holen. Plötzlich kam er wieder ins Haus, er sah etwas besorgt aus und winkte mich zur Tür herüber. Ich kam mit ihm nach draußen und sah, dass sich auf der einzigen Straße unseres Dorfes langsam ein Kleinbus des Militärs auf uns zubewegte, auf dessen Dach etwas Hula-Hoop-Ähnliches kreiste.

»Verstehst du, was das bedeutet?«, fragte Sascha.

»Das ist doch glasklar«, erwiderte ich, »ein Peilgerät.«

»Und verstehst du auch, warum der hier rumfährt?«

»Verstehe ich. Er sucht unsere Walkie-Talkies.«

»Und warum flüsterst du?«, fragte er.

»Und du, warum?«, gab ich zurück.

Wir fingen beide an zu lachen, als uns klarwurde, dass nicht einfach menschliche Stimmen, sondern Radiosignale vom Peilgerät erfasst wurden, dass unsere Walkie-Talkies jetzt aber friedlich auf dem Fensterbrett lagen wie junge Kätzchen und nicht mal schnurrten.

»Was ist passiert?«, fragte meine Frau, als wir zurück ins Haus kamen. »Worüber flüstert ihr da?«

»Darüber, dass die Zeit vergeht, dass wir gern etwas trinken und einen Happen essen würden und dass wir langsam anfangen könnten, das alte Jahr zu verabschieden.«

»Und wann kommt Väterchen Frost?«, fragte Olga.

»Bald«, sagte ich.

»Und wann ist bald?«

»Niemals«, sagte der gemeine Danja, »weil es gar kein Väterchen Frost gibt. Väterchen Frost sind verkleidete Männer mit angeklebten Bärten aus Watte.«

»Gut«, sagte ich zu ihm, »wenn du das glaubst, können wir das ja einfach überprüfen. Wenn Väterchen Frost kommt, zupfst du ihn einfach am Bart.«

Mit diesen Worten nahm ich die Funkgeräte, trug sie in den Keller und versteckte sie in einem Paar alter Gummistiefel. Dann lief ich schnell zur Nachbardatscha rüber, wo der Übersetzer und Germanist Senja Smirnow mit seiner Frau Alla wohnte. Senja hatte uns versprochen, Väterchen Frost zu spielen, und seine Frau Alla war genau in diesem Moment damit beschäftigt, einen Knopf an seinen roten Mantel zu nähen. Ich sagte Senja Bescheid, dass er schon in einer halben Stunde kommen könnte, dass ich ihn aber bitten wollte, dieses Jahr den Bart nicht anzukleben, sondern einfach mit seinem eigenen zu kommen, der auch buschig und weiß genug war.

»Gut«, sagte Senja und fragte dann: »Waren die Soldaten auch bei euch?«

»Welche Soldaten?«

»Da kamen welche zu uns«, erklärte Senja, »und wollten irgendeinen Quatsch wissen, über irgendein Objekt.«

»Was für ein Objekt?«

»Ach, irgendein Blödsinn«, sagte Alla, »wahrscheinlich waren sie betrunken.«

Auf dem Heimweg sah ich, dass das Fahrzeug mit dem Peilgerät umgedreht hatte und mir vom anderen Ende des Dorfes entgegenfuhr. Mit der auf dem Dach kreisenden Antenne fuhr es schnell an mir vorbei und verschwand hinter dem Dorfrand. Ich atmete erleichtert auf und ging ins Haus. Alle saßen schon um den Tisch und die Wodkagläser waren gefüllt. Wir stießen an, tranken, aßen etwas nach und gossen uns wieder ein, als plötzlich ein lautes Klopfen an der Tür ertönte.

»Väterchen Frost! Väterchen Frost!«, schrien die Kinder aufgeregt. In Gedanken Senja dafür schimpfend, dass er zu früh gekommen war, machte ich die Tür auf und hüpfte erst mal vor Schreck einen Schritt zurück: Vor mir standen zwei große Militärs in weißen Pelzjacken mit dicken Ledergürteln drum. Der Ältere mit einem Majorsternchen auf den Schulterstücken, der Jüngere mit den drei Streifen eines Sergeanten. Sie begrüßten uns, und dann fragte der Major, ob sie denn reinkommen dürften. Nachdem er jedoch die Erlaubnis erhalten hatte, kam er doch nicht weiter als über die Schwelle herein.

»Guten Rutsch wünschen wir!«, sagte der Major unsicher, mit den Blicken sowohl die Anwesenden am Tisch als auch den ganzen Raum musternd.

»Ihnen auch«, antwortete ich.

»Sie sind also schon vorbereitet, das neue Jahr zu begrüßen?«, fragte er, offensichtlich nicht wissend, wie er anfangen sollte.

»Noch verabschieden wir das alte«, sagte Sascha und schlug dann vor: »Wollen Sie vielleicht ein Gläschen mit uns trinken?«

»Nein, nein«, wehrte der Major ab, sichtlich mit der Versuchung ringend, »wir sind im Dienst. Übrigens haben Sie einen sehr schönen Tannenbaum.«

»Den haben wir aus Moskau mitgebracht«, sagte Warwara vorsichtshalber.

»Das ist mir egal«, murmelte er, »ich bin kein Förster und mir ist es gleich, ob Sie ihn aus Moskau hergebracht oder im Wald gefällt haben. Mich interessiert nicht der Baum, sondern etwas Ernsteres. Ist das Ihre ganze Gesellschaft? Sonst ist niemand im Haus?«

»Nein, sonst niemand«, sagte ich, »wen suchen Sie denn?«

»Na gut, also dann.«

Ohne zu antworten, stieß er den Sergeanten an, beide drehten sich zur Tür um, der Major hatte schon die Klinke in der Hand, da hielt er noch mal inne und fragte: »Sagen Sie mal, Sie haben nicht zufällig im Dorf irgendwelche verdächtigen Personen gesehen, die mit irgendwelchen Vorrichtungen oder großen Gegenständen herumgingen oder -fuhren?«

»Oder mit einem Objekt?«, sagte der Sergeant.

»Womit?«, fragte ich scheinheilig.

»Mit irgend so einem großen Gegenstand«, erklärte der Major, »den man Objekt nennen könnte.«

»Und wie sieht dieses Objekt aus?«, bekundete Sascha sein Interesse. »Wie ist es?«

»Na ja, irgendwie so«, sagte der Major und deutete mit seinen Armen etwas Abstraktes von eher runder Form an.

»Wie was sieht es denn aus?«, bohrte Sascha weiter. »Wie eine Bombe? Ein Panzer? Eine Kuh? Oder vielleicht ... wie dieser Tannenbaum?«, scherzte er gefährlich.

»So ein Blödsinn!«, fauchte der Major. »Als ob wir in der Silvesternacht nichts Besseres zu tun hätten, als irgendwelche Kühe oder Tannenbäume zu suchen!«

Er schien sehr verärgert zu sein. Und als Sascha ihm nochmals vorschlug, mit uns ein Schlückchen zu trinken, lehnte er entschieden ab. Trotzdem teilte er uns noch zum Abschied mit, dass der Abhörfunk eine Konversation irgendwelcher Spione oder vielleicht sogar Diversanten mitgehört habe, die irgendwo in der näheren Umgebung codierte Gespräche über Funk führten und irgendein Objekt demontierten. Wenn uns also im Dorf irgendwelche verdächtigen Gestalten auffallen sollten oder irgendein Auto oder so etwas Ähnliches (dazu wurde noch einmal das Abstraktum mit den Armen dargestellt), dann wären sie sehr dankbar ...

Der Major schrieb die Telefonnummer des Diensthabenden auf ein Stückchen Papier, woraufhin sie sich verzogen und Sascha und ich gehörig von unseren Frauen ausgeschimpft wurden. Für Scherze, die uns hätten teuer zu stehen kommen können.

Bald kam dann auch mit den Geschenken das langersehnte Väterchen Frost, den der misstrauische Danja so fest am Bart zog, dass Väterchen Frost aufquiekte und Danja anbrüllte: »Bist du denn wahnsinnig?!« Die Mädchen aber fingen an, herumzuhüpfen, in die Hände zu klatschen und zu schreien: »Gar nicht aus Watte! Gar nicht aus Watte!«

Nachdem er die Geschenke verteilt hatte, ging Väterchen Frost wieder, und bald darauf kamen die Nachbarn Senja und Alla und setzten sich zu uns an den Tisch. Von Zeit zu Zeit rieb sich Senja seinen Bart, und Danja guckte ihn forschend an, sagte jetzt aber nichts mehr, aus Angst, sich wieder zu blamieren.

Währenddessen näherten sich die Uhrzeiger ihrer höchsten Stelle, und die Neujahrssendung im Fernsehen begann mit den Glückwünschen des Präsidiumsvorsitzenden des Obersten Sowjets der UdSSR, des Genossen Leonid Iljitsch Breschnew an das sowjetische Volk, das, wie gesagt wurde, zuversichtlich in die Zukunft blickte. Dann kam im Fernsehen das Neujahrskonzert und bei uns ein Tanz um den Tannenbaum und die Ausspielung der heimischen nietenfreien Lotterie.

Nachdem die Kinder ins Bett gebracht worden waren, kam Sascha die tolle Idee, die uns dagelassene Telefonnummer anzurufen und den diensthabenden Milizionären ein frohes neues Jahr zu wünschen. Aber ein Telefon hatten wir nicht, und zu diesem Zweck unsere Walkie-Talkies zu benutzen, trauten wir uns nicht. Also beschlossen wir, ganz ohne Funkwellen mit den Mächten im Jenseits Kontakt aufzunehmen. Wir hielten eine spirituelle Sitzung ab, bei der der angerufene Geist der Dichterin Marina Zwetajewa mir eine weite Reise prophezeite, und auf die Frage, wohin genau die Reise gehen solle, auf Deutsch mit den Worten von

Heinrich Heine antwortete: »Der dumme Fuß will mich gern nach Deutschland tragen.«

Dies rief in unserer Runde große Erheiterung hervor. Auch wenn alle annahmen, dass mein dummer Fuß mich zwar gerne weit tragen würde, wurde doch eher die zu Deutschland entgegengesetzte Richtung vermutet. Wir lachten darüber, vor allem, weil es klar war, dass die russische Dichterin diese deutsche Zeile wohl nie ohne die Hilfe des sich am Tisch befindenden Germanisten und früheren Väterchen Frost herausgebracht hätte. Aber wer auch immer das gesagt hatte, Marina Zwetajewas Geist, der Heinrich Heines oder der Germanist Senja Smirnow, die eigentümliche Prophezeiung erfüllte sich seltsamerweise doch. Und das nächste Jahr, 1981, begrüßten wir im Hotel »Splendid« in der Maximilianstraße der Stadt München.

Auf der Suche nach der geraubten Snegurotschka

Kennst du sie noch, alter Freund, die Stubentanne unserer Wohnungen, eine kleine Promenadenmischung, die nicht ganz stubenrein aus dem Tannenheim kam? Und auch die andere, die finstere Riesin in der Schulaula? Die Müllwatte der feierlichen Schaufenster? Und die bis zum blitzenden Knochen zertretenen Schädel der Plätze? Die Mandarinenschalen im Schnee, giftig gelb wie Serpentinen aus Pisse? Und jene kitzelige Taubheit hinter dem Nasenbein, von der Limonade *Duchesse* verursacht? Und kennst du noch sie – die betagte *Snegurotschka,* übersetzt etwa: Schneeflöckchen, mit ihren rotfleckigen, fünfeckigen Menisken unter dem silbernen Kurzrock, die dem russischen Santa Claus, allgemein *Djed Moros,* Väterchen Frost, gerufen, bei den Kinderfesten zu Neujahr (in Russland stellt man bekanntlich den Baum mit den Geschenken darunter nicht zu Weihnachten auf, sondern zu Neujahr) als Enkelin und Assistentin zugeteilt war, der weibliche Knecht Ruprecht sozusagen? Alle bösen Mächte der Welt versuchten sie uns zu rauben, um das neue Jahr zu verhindern, aber weder der Wolf noch der unsterbliche Hexer Koschtschej oder der amerikanische Spion im Sterne-und-Streifen-Zylinder haben das tatsächlich geschafft: Zum Schluss wurde sie immer von guten Kindern gerettet, die Tanne leuchtete hell auf, das neue Jahr kam doch. Sie schafften das nicht, die Bösewichte, Jahr für Jahr konnten sie das nicht schaffen, doch auf einmal schienen sie es geschafft zu haben. Wir schauten uns um: Plötzlich war sie nirgendwo mehr zu sehen, sie war fort – geraubt, gestohlen, entführt. Und wir, noch existierende

Bürger des nicht mehr existierenden Reiches, immer noch unter Tanne, Immer-noch-Untertanen von Väterchen Frosts gravitätischen Brauen, wir (was blieb uns noch übrig?) stürmten in die weite Welt hinein, mit unserem nationalen Schlachtruf *Eins-zwei-drei, schnell, bitte leuchte, Tanne, hell!*, auf der Suche nach ihr, nach Snegurotschka. Ob sie irgendwo im violetten Europa, auf einem der Dezember-Bahnhöfe, auf der Holzbank neben der Mülltonne allein sitzt – alt, weiß, in der Pappenhaube mit aufgeklebten Sternchen aus Alufolie. Sitzt und auf die Durchsage wartet: *Frau Snegurotschka, Sie werden von dem Pionierkollektiv der Schule Nr. 216 des Kujbyschew-Bezirks der Stadt Leningrad an den Nahverkehrkassen erwartet.*

Aber nein, hier kennt sie keiner, keiner hat sie hier gesehen … Vergeblich laufen wir hin und her inmitten des fleißigen Frohsinns, vergeblich schauen wir durch matt-dropsene Fenster in die kriegspfadmäßig bemalten Lebkuchen- und Glühweinkioske, vergeblich besteigen wir die flachen, lackierten Rücken der wackeligen Karussellpferde – jene Pferde fahren nirgendwohin, jeder weiß das, außer uns. Und dann und wann ein weißer Elefant …

Doch immerhin wissen wir, was (wen) wir da suchen, wozu wir durch die zerknitterten, leuchtenden Wabenscheiben des weihnachtlichen Bienenstocks kriechen. Was aber ist mit ihnen, mit den Herren der Feier? Wissen sie es auch? Warum sind sie so konzentriert, so bemüht? Wen suchen sie, vor wem fliehen sie?

Wir werden das nie wirklich erfahren – undurchdringlich ist die Seele eines fremden Volkes, in erster Linie für es selbst. In einem Monat des Jahres sammelt sich das deutsche Volk an altehrwürdigen Plätzen – in den römischen Ruinen von Frankfurt, in den anglisierten Passagen Hannovers, auf Stuttgarts nebligem Pflaster, das von der ewigen Großmachtaura des Königtums Württemberg ewig durchstrahlt ist – fast überall sammelt es sich und trinkt im Gehen den heißen Apothekenwein und isst lange Blutwürste und bepulvert sich statt mit Schnee mit dem Puderzucker der harten Pfannkuchen, die stark nach Tierfett riechen. Doch welchen verborgenen Gedanken will es ausdrücken damit? Denn etwas ausdrücken, das will es, bestimmt. Vielleicht erinnert es sich an etwas, vielleicht vermutet es etwas?

Vielleicht erinnert es sich an das furchterregende Wotanfest – den Ursprung der heutigen Feier? Schweigsame Menschen in hohen purpurnen Spitzhüten bereisten die Küstendörfer auf breiten, mit Wolfspelz unterklebten Skiern und brachten mit Ocker, mit Blut und mit Kohle bemalte Lose mit, die von orakelnden Rädern ausgewürfelt worden waren. Drehen sich nicht diesen Rädern zu Ehren die Karusselle auf den weihnachtlichen Plätzen? Stehen nicht diesen Boten zu Ehren in allen Vitrinen die furchterregenden Weihnachtsmänner aus Plastik, Schokolade und Holz? Und was ist mit den wütigen Gesichtern der Nussknacker, die unter der militärischen Haltung eines alten preußischen Feldwebels ihre Verwandtschaft mit den noch älteren jütländischen Göttern verbergen respektive mit denen von Rügen? Etwas unterbewusst, unbewusst Unerfreuliches steckt in diesem frohen Dezember, etwas Fleischlich-Finsteres in seinem dropsenen Glanz.

Der letzte Tag dieses Monats und der des Jahreskalenders, der Tag, der uns ehemals um den Tisch versammelte, um den Tisch mit Gläsern voll vom guten, vom kitzelig schäumenden sowjetischen Schnee, um den Tisch vor dem verschneiten Fernseher, der die verschwundene Snegurotschka zum allerletzten Mal mit seiner Mitternachtshymne zurückzukommen beschwor – und, eins, zwei, drei … zwölf: Sie kam zum allerletzten Mal zurück, und die Tanne leuchtete auf. Hier hingegen treibt dieser Tag die Anwohner auf die Straße hinaus, auf die Dächer und auf die Balkone, und heißt sie, den schwarzen naheliegenden Himmel mit farbigen Lichtern zu beschießen, mit sich in kalte Funken auflösenden, verweigerten Losen.

Kann aber sein, dass das nicht ganz so ist. Kann auch sein, dass die Sorgen und Zwänge der hiesigen Menschen von dem allgemein menschlichen, oder sagen wir genauer: allgemein nordischen Unverständnis abzuleiten sind: dem Unverständnis. Wie und warum und wozu man sich amüsiert und erholt und ob dieses Amüsement und diese Erholung ein ganzes Jahr Schufterei wert sind. Kann sein, dass die jütländischen Priester damit gar nichts am hohen purpurnen Hut haben und das ganze Amüsement und die ganze Erholung von den Kaufhausketten initiiert werden, und zwar mit Hinblick auf das Anpeitschen der industriellen Geschenkhysterie. Kann sein, dass Buchhandlungen zum Beispiel dabei nicht an den angeblich nordischen Brauch anknüpfen, den Stammesweisesten das *Nibelungen-Lied* zu schenken, geschrieben mit blutigen Runen auf Ochsenleder, und den Stammestapfersten die *Beowulf-Sage* auf Wolfshaut, sondern an das geflügelte Wort anbandeln, das der klassische Snegurotschka-Dichter Maxim Gorki über Eingängen aller sowjetischen Buchläden eigenhändig einmeißelte: *Ein Buch ist das beste Geschenk!*

Kann aber sein, und sogar sehr wahrscheinlich, dass all die ehrwürdigen Bürger hier einfach ihre Überstunden abbummeln – für die vom Arbeitgeber gesetzlich abzugeltende Teilnahme an der Glühweinisierung-, Karussellisierung- und Tante-Bertha-beglückwünschen-und-etwas-schenken-Monatsaktion. Und dann, ab in den Süden, in den ewigen Sommer, in die ehrlich verdienten zusätzlichen

Tage des Glücks, irgendwo auf den Bahamas, auf Mallorca, in der Kokosmilch der südlichen Sternschnuppen, in dem kristallenen Sandmehl, in der mediterranen Salzlauge, in dem romanischen Sonnenfleisch – ab in die Hängematten der verdienten Siesta.

Aber unsere Snegurotschka ist auch dort nicht zu sehen. Nirgendwo ...

Superman und Superfrau

Ende Dezember ist die richtige Zeit, um sich und anderen etwas zu wünschen. Meinem Freund und Nachbarn Georgi wünschte ich Gesundheit – und noch mehr Feingefühl für seine Nachbarn, das heißt, mich nicht mehr um zwei Uhr morgens anzurufen und in den Hörer zu brüllen: »Schaut sofort aus dem Fenster! Es schneit!« Das will doch um diese Uhrzeit keiner wissen!

Georgi wünschte mir für das neue Jahr mehr Geselligkeit und noch mehr Hilfsbereitschaft im Hinblick auf die Nachbarschaft. Vieles auf der Welt wäre nicht schiefgegangen, wären die Menschen bereit gewesen, einander zu helfen, sinnierte er. Vieles auf der Welt läuft schief, weil die Menschen so gern einander helfen, ohne vorher zu fragen, konterte ich. Georgi vertrat aber eine andere Meinung. Er fühlt sich für alles, was auf der Welt geschieht, verantwortlich, und hat sogar die alte Fernsehserie *Superman* auf Video.

Kurz vor Weihnachten gingen wir zusammen in ein Porzellangeschäft in den Schönhauser-Allee-Arkaden, um dort eine Wodka-Karaffe für seinen Vater zu kaufen. Der Laden war rappelvoll und das Porzellan fast ausverkauft, es gab nur noch mikroskopisch kleine Essigkaraffen für zwölf Euro das Stück. Trotzdem stellte ich mich in die Schlange vor der Kasse. Mein Freund beobachtete eine große rot-blau gestreifte Tasche, die herrenlos im Gang stand. Nach drei Minuten kam er zu dem Schluss, dass sich darin eine Bombe befand. Unauffällig, um keine Panik zu verursachen, schnappte Georgi sich die Tasche, rief »Alle raus hier!« und lief an die frische Luft. Die Menschen in der Schlange erstarrten und blieben, wo sie waren. Nur zwei ältere türkische Frauen liefen Georgi hinterher. Sie beschimpften ihn auf Türkisch und wollten anscheinend ihre Bombe zurückhaben. Mein Freund war aber schneller und schaffte es, die Tasche von der S-Bahn-Brücke zu schmeißen. Die Tasche platzte unten auseinander, und Hunderte kleine Porzellanteile flogen in alle Himmelsrichtungen. Es handelte sich also um eine Porzellanbombe. Die türkischen Frauen schubsten Georgi und drohten ihm mit der Polizei. Sie wollten wahrscheinlich nicht ohne Bombe in ihre Terroristenzelle zurückkehren. Außer den Wörtern »Weihnachtsgeschenk« und »Scheiße« konnten wir nichts verstehen. Aber alle Leute blickten misstrauisch in unsere Richtung, sie ahnten nicht, dass wir ihnen gerade das Leben gerettet hatten. Georgi meinte, die echten Helden müssten immer im Schatten bleiben, so wie Superman eben, also hauten wir ab, bevor die Polizei auftauchte.

Zu Hause wünschte ich ihm noch für das neue Jahr mehr Zurückhaltung und Toleranz. Er selbst wünschte sich, wie jedes Jahr zu Silvester, vor allem zwei Dinge – eine besondere Frau kennenzulernen und mit dem Rauchen aufzuhören. Dabei ahnte er nicht, wie schnell seine Träume Realität werden sollten. Auf einer russischen Party lernte unser Superman eine Superfrau kennen – Lena. Lena war groß, blond und trug nicht, wie die meisten auf der Party, einen grünen Fuchspelz, sondern eine rote Lederjacke und Stiefel. Sie arbeitete bei einer Sicherheitsfirma und fuhr Motorrad – das ganze Jahr über. Zu Georgi sagte sie, er habe einen knackigen Po. Pfui, dachte Georgi. Er hatte keine Erfahrung im Umgang mit emanzipierten Frauen. Lena meinte, die Party sei doch stinklangweilig, was er denn davon halten würde, mit ihr eine Runde Motorrad zu fahren. Georgi willigte ein. Die beiden tranken noch schnell einen Wodka und kletterten dann auf Lenas Yamaha.

Mein Freund hatte in seinem Leben schon auf einigen Dingen gesessen, aber noch nie auf einem Motorrad. Es kam ihm zunächst neu und erfrischend vor. Lena zog ihm einen roten Motorradhelm über den Kopf und gab Gas. Sie legte großen Wert darauf, niemals geradeaus zu fahren, sondern ständig zu manövrieren und dort, wo andere bremsten, Gas zu geben. In fünf Minuten schafften sie es vom Potsdamer bis zum Alexanderplatz. Georgi drückte sich immer fester an die Frau, und trotzdem beschlich ihn das unangenehme Gefühl, nicht mehr Herr seines eigenen Lebens zu sein. Nach zehn Minuten Fahrt kämpfte er schon mit Brechanfällen und hatte nur noch den einen Wunsch – abzusteigen. Sie überquerten die Torstraße und fuhren die Schönhauser hoch, nicht weit von Georgis Haus entfernt. Da klopfte er Lena mit der Hand auf die Schulter. Sie hielt an. Er kletterte vom Motorrad und lief unsicheren Schrittes so schnell wie möglich nach Hause, ohne auf Wiedersehen zu sagen. Ein richtiger Superman hätte sich an seiner Stelle mindestens fürs Mitnehmen bedankt und der Dame die Hand geküsst, aber Georgi war nicht danach, er musste kotzen. Außerdem war ihm klar, dass er die Prüfung nicht bestanden hatte. Zu Hause rannte er sofort zum Klo und versuchte zu kotzen. Da merkte er, dass er noch immer den Motorradhelm auf dem Kopf hatte. Er versuchte ihn abzunehmen – es ging nicht. Es handelte sich um einen modernen Motorradhelm, so einen, der durch Knopfdruck die Form des Kopfes annimmt und sich per Knopfdruck löst. Nur, wo war der Knopf? Georgi drückte auf alle möglichen Stellen. Vergeblich. Der Helm saß wie angegossen. Er verfluchte alle Motorräder der Welt und lief wieder hinunter – Lena aber war längst weggefahren. Georgi ging zu uns in das Haus gegenüber, wir aber waren nicht da. Zurück in seiner Wohnung, wollte er per Telefon Hilfe anfordern. Schnell stellte er jedoch fest, dass weder Kotzen noch Telefonieren mit einem Motorradhelm möglich sind, und so musste er sich schließlich in einer für ihn ganz neuen Lebenssituation zurechtfinden. Er drehte sich erst einmal eine Zigarette und zündete sie an, doch die ausgeblasene Rauchwolke blieb im Helm und bescherte ihm aufs Neue Brechanfälle. Er versuchte zu schlafen. Das tat richtig weh. Voller Verzweiflung holte er aus dem Werkzeugkasten unter der Spüle einen Hammer und haute sich ein paarmal kräftig auf den Kopf, in der Hoffnung, die richtige Stelle zu treffen. Der Helm jedoch blieb sitzen, wo er war. Außerdem hatte er den Pincode seines Mobiltelefons vergessen, das er seit vier Jahren besaß, dafür erinnerte er sich plötzlich an seine alte ukrainische Telefonnummer, die er seit zwölf Jahren nicht mehr benutzt hatte. Tief in der Nacht kam Georgi auf die rettende Idee, eine Tankstelle in der Nähe aufzusuchen. Er lief aus dem Haus und die Schönhauser hinunter. Der Tankwart wunderte sich sehr und konnte lange nicht verstehen, was dieser komische Motorradfreak ohne Motorrad von ihm wollte. Alles deutete darauf hin, dass er jemanden suchte, der ihm eins auf den Kopf haute. Um sich zu vergewissern, ob er richtig verstanden hatte, nahm der Tankwart Georgi den Helm ab.

Nach diesem leidvollen Vorfall brauchte unser Freund zwei Tage, bis er wieder gesellschaftsfähig war. Danach besuchte er uns und erzählte, dass er seitdem nicht mehr rauche. Und wenn sein Organismus nach Tabak verlange, dann setze er sofort den Helm wieder auf – das helfe.

Im Nachhinein kann man sogar sagen, der Helm hat ihm mehr geholfen als geschadet. Am 31. Dezember standen wir beide bei uns auf dem Balkon und schauten in die Ferne. Ich rauchte, Georgi stand einfach nur da, mit dem roten Helm in der Hand, der zu seinem Talisman geworden war. Langsam begann die wilde Knallerei in der Stadt. Die Motorrad-Superfrau hat sich nie mehr gemeldet.

Autoren- und Quellenhinweise

Leonid Andrejew, geboren am 9. August 1871 in Orel. Nach einem Jurastudium in Moskau veranlassten ihn erste Schreibversuche, die Advokatur an den Nagel zu hängen und fortan als Journalist und Autor zu arbeiten. Seine Werke zeichnen sich durch eine irrationale pessimistische Geisteshaltung aus, die zu Beginn des 20. Jahrhunderts groß in Mode war. Nach der Revolution 1917 verließ Andrejew Russland und wanderte mit der damaligen Emigrantenwelle zuerst nach Deutschland, dann nach Frankreich und zuletzt nach Finnland aus, wo er 1929 im Alter von nur 48 Jahren starb.

Der kleine Engel 193
(1901)
(In: *Der silberne Wolf. Russische Weihnachtsgeschichten*. Hg. von Margit Bräuer. © Aufbau Verlagsgruppe GmbH, Berlin 1991 (diese Ausgabe erschien erstmals 1991 im Aufbau-Verlag; Aufbau ist eine Marke der Aufbau Verlagsgruppe GmbH). Aus dem Russischen von Margit Bräuer.)

Fjodor Dostojewski, geboren am 11. November 1821 in Moskau. Der Sohn eines Arztes studierte in St. Petersburg Bauwesen, um Ingenieur zu werden. Gleichzeitig begann er zu schreiben und in Petersburger Zeitschriften zu veröffentlichen. 1846 machte ihn sein Debüt *Arme Leute* in literarischen Kreisen sofort bekannt. Als junger Mann war Dostojewski für kurze Zeit Revolutionär und fiel beim Zaren in Ungnade. Er wurde öffentlich einer symbolischen Hinrichtung unterzogen und nach Sibirien verbannt. In den vier Jahren dort änderte Dostojewski seine politische Haltung und sah mit zunehmendem Alter die Rettung Russlands im streng orthodoxen Glauben und in der Monarchie. Er starb 1881 in St. Petersburg.

(1876)
(In: Fjodor Dostojewski: *Der ewige Ehemann. Ausgewählte Prosa.* © Aufbau Verlagsgruppe GmbH, Berlin 1971 (diese Ausgabe erschien erstmals 1971 im Aufbau-Verlag; Aufbau ist eine Marke der Aufbau Verlagsgruppe GmbH). Aus dem Russischen von H. Röhl, bearbeitet.)

Nikolai Gogol, geboren am 1. April 1809 in der ukrainischen Stadt Poltawa. Im Alter von zwanzig Jahren verließ er seine Heimatstadt, zog nach St. Petersburg und begann mit dem Schreiben. Sein erster Roman *Die Abende auf einem Weiler bei Dikanka* wurde auf Anhieb ein Erfolg, *Tote Seelen* sowie das Theaterstück *Der Revisor* zählen zu den wichtigsten Werken der russischen Literatur des 19. Jahrhunderts. Gogol war berühmt für seinen ungewöhnlichen Lebenswandel: Einmal fuhr er mit der Kutsche ganz bis nach Palästina, er heiratete nie und hatte große Angst vor Katzen und Insekten. Im Alter von nur 42 Jahren starb er 1852 an einer Geisteskrankheit.

(1831/32)
(© 1959/2006 by Manesse Verlag, Zürich, in der Verlagsgruppe Random House GmbH, München. Abdruck mit freundlicher Genehmigung des Verlags. Aus dem Russischen von Bruno Goetz.)

Maxim Gorki, geboren am 28. März 1868 in Nischni Nowgorod an der Wolga. Der Sohn einer armen Familie durchstreifte in den ersten zwanzig Jahren seines Lebens das Land auf der Suche nach Arbeit: Er buk Brot, löschte in Häfen

Schiffe, arbeitete als Tischler und schrieb für revolutionäre Blätter. Nie hatte Gorki eine Universität besucht, er lernte auf den Straßen und in den Hafenvierteln Russlands. Als »Stimme des Volkes« wurde er nach der Oktoberrevolution 1917 von der Partei zum Kopf der sowjetischen Literatur stilisiert und wurde Vorsitzender des ersten sowjetischen Schriftstellerverbandes. Doch trotz seiner Stellung und seines Ruhmes ließ Gorki sich nicht als »Apparatschik« der Sowjetmacht vereinnahmen. Er kritisierte den bolschewistischen Terror und starb 1936 unter ungeklärten Umständen.

(In: Maxim Gorki: *Erzählungen in 6 Bänden, Band 1.* © Aufbau Verlagsgruppe GmbH, Berlin 1953 (die deutsche Erstausgabe erschien 1953 im Aufbau-Verlag; Aufbau ist eine Marke der Aufbau Verlagsgruppe GmbH). Aus dem Russischen von Amelie Schwarz.)

Oleg Jurjew, geboren 1959 in Leningrad als Sohn einer Hochschullehrerin für englische Sprache und eines Violinisten und Konservatoriumsdozenten. Er studierte an der Leningrader Hochschule für Volkswirtschaft und Finanzen und begann bereits 1970 mit dem Schreiben: zunächst Gedichte, ab 1984 Bühnenstücke und seit 1988 auch Essays, Rezensionen, Radioscripts u. Ä. Nach frühen ersten Versuchen schreibt er seit 1992 auch Prosa. Nachdichtungen aus europäischen Sprachen und einige Kindererzählungen und -gedichte sind seit Mitte der 80er Jahre sein literarischer Brotberuf. Während eines Aufenthaltsstipendiums an der Akademie Schloss Solitude in Stuttgart 1992/93 entstand der erste Prosaband mit dem Titel *Spaziergänge unter dem Hohlmond,* 1993 in Russland erschienen (dt. 1994, 2002) und 1994 für den Russischen Booker-Preis nominiert. 1996 folgte *Der Frankfurter Stier*, 1999 der Roman *Halbinsel Juda-tin*, 2000 nominiert für den Russischen Booker-Preis und den Russischen Nationaler-Bestseller-Preis. Seit 1991 übersetzt er Theaterstücke und Hörspiele aus dem Deutschen ins Russische, er schrieb mehr als hundert Rundfunksendungen bei Radio Liberty und publizierte zahlreiche Beiträge, Essays und Kurzprosa in deutscher Übersetzung sowie auch direkt auf Deutsch, die in deutschsprachigen Periodika und Sammlungen veröffentlicht wurden. Zuletzt erschien *Der neue Golem oder Der Krieg der Kinder und Greise. Roman in fünf Satiren* (dt. 2003). Oleg Jurjew lebt in Frankfurt am Main.

(OT: *W pojiskach utratschennoj Snegurotschki.* Deutsche Erstveröffentlichung. Abdruck mit freundlicher Genehmigung des Autors. Aus dem Russischen übersetzt vom Autor selbst.)

Wladimir Kaminer, geboren am 19. Juli 1967 in Moskau, wuchs in einer ruhigen verschlafenen Gegend auf. Sein Vater war Ingenieur in einem Unternehmen der Binnenschifffahrt, seine Mutter unterrichtete Festigkeitslehre für Maschinenbaustudenten. Kaminer studierte an der Theaterschule und arbeitete nach Absolvierung seines Dienstes in der sowjetischen Armee an verschiedenen Moskauer Theaterhäusern. 1990 bekam er als humanitärer Flüchtling eine Aufenthaltserlaubnis im wiedervereinigten Deutschland und ließ sich in Berlin nieder. Hier hielt er sich mit Gelegenheitsjobs über Wasser und war als Prospektverteiler, Altkleidersammler und Straßenfeger unterwegs. Später begann er als Dramaturg, Geschichtenerzähler und Autor zu arbeiten. *Russendisko*, sein erstes Buch, das im Jahr 2000 erschien, war bereits ein großer Erfolg. Kaminer lebt mit seiner Familie in Berlin.

(Abdruck mit freundlicher Genehmigung des Autors. Originalveröffentlichung.)

Alexander Kuprin, geboren am 26. August 1870 in Pensa. Bereits an der Militärakademie begann er erste Erzählungen zu schreiben. Er unterstützte die Revolution gegen das zaristische Russland und war Mitglied der Gesellschaft »Wissen«, die daran glaubte, dass die Probleme Russlands durch eine höhere Bildung der Bevölkerung gelöst würden. Kuprin verzichtete auf eine Karriere beim Militär und reiste nach Amerika, um Geld für »Wissen« zu sammeln. Nach der Oktoberrevolution 1917 arbeitete er kurzfristig mit den Bolschewiki zusammen, gab eine Kulturzeitung für die Dorfbevölkerung heraus und beschloss 1919, doch nach Paris zu emigrieren, wo er antisowjetische Artikel und Pamphlete verfasste. Im Frühling 1937 kehrte Kuprin todkrank in seine Heimat zurück. Er wurde sehr freundlich empfangen und bekam eine eigene Wohnung in Leningrad, wo er 1938 starb.

(Aus dem Russischen von Horst Wolf. Der Verlag bemüht sich weiterhin um die Klärung der Abdruckrechte.)

Nikolai Leskow, geboren am 16. Februar 1831 im Dorf Gorochowo. Nach dem Gymnasium arbeitete er in Orel und Kiew als Gerichtssekretär, später kündigte er den Staatsdienst und war mehrere Jahre als Handelsreisender im Auftrag einer englischen Firma unterwegs, die landwirtschaftliche Geräte verkaufte. Auf diesen Reisen lernte Leskow das Leben der russischen Provinz kennen. Seine ersten Werke waren Erzählungen über das dörfliche Russland. Leskow interessierte sich für außerkirchliche Religiosität, er schrieb einen Roman und viele Erzählungen über die Geistigen in Russland. Er starb 1895 an Asthma und wurde in St. Petersburg begraben.

(1883)
(In: *Weihnachtserzählungen*. Hg. von Eberhard Reißner, Stuttgart 1993. Abdruck mit freundlicher Genehmigung des Reclam Verlags, Stuttgart. Aus dem Russischen von Johannes von Guenther und Otto von Taube.)

Vladimir Nabokov, geboren am 11. April 1899 in St. Petersburg, entstammte einer einflussreichen und wohlhabenden Aristokratenfamilie. Sein Großvater war russischer Justizminister und sein Vater ein führender Konstitutionsdemokrat. 1917 floh die Familie nach Jalta und zog später weiter nach Berlin, wo Nabokovs Vater bei dem Versuch, ein Attentat auf seinen Parteivorsitzenden zu vereiteln, erschossen wurde. Nabokov arbeitete als Privatlehrer, Übersetzer, Gelegenheitsschauspieler und veröffentlichte unter dem Pseudonym W. Sirin erste Prosa. 1925 heiratete er Vera Slonim. 1937 musste das Ehepaar Nazideutschland Richtung Frankreich verlassen, weil Vera Slonim Jüdin war. 1940 zogen sie in die USA. 1945 erhielt Nabokov die US-Staatsbürgerschaft. Mit den Tantiemen, die ihm sein 1955 erschienener Roman *Lolita* einbrachte, konnte er sich 1959 von seiner Professur zurückziehen und sich allein aufs Schreiben konzentrieren. 1961 ging er mit seiner Frau in die Schweiz, nach Montreux am Genfer See. Er starb 1977 in Lausanne.

In: Vladimir Nabokov: *Erzählungen 1, 1921–1934. Gesammelte Werke Bd. 13.* © 1966, 1983, 1986 by Rowohlt Verlag GmbH, Reinbek bei Hamburg. Aus dem Russischen von Thomas Urban.)

Michail Saltykow-Schtschedrin, geboren 27. 1. 1826 in Spas-
Ugol in der Nähe von Moskau. Der Sohn einer reichen
Familie erhielt eine exzellente Ausbildung und machte
Karriere im Staatsdienst. Er arbeitete im Verteidigungsmi-
nisterium, wurde Vizegouverneur von Rjasan und später
von Twer. Das hinderte ihn aber nicht daran, sozialkritische
Satiren zu verfassen und die damalige Linke zu unterstüt-
zen. In der Literatur wurde er zunächt als politisch enga-
gierter Publizist, später als begabter Romancier bekannt. Er
starb 1889 in St. Petersburg.

(OT: *Is putewych sametok tschinownika*. Deutsche Erstveröffentlichung. Aus dem Russischen von Katharina Narbutovič.)

Michail Sostschenko, geboren am 29. Juli in St. Petersburg,
wuchs in einer kleinbürgerlichen Familie mit sieben Ge-
schwistern auf. Eine Gasvergiftung im Ersten Weltkrieg hin-
terließ bleibende Herzschäden, weshalb er aus der Armee
entlassen wurde. Nach seiner Rückkehr ins zivile Leben begann er mit dem Schreiben lustiger satirischer Erzählungen.
Ein Dutzend Mal wechselte er die Berufe, unter anderem
leitete er während der Oktoberrevolution 1917 das Post-
und Telegrafenamt. Seine tragikomischen Geschichten waren bei den russischen Lesern äußerst beliebt. 1946 geriet
Sostschenko allerdings ganz unerwartet ins Kreuzfeuer der
staatlichen Kritik: Sein Roman *Vor Sonnenaufgang* wurde
vom damaligen Leningrader Parteisekretär als »ekelhaftes
Werk« bezeichnet. Fortan durften seine Bücher nicht mehr
gedruckt werden, er wurde aus dem Schriftstellerverband
ausgeschlossen. Erst nach Stalins Tod im Jahre 1953 wurde
Sostschenko rehabilitiert und wieder in den Schriftstellerverband aufgenommen. Zwei Jahre später, kurz vor seinem
Tod, konnte ein Auswahlband seiner Werke erscheinen.
Sostschenko starb 1958 und wurde in Leningrad begraben.

(OT: *Drowa*. Abdruck mit freundlicher Genehmigung der Limbus Press, Moskau, im Namen der Erben. Deutsche Erstveröffentlichung. Aus dem Russischen von Katharina Narbutovič.)

Anton Tschechow, geboren 17. Januar 1860 in der südrussischen Hafenstadt Taganrog. Sein Großvater war noch ein Leibeigener, der sich schließlich freikaufen konnte. Sein Vater war zunächst Bauer und stieg dann zu einem hochgeachteten Geschäftsmann auf. Tschechow studierte in Moskau Medizin und wurde Arzt. Gleichzeitig schrieb er kurze Erzählungen und Theaterstücke. Seine Reserviertheit in politischen und religiösen Fragen sowie sein zurückhaltender Stil machten ihn zum europäischsten unter den russischen Schriftstellern. Als Arzt und Satiriker konnte Tschechow viele Leute heilen, nur bei sich selbst vermochte er das nicht: 1904 starb er in Badenweiler an Tuberkulose.

(In: *Kinder in der Weltliteratur. Erzählungen*. Hg. von Federico Hindermann. © 1981 by Manesse Verlag, Zürich, in der Verlagsgruppe Random House GmbH, München. Abdruck mit freundlicher Genehmigung des Verlags. Aus dem Russischen von Ilma Rakusa.)

(In: *In der Sommerfrische. Erzählungen 1880 –1887*, München 2003. © 2003, Patmos Verlag GmbH & Co. KG/Artemis & Winkler, Düsseldorf. Abdruck mit freundlicher Genehmigung des Verlags. Aus dem Russischen von Marianne Wiebe.)

(In: Anton Tschechow: *Vom Regen in die Traufe. Kurzgeschichten.* © Aufbau Verlagsgruppe GmbH, Berlin 1964 (diese Ausgabe erschien erstmals 1964 bei Rütten & Loening Berlin; Rütten & Loening ist eine Marke der Aufbau Verlagsgruppe GmbH). Aus dem Russischen von Gerhard Dick.)

Wladimir Woinowitsch, geboren am 26. September 1932 in Duschanbe, Tadschikistan. Als junger Mann arbeitete er unter anderem als Hirte, Zimmermann, Flugzeugmechaniker, Bahnarbeiter und Rundfunkredakteur, bevor er 1956 seine ersten Texte veröffentlichte. Mit seinem Schelmenroman *Die denkwürdigen Abenteuer des Soldaten Iwan Tschonkin* erwies er sich als scharfer kritischer Geist, der die paradoxe sowjetische Wirklichkeit gnadenlos verlachte. Für seine literarische Tätigkeit und sein menschenrechtliches Engagement wurde er 1974 aus dem sowjetischen Schriftstellerverband ausgeschlossen und 1981 ausgebürgert. Bereits 1980 hatte er seine Heimat verlassen und war nach München gezogen. 1990 wurde er in Russland offiziell rehabilitiert. Heute lebt er in München und Moskau.

(2007)

(OT: *Demontasch w nowogodnuju notsch.* Deutsche Erstveröffentlichung. Abdruck mit freundlicher Genehmigung des Autors. Aus dem Russischen von Olga Voinovitch.)

Blandine Le Callet
Versprich mir, dass wir glücklich werden

Roman. www.list-taschenbuch.de
ISBN 978-3-548-60817-4

Für Bérengère und Vincent läuten endlich die Hochzeitsglocken. Priester Bernard hat allerdings ein Problem: Er mag die Brautleute nicht und ärgert sich über das Benehmen der Gäste. Und Großmutter Madeleine hat endgültig die Nase voll vom »diskreten Charme der Bourgeoisie«. Schonungslos und mit gelassener Komik offenbart Blandine Le Callet die Farce eines perfekt inszenierten Familienfestes.

»Der Idealfall eines luftig-leichten Unterhaltungsromans, der wirklich ans Herz geht, statt das nur zu behaupten.« *Bücher*

List Taschenbuch

L333

Ronnith Neuman
Tod auf Korfu

Kriminlaroman. www.list-taschenbuch.de
ISBN 978-3-548-60811-2

In Agros auf Korfu stirbt ein krankes Kind. Wenige Tage
später wird an einem einsamen Strandstück eine nack-
te männliche Leiche angeschwemmt. Hauptkommissar Alexandros Kasantzakis, der Grieche vom Festland,
dem die Gewohnheiten der Inselbewohner noch immer
fremd sind, beginnt zu ermitteln. Die blutigen Spuren
deuten auf eine lange zurückliegende Tragödie in der
deutsch-griechischen Vergangenheit hin.

»Mitten in der Urlaubsidylle wartet der Mörder. Sie entdecken die Insel durch die Augen von Hauptkommissar
Alexandros Kasantzakis. Gänsehaut garantiert.«
tz, München

List Taschenbuch

L336

Emma Braslavsky
Aus dem Sinn

Roman. www.list-taschenbuch.de
ISBN 978-3-548-60812-9

Im Jahre 1969 explodiert in Erfurt die Domuhr und
der junge Mathematiker Eduard Meißerl verliert sein
Gedächtnis. Beide Ereignisse sind zugleich Anfang und
Ende dieser tragikomischen Geschichte über Eduard,
seine Liebe Anna und den Freund Paul. Ein Roman
über eine kleine Gemeinde vertriebener Sudetendeut-
scher, deren wunderliche Lebensspuren im Übergang
zwischen Erinnerung und Zukunft deutscher Geschichte verlaufen.

»Ein leichtfüßiges Buch, voll hinreißender Frauen-
gestalten, witziger Wendungen und schöner Schrul-
len.« *Brigitte*

List Taschenbuch

L328

Rick Gekoski
Eine Nacht mit Lolita

Begegnungen mit Büchern und Menschen
www.list-taschenbuch.de
ISBN 978-3-548-60774-0

Von Ernest Hemingway bis Salman Rushdie, von
Ulysses bis *Harry Potter* – dieser höchst amüsante
Streifzug durch die Weltliteratur steckt voller Anek-
doten über Begegnungen mit großen Schriftstellern
und ist eine wahre Fundgrube für alle, die Bücher
lieben.

»Ein rundum erfreuliches Buch der Bücher«
Deutschlandradio Kultur

»Pointiert und amüsant« *Der Standard*

»Wem Literatur, wem Bücher Drogen sind, wonach
er süchtig ist, dem erscheint Rick Gekoski als eine
Art Dealer.« *Lausitzer Rundschau*

List Taschenbuch

L303

Joan Didion
Im Land Gottes

Wie Amerika wurde, was es heute ist

www.list-taschenbuch.de
ISBN 978-3-548-60790-0

In sieben brillanten Reportagen entwirft Joan Didion
ein präzises Bild der Entwicklung des amerikanischen
Staates während der letzten drei Jahrzehnte. Fakten-
reich berichtet sie aus den Zentren der Macht und
erforscht die Verquickung von Religion und Politik
innerhalb der konservativen Eliten. Amerikanische
Gesellschaftsgeschichte erzählt von der wichtigsten
Stimme der USA.

»Eine der scharfsichtigsten Beobachterinnen Ame-
rikas« *Frankfurter Allgemeine Zeitung*

»Die beste Feder der amerikanischen Intellektuellen«
Der Spiegel

List Taschenbuch

L330